潮風のむこうには

平生釟三郎と住吉村の人々

著者　中森敏博
企画制作　前田康三

登場人物

【主人公】

平生釟三郎　：主人公　旧姓田中

　　　　　　　教育者、経済人、政治家

【現在・平生釟三郎の研究者】

中川佐由美　：良枝の孫甲南大学

中川由香里　：良枝の娘　佐由美の母

佐伯良枝　：佐由美の祖母

佐伯義男　：佐由美の祖父

白河勝一　：良枝の父

白河富貴　：良枝の母

白河勝一郎　：良枝の兄

吉川ツネ　：良枝の祖母

荒井秀和　：コープこうべ

御蔵志摩子　：佐由美の同級生

簗山静代　：佐由美の同級生

佐野昭寛　：佐由美の同級生

飯村和彦　：佐由美の同級生　県立商業高校卒業

工藤博史　：佐由美の同級生

前田泰弘　：住吉の知識者　バスケット部のコーチ

【平生釟三郎の家族・幼少期の友人】

田中時言　：釟三郎の父　永井藩砲兵隊長軍

田中松（徳子）：釟三郎の母

田中譲　：長兄　東京留学生　十歳上

田中銃次郎　：次男　師範学校　三歳上

田中レン　：姉

吉藏　：加納小学校の友人

お喜久　：加納小学校の友人

忠治　：加納小学校の友人

隆二　：加納小学校の友人

山田佐之助　：加納小学校の友人

裕二　：岐阜中学校の友人

孝正　：岐阜中学校の友人

桑原先生　　　…岐阜中学校の恩師
柴田先生　　　…岐阜中学美術教師
平生忠辰　　　…時言の遠縁　釟三郎の養子先
平生多満　　　…時言の妻
平生佳子　　　…時言の一人娘　釟三郎の許嫁
平生志津　　　…平生の娘
平生信枝　　　…平生の二人目の妻
平生すず　　　…平生の三人目の妻

【平生釟三郎の学生時代】
林雄介　　　　…横浜店主
林光代　　　　…横浜店主の奥さん
杉田　　　　　…美濃の商人
杉田君子　　　…ウエイトレス　杉田の姪
石井平吉　　　…周徳舎時代の友人
長谷川辰之助…東京外国語学校給費生　後の二葉亭四迷
矢野二（次）郎…東京高商の校長
祖山鐘三　　　…高等商業の友人
長尾良吉　　　…神戸商業教務主任
平田先生　　　…神戸商業教師
島野　　　　　…神戸商業学生
石井半吉　　　…神戸商業学生

【東京海上時代】
各務鎌吉　　　…東京海上の仲間
益田克徳　　　…東京海上総支配人
渋沢栄一　　　…東京海上相談役
上野茂樹　　　…東京海上の部下
北田誠也　　　…東京海上の部下
岸本三郎　　　…東京海上の部下
三木恭子　　　…東京海上の部下
駒井洋一　　　…東京海上の部下　ロンドン事務所
コールマン　　…東京海上の部下　ロンドン事務所次席役
小島直記　　　…東京海上の部下　ロンドン事務所

【住吉村友人　甲南幼稚園】

弘世助三郎：日本生命
田邉貞吉：住友銀行支配人
才賀藤吉：才賀電気商会
生島永太郎：大阪商人
岸田杢：日本生命
阿部元太郎：日本住宅
野口孫市：建築家
小林山郷：甲南学園理事
久原房之助：久原財閥
野村徳七：野村財閥野村証券
村山龍平：朝日新聞創始者
田代重右衛門：大日本紡績創業者
安宅弥吉：安宅産業創始者
河内研太郎：神戸海運業者
伊藤忠兵衛：伊藤忠商事

【甲南小学校】

堤恒也：甲南小学校校長
中村春二：成蹊学園創始者

【生活協同組合】

賀川豊彦：神戸購買組合
那須善治：灘購買組合
田中俊介：灘購買組合

【甲南病院】

小坂亨一：拾芳会
志田和也：拾芳会
弓削光彦：拾芳会
鋳谷正輔：北海道鉱業社長
白城定一：山下汽船取締役

【川崎造船所】
松方幸次郎　：川崎造船所初代社長
四方萬二　：川崎造船所重役
鹿島房次郎　：神戸市長　川崎造船所二代目社長
加藤秀樹　：川崎造船所組合幹部

【訪伯経済使節団】
シェトリオ・ヴァルカス：伯首相
ミゲル・コート：教授
宮坂國人　：ブラ拓専務理事
関桂三　：東洋紡績
伊藤竹之助　：伊藤忠専務
渥美育郎　：大阪商船取締役
岩井尊人　：三井物産社員
奥野勁　：三菱商事社員
山崎荘重　：元領事
山口寿　：大阪帝大医学部医師
鳥居龍蔵　：考古学博士

【政治家】
広田弘毅　：総理大臣
寺内寿一　：陸軍大臣
武岡充忠　：天王寺村村長・大阪市住吉区長
山本吉次郎　：住吉村村長
植田作次郎　：住吉村村長
谷田庄蔵　：住吉村村長
岡　幸次郎　：住吉村村長
前川萬吉　：住吉村村長
植田直一　：住吉村村長
下田清五郎　：住吉村村長
植田政次郎　：住吉村村長
細見菊吉　：住吉村村長

目次

潮風のむこうには

平生釟三郎と住吉村の人々

【プロローグ】

日差しの強い昼下がり、一台のパネルバンから、箱に詰められた食材や家庭用品が、閑静な住宅地にある一軒の家に運び込まれていた。

海の見える高台の住宅は、神戸の西の端に位置している。

「佐伯さん、コープです。お届けに上がりました。」

その声に玄関が開き、高齢の女性が出てきた。佐伯良枝という。

「ご苦労さま。荒井さん、いつもありがとうね。本当に助かるわ。」

その女性は七十歳半ばを超え同じ年のご主人と、孫娘との三人暮らしをしている。

「今日は冷凍食品とペットボトル二十四本。トイレットペーパー・・・。」

そう言いながら注文された品を並べていく。

「とても重いし。かさばるから、もう一人では買いに行けないのよ。主人も免許証を返納してしまって。」

玄関には様々な食材や調味料が並べられていく。

「佐伯さん、家庭菜園を始めるのですか？いいですね。トマトと茄子の苗木、土と肥料は外に置いておきますね。」

玄関先には五十キロの園芸用の土と肥料、そしてミニトマトと茄子の苗が五つずつ置かれていた。

その横に新しい小さなスコップや、園芸用の支柱と家庭菜園用の大きなプランターがあった。今すぐ作業にかかれるセットが揃っている。

「主人が始めると言うので買ったのよ。うまく育つかしら？何でもすぐに凝り始めるから。」

「そういえば、以前に油絵のセットを購入されましたね。」

そう言って庭先の屋根の下に置かれている、イーゼルに目をやった。イーゼルには十号のキャンバスが置かれ、庭木の赤いツツジが描かれている。

「楽しんでいますよ、あの人は。本当にコープさんのおかげで、やりたい事をすぐに見つけることができますのよ。ありがたいと思っています。本当ならお店を回って、必要なものを買いそろえるのにね。もうそんな事はできないから、コープさん頼りですね。本当にありがとう。おかげで主人はいつもニコニコして、私もうれしいですよ。次は電動工具を買いたいなんて言っていました。」

そう言ってほほ笑んだ。

その時後ろのドアが開き、孫の佐由美が姿を見せた。

彼女は甲南大学の二年生で、去年から佐伯家の二階に下宿している。大学への通学にも便利な場所であり、親も祖父母の家になので安心して娘を送りだしたのだった。

「私もそう思うわ。学校にも学生が運営している生協もあるのだけど、コープこうべは一番信頼できるよ。」

そう言って玄関に並べられた届け物を物色し始めた。

「北海道のチーズケーキも買ってくれた？楽しみにしていたの。」

「これ、行儀の悪い。キッチンに運んでから探しなさい。」

「はーい。これ中に運んでおくね。」

そう言って、佐由美は冷凍食品から運び始めた。

「いいですね、お孫さんが一緒にいて。それに何よりおじいさんがいろんな事を楽しまれているのがすごいです。」

「これもコープさんのおかげですね。いい老後を送らせてもらっていると感謝しているのですよ。」

「そうよ、おばあちゃん。」

そう言って良枝のかたに手を置いた。

「おばあちゃん、知っている？コープを作ってくれた人たちの中に、平生釟三郎さんの名前も出てくるのよ。」

そういいながら佐由美は良枝の横に腰を下ろした。

「平生釟三郎はイギリスで協同組合の活動に関心を持っていたの。そんな時、那須善治から社会奉仕の相談を受けて、賀川豊彦に那須善治を紹介するのよ。今のコープこうべの誕生秘話ね。」

「そういえば昔、吉川のツネおばあちゃんが若いころは生協さんとか購買さんと言っていましたね。」

「よくご存知ですね。コープこうべは今年百周年を迎えるのですよ。戦争にも負けないで続いているのは凄いでしょう。」

荒井は誇らしげに話した。コープこうべの組織に自信を持っている。そして人のために働いていることが自慢でもあった。

「僕も入社したときコープの成り立ちを教えてもらいました。那須さんと賀川さんが立ち上げた組合ですが、その考えに共感して文部大臣も務めた平生釟三郎さんも尽力していました。そして今では世界屈指の規模を誇るコープこうべになったのです。」

コープこうべは令和三年に創立百周年を迎えた老舗の生活協同組合である。前身である神戸購買組合と灘購買組合は共に大正十年に設立された。そうして昭和三十七年には二つの組合は合併し、灘神戸生活協同組合となって強固な基盤を構えるに至ったのだ。

組合員総数は約百七十万人。総事業高は約二千四百億円に上る。事業基盤は兵庫県全域と淀川以北の大阪府や京都府京丹後市にまで及ぶ。

「でも、はじめは大変だったのよね。地元の商店主や市場の反対が多くて、騒動が起きていたのよね。」

「小さな店にとっては死活問題だったでしょうね。物を売る商売はお客さんを取られると思うはずです。」

「そうね。今でも大型の量販店や複合商業施設ができる時、必ず反対運動が起きて騒ぎになっているのだから。」

「当時は横断幕や立て看板に、反対の文字が掲げられていたらしいです。でも、それまでは販売価格を店がいいように決めていたから、かなり高い金額で売っていた事もあったのです。消費者にとっては不利益を被っていたらしいですね。それが共同購入によって安く仕入れ、消費者には安定した金額で販売できました。それが生活協同組合の価値だったと思います。」

「そうですね。」

「日本初の市民による生活協同組合として、大正十年四月十二日に神戸購買組合が十名ほどの組合員で始まり、一か月後の五月二十六日に灘購買組合が三百人ほどの組合員によって創設されました。」

荒井は嬉しそうに話した。

「凄いわね、日にちまで覚えているなんて。」

「この前の研修会で勉強したところです。創立百周年を迎えるにあたって、コープこうべ の歴史をみんなで見直していたのです。」

時々、荒井はポケットに入れたメモを見ている。

「私の学校も平生釟三郎が関係しているのですよ。」

「少し知っています。コープこうべの先輩に聞いたのですが、平生さんは甲南幼稚園や小学校の開校に尽力したのでしたね。政治家であり実業家、そして教育者。いろんな顔を持った方でした。」

良枝は何度も時計に目をやりながら、時間を気にしていた。

「面白そうな話ですが、荒井さん配達の時間は大丈夫ですか？平生さんの話はもっと聞きたいけど、次のお宅でも待ってらっしゃる方がいますよ。」

「ホント、ごめんなさい。おしゃべりをしてしまいました。」

佐由美は立ち上がって頭を下げた。

「また電動工具の事も調べておきます。今日の配達は以上ですね。ありがとうございました。お嬢さん。平生さんの事に興味があるなら会社でも聞いてみます。いい資料があればお持ちしますね。」

「お願いします。実は研究発表の題材にしようと思っています。夏休み明けに発表会があるのだけど、私たちのグループは平生釟三郎をテーマにしたのよ。平生釟三郎と住吉村の人たち。」

「佐由美さん、あまり無理は言わないようにね。」

佐由美は小さく舌を出して、肩をすぼめた。

「ははは、またよろしくお願いします。」

荒井は小さくお辞儀をし、玄関の扉を閉めた。

「佐由美さんは平生さんの事を調べるの？」

配達された荷物を運びながら佐由美に問いかけた。

「うん、グループ学習の一環。坂本龍馬とか平清盛を題材に選んだ人もいるよ。有名な人なら資料もすぐに集まると言っていた。私たちは図書館で大学の歴史を見ている時に、平生釟三郎の事が出てきて、コープやブラジル移民の話を見つけたの。ほんとはまだよくわからないのだけど、教育者なのか経済人なのか。」

そう言って、佐由美は庭の松の木に目を向けた。調べるといっても何から手をつけるのか。

「まず、教育者平生釟三郎から調べるつもり。」

「私はあまり知らないのだけど、私のおばあちゃん、ツネさんが住吉に住んでいたのよ。佐由美さんは知らないわね。戦争前に母が結婚して垂水に移って、今はほとんど住吉の親戚との付き合いがなくなってしまったから。佐由美さんが知るわけがないか・・・。」

届けられた調味料や冷凍食品を運びながら、良枝は昔を思い出していた。

「私、そのツネおばあちゃんから平生さんの事を聞かされた思い出があるのよ。幼かった私は訳も分からずに聞いていただけなのだけど。」

「どんな話？知りたい。」

ケースに入れられたペットボトルのお茶を運び終え、食卓に二人は座った。佐由美は良枝の顔を覗き込むように見つめた。

「まぁ、コーヒーでも入れましょう。コープさんからケーキも届けていただいていますよ。」

そう言って使い慣れた二人のコーヒーカップをテーブルに並べた。

「私がコーヒーを入れます。住吉ってどのあたりに住んでいたの？まだ親戚はいるの？」

「詳しくは知らないのよ。覚えていない。ただ住吉村とか観音林倶楽部とか言ったかな。富豪の村だってツネおばあちゃんが言っていた。」

「お金持ちの村か。」

そう言ってケーキを口に運んだ。白いクリームが上唇を覆い隠した。

ふと窓の外に目をやると、垣根越しに子供たちが大きな声を出して走り去って行く。

「亡くなった私の兄、勝一郎兄さんが子供の頃にいたずらで落とし穴を掘った時の事なのだけれど、それをおじいちゃんが見つけて叱りつけたの。私もその場にいたけどとても怖かった。その夜、ツネおばあちゃんが平生釟三郎さんの話をしてくれた覚えがあるわ。」

【自己を教育する日々】

手桶に八匹ほどの魚を持って、川沿いの土手を嬉しそうに歩いている。釟三郎にとって、魚釣りは得意な遊びだった。

「今日も大漁だ。お母さんが喜ぶぞ。」

そう言って手桶の中で泳ぐ魚に目をやった。

「釟ちゃん、吉ちゃんがとなり村の龍ちゃんたちに柿をぶつけられているよ。六人ぐらいが取り囲んで。吉ちゃんが泣いている。」

後ろから近所に住む喜久が泣きながら走ってきた。

「吉蔵は一人なのか。」

一つ年下の吉蔵は隣に住む小学生で、いつも釟三郎の後ろに隠れていた。親分肌の釟三郎にとって守るべき仲間だった。

「うん。お使いの帰りに待ち伏せされたの。学校で何かあったらしいよ。何かの仕返しだと叫んでいた。」

「相手は忠治か。一人に六人がかりとは卑怯な。場所はどこだ？お寺の柿の木だな。」

当時、子供たちの間では柿合戦が楽しみの一つだった。大きな柿の木の下には子供たちがいつも歓声を上げていた。

熟した柿が当たり、汚れた着物で家路につく子供の姿は、いつもの光景と大人たちも笑って眺めていた。釟三郎も柿合戦は大好きでいつも先陣を切って相手に攻め込んでいた。

しかし、釟三郎は六人がかりで、しかも待ち伏せして襲い掛かったことが卑怯で許せないと怒ったのだった。

「吉ちゃんは土塀の下で泣いているのに、みんなが柿の実をぶつけているのだよ。」

「分かった。吉、待っていろよ。」

そう言って釟三郎は履いていた下駄を手に取り、土手道を駆けだしていった。その後ろを釣り竿と手桶を抱えて、喜久が追いかけて行く。

「どうするの、相手は六人もいるよ。勝てっこないよ。」

もうその声は釟三郎の耳には届いていなかった。

寺の土塀横に、大きな五本の柿の木が生えている。どの枝にもたくさんの実がなっていた。柿の木の根元には落ち葉と共に熟した柿が、地面一面を柿色に染めていた。

吉蔵は体中に柿の実をつけ、土塀の隅に座り込んでいた。

「忠治ちゃん、釟三郎が来るぞ。土手をすごい勢いで走ってくる。」

土手の上にいた隆二が叫んだ。

「来たか、待っていたぞ。迎え撃つぞ。まず二人は塀の裏に回って、いつでもぶつけられるように柿を構えていろ。攻撃は塀に登って上から仕掛けるのだ。隆二は吉蔵の近くで待て。吉蔵に近寄る釟三郎に不意打ちを掛けるのだ。あの一番端の柿の木の後ろがいい。」

そう言って忠治は二人を連れて隆二とは反対側の木を背に立った。

「いいか、釟三郎が来たら俺たちがまず攻撃する。猪のように釟三郎は何も考えずに俺たちに向かって来る。草の陰から柿を投げるから、釟三郎には俺たちの人数はわからないだろう。」

一息入れ、忠治は振り向いて二人を見た。

「いいか当たらなくてもいいから、思い切り数を投げるのだ。両手で投げろ。ここに大勢が隠れていると思わせる。」

「うん、わかった。僕らがおとりになるのだな。」

「そうだ、隆二はできるだけ我慢しろ、柿を投げるのは釟三郎が俺たちの前に来てからだ。釟三郎もたまらずに岩陰に身を隠すだろう。そこで塀の上から攻撃だ。」

「釟三郎が来たぞ、一人だ。」

塀の上から一人が叫んだ。

「よし、みんな隠れろ。ぬかるなよ。」

そう言って忠治も茂みに隠れた。

「吉、大丈夫か。」

息を切らせて釟三郎が吉蔵の方に向かった時、離れた柿の木から柿が投げられた。柿は見事に釟三郎の背中に命中した。忠治の投げた柿だ。後に続いて他の二人も釟三郎めがけて柿を投げ始めた。

「くそ、何人いるのだ。」

釟三郎は足元の柿を二つ掴むと、顔の見えた忠治めがけて投げ返した。そうして忠治に向かってにじり寄ろうとしたところに、隆二が後ろから柿を投げ込んだ。柿は見事に釟三郎の頭に命中した。

振り向いて、釟三郎は隆二をにらんだ。

挟み撃ちにあっている。釟三郎は身を隠すために土塀に走った。

くぼみに飛び込み、力を込めて隆二に柿を投げた。柿は勢いよく隆二の胸を直撃した。

近くで泣いていた吉蔵も、涙を拭きながら落ちていた柿を掴んで立ち上がった。

「釟ちゃん。」

「おう、吉。もう大丈夫だ。負けるなよ。」

持っていた柿を隆二に投げつけ、吉蔵は釟三郎の横に飛び込んだ。

「釟ちゃん、上。塀の上にもいるよ。上から狙っている。」

あとから追ってきた喜久が走りながら大声を張り上げた。

「チエッ、気付かれた。みんな、一斉攻撃だ。」

その声に応えるように塀の上からも柿が投げつけられ、釟三郎たちは潰れた柿の実まみれになってしまった。

それでも二人は応戦した。吉蔵も一人の時と違って、果敢に柿を投げつけた。釻三郎は塀の上の二人を狙う。力強く投げた柿が一人の顔にあたり、そのまま塀から落ちた。それを見たもう一人も驚いて塀から飛び降りた。

「怯まないな、あの二人。」

そう言って隆二は、後から来た喜久に向かって柿を一つ投げかけた。柿は緩い弧を描きながら喜久に向かって飛んでいく。そして肩にあたり、潰れて落ちた。喜久の顔には柿の汁が滴る。

喜久は思わずしゃがみ込み、泣き出した。

「喜久、大丈夫か？」

釻三郎は窪みを飛び出して喜久のもとに駆け寄った。

「おなごを狙うとは、お前らも武士だろ。成敗してやる！」

そういうと隆二に向かって走り出した。

その剣幕に隆二は近くにあった小石を拾い、釻三郎めがけて投げつけた。石は勢いよく釻三郎を襲う。塀から降りた二人も柿を捨てて小石を投げ始めた。

その一つが釻三郎の額にあたり、赤い血が流れだした。

「卑怯な、絶対に許さん！」

顔を血で染めながら、尚も隆二を追いかける。

「逃げろ！」

隆二と石を投げた二人が逃げ出した。それを見て、忠治の近くにいた二人も駆け出していった。

釖三郎がそれを追いかけようとした時、その前を忠治が立ちはだかった。

「どけ、柿のぶつけ合いはいつもの事だ。だが石を投げるとは卑怯千万。ましておなごを狙ったのは許せん！」

そう言って持っていた柿を忠治めがけてぶつけた。その柿を忠治は避けようともせず体で受け止めた。

「俺もお前を待ち伏せした。卑怯といわれれば一言もない。」

「お前の待ち伏せには何の遺恨も感じなかった。戦略として見事なものだと思っている。」

少し釖三郎は落ち着きを取り戻してきた。

「塀の上の伏兵は見事だ。やられたと思った。あれで俺たちは降伏だ。お前たちの勝利だ。」

「俺も今日は勝ったと思った。お前が一人で来るとは思わなかったのだが、その後の釖三郎のがむしゃらさには驚いた。」

「まあ、俺たちの柿の汁まみれの顔を見ると勝ち負けは決しているな。」

そう言って横にやってきた吉蔵と喜久の顔を見た。

「喜久ちゃん悪かったな。巻き込む気はなかったのだが、俺たちの仲間も釖三郎の勢いに押されてしまった。釖三郎、後から隆二を連れて謝りに行く。今日はこれで引き上げてくれ。この通りだ。」

そう言って忠治は頭を下げた。

釖三郎は二人に目をやった。吉蔵が小さくうなずく。

「分かった、吉、喜久ちゃん。戻ろうか。」

「釟ちゃん、血がまだ出ているよ。早く手当てをしないと。」

「大丈夫だ。血は止まっている。魚をあと二匹ほど釣って帰る。このまま帰ると、また雷を落とされそうだ。川で着物を洗って柿の汁を消さないと。二人は先に帰れ、じゃあな。」

釟三郎は一八六六年、田中家の三男として今の岐阜市加納鉄炮町に生まれた。その二年後、父時言は官軍についた永井藩の砲兵隊長として戊辰戦争に参加し、武勲を立てていた。勇猛に攻め寄せる幕府軍に対しては、自軍の陣地を死守し、一歩も引かずに戦った。一人の武士として恥となる戦いはしたくなかったのだ。剣術だけだと官軍は劣っていた。しかし圧倒的な火力が幕府軍を敗走させていた。

勝利を収めた後、その武力の差に時言は虚しさを感じていた。離れたところから放った銃弾が、刀で向かってくる侍の胸を貫く。大量殺りくの戦とは言え、これが武士の戦なのだろうか。時言は心の奥底で悩んでいた。

常日頃から勤勉実直を絵に描いたような時言は、武士らしく生きる事を第一に考えていたのだった。

村の中ではすぐに刀を抜いて、村人を脅す侍崩れの輩も多く居た。刀を見せて無理難題をいうことで威張っている。

そのくせ強い者が来ると退散していく。時言にとっては我慢のできないえせ侍だった。

そんな時言は、子供たちにも武士らしく生きる事を教え込んだ。

釟三郎は、加納の村では悪戯好きのわんぱく坊主として名を馳せていた。闘争心が強く走り出したら手が付けられない、そんな噂がいつもささやかれていた。

しばらくすると傷の血も止まった。

釣り竿を引き上げ、釟三郎は腰の手拭いを川の水に浸して顔についた血糊を洗い流した。川で洗った着物も乾き始めている。

「もういいだろう。帰るか。」

額の傷跡を触りながら釟三郎は家路についた。

我が家がもうすぐという時、後ろから忠治が走り寄ってきた。後ろには隆二もついてくる。

「釟三郎、石を投げて悪かった。鬼のような恐ろしい形相で向かってきたから、俺は思わず投げてしまった。」

隆二がそう言って頭を下げた。

「俺も喜久ちゃんに柿をぶつけられたから、思わず追いかけた。取っ捕まえて殴るつもりだったからな。隆二も驚いただろう。」

「誰が喜久に当てたか分からない。家に戻った時に他の仲間に聞いたのだが、みんな頭をうな垂れていて。なぁ、隆二。」

二人は顔を見合わせて頷いた。

「まあいいや。喜久ちゃんもけがはしていないようだったからな。」

「釟三郎のけがはどうなのだ。」

「ははは、大丈夫だ。いつもの事だと家族も気にしない。」

その時、手桶の魚がパシッと音をたててはねた。

「そうだ、魚を少し持って帰るか。そんなにないが三人で分けたらいい。俺の家で分けよう。」

そう言って返事も聞かずに家の方に向かって歩き出した。二人もその後ろについて行く。

三人が並んで歩く先で、釟三郎より少し小さな子供が落とし穴に落ちて泣いていた。傍らに一升徳利が割れて酒が流れ落ちていた。

「やーい、引っかかった。」

そう言って大笑いしている兄の銑次郎が、何人かの友人と共に門の陰から笑っていた。道の真ん中に大きな落とし穴を掘って、誰かが落ちるのを楽しんでいたのだった。

大人にとっては膝を越えるくらいの穴だが、小さな子供にはかなり深く感じるものだった。

「銑次郎兄さんは何しているのだ。小さい子を落とし穴に落とすなんて。あの子は父上のお使いだったのだろう。あの一升徳利も割れている。」

思わず釟三郎がその子に駆け寄ろうとした時、門から父時言が飛び出してきた。

「銑次郎、なんと卑劣なやつだ。だまし討ちとは、武士のすることではない。覚悟しろ！」

その声に驚いて、一緒に落とし穴を掘った銑次郎の友達は脱兎のごとく逃げ出していった。

銑次郎は声も出せずにその場にしゃがみ込んでしまった。

時言は左手で銑次郎の襟元を強く掴んで庭の方へ引きずって行き、松の木に投げつけた。右手には刀が握られている。

銃次郎は腰を抜かしたように松に木に寄りかかって震えていた。

「お前は武士の子ではない。だまし討ちの如き所業は恥だ。先祖に対しても申し開きができん。即刻その首をはねる！」

時言の権幕には釟三郎も震えが止まらなかった。父上は本当に切り捨てようとするかもしれない。

釟三郎の目には涙があふれていた。

釟三郎の後ろで忠治達も震えていた。

「忠治。今日の事はもう手打ちだ。魚は全部やるから、悪いが今日は帰ってくれ。」

震える声で釟三郎は忠治たちに帰るように願った。そして、庭に飛び込んで行った。その時、釟三郎に道の落とし穴に嵌ったまま泣いている子供が目に入った。

子供は割れた一升徳利から零れ落ちた酒を、一生懸命すくおうと両の手でかき集めている。

庭に飛び込んだ釟三郎の目に、刀を抜き放って上段に構えた父の姿が映った。その刀は今にも振り下ろされそうだ。その銃次郎の前に母の松が身を投げ出して庇おうとしている。

釟三郎には松が何と言っているのか、耳には入ってこなかった。ただ、すがりつくように父を押し留めようとしている。

立ち尽くしていた釟三郎も、何かしなければと思いながらも、父の姿を見た体は硬直して動かない。

「ち、父上。穴に落ちた子供が泣いています。」

釟三郎は口が乾ききり、それ以上の言葉が出ない。

その言葉を聞いた時言の手が止まった。少し思案する素振りを見せ、時言は踵を返して釟三郎の方に歩みを寄せた。

釟三郎は恐ろしさで一歩後ずさりした。

「釟三郎、よく気付いた。迂闊にもその子の事をないがしろにするところであった。」

時言は振り返り銃次郎の前で身を投げ出している松の方に歩み寄り、腰を落とした。

「松、銭はあるか。それと一升徳利は余っているか。」

その言葉に、松は座りなおして答えた。

「はい、今準備いたします。しばらくそのままお待ちください。すぐにお持ちいたします。」

そう言って家の方に走って行った。

「釟三郎。その子と共に酒を買いに行ってくれ。父も不覚であった。我息子を叱る前に、謝らなければいけなかった。その子は今どうしておる。」

釟三郎は少し落ち着いてきた。いつもの父の話し方になっている。

「大切なお酒だったのでしょう。割れた徳利から道に流れ出したお酒を、一生懸命手ですくおうとしています。目にいっぱい涙を溜めています。」

「うん、わかった。その子を呼んでくれぬか。」

言われて釟三郎は子供のところに駆けていった。

少年は山田佐之助といい、その親は父と同じ砲兵隊に所属していた。

「山田殿のお子であったか。すまぬことをした。まず先に謝らなければならないものを。申し訳なかった。怪我はなかったか。」

佐之助は泣き顔のまま小さくうなずいた。

「釟三郎、ではその子を連れて酒屋まで行ってくれ。」

「はい、行ってきます。そのままこの子の家まで送り届けます。」

釟三郎はその場を逃げるように、佐之助の手を引っ張って酒屋へと向かった。その姿を見送りながら、時言は誇らしく思った。


時は流れ、釟三郎も中学校に進学した。しかし生活は苦しく、教科書を買うことはできなかった。授業は隣の友人に教科書を見せて貰いながら、その日の学習内容を頭に暗記したのだった。

「釟三郎、今日も放課後教科書使うのか？俺はしばらく校庭で皆と遊ぶから、帰るまでは使っていいぞ。」

教科書を机に置いて、裕二が笑いながら言った。他の仲間たちはもう校庭に走り出している。

「裕ちゃん。いつもすまないな、ありがとう。」

そう言って教科書を受け取った。

「いいよ。釟三郎は本当に頭がいいからな。それに、いつも助けてくれるじゃないか。」

裕二は商家の長男で、昔柿合戦をした敵味方である。塀の上から釟三郎の柿を受けて、尻餅をついたことがあった。

おっとりした性格の裕二だが、中学入学時に釟三郎から声を掛けられ、柿合戦の事を思い出した。

裕二が驚いたのは言うまでもない。逃げ出そうとした時、懐かしそうに声を掛ける釟三郎に目をやった。にこにこ笑う釟三郎に裕二は気を許し、照れ笑いを浮かべながら頭を下げたのだった。親しくなるのに時間はかからなかった。

裕二は要領が悪く、忘れ物も多かった事から、よく先生に叱られていた。そんな時は釟三郎が助け舟を出すのだった。


防火訓練が校庭で行われた時の事だった。

校内放送が二階の教室の失火を知らせる。そしてサイレンが鳴り響き、生徒たちは事前に指示された通りクラスの代表を先頭に、教室から避難してくる。

校庭には焚火が焚かれている。

釟三郎たちも校庭に出て焚火の周りに集まり始めた。

「きびきびと動け。クラス代表は点呼をとり、先生に報告。みんなはクラスごとに集まって、その場に座れ。」

体育の教師がメガホンを片手に走り回っている。

「あのポンプ、新しいな。ピカピカだ。」

裕二が真っ赤に塗られたポンプを指さした。

「外国から購入したらしい。あの巡査が操作の手本を見せるそうだ。」

「でも使い慣れてないぞ、あの巡査。さっきから紙を広げてはスイッチを触っている。初めて触るのかな。」

釟三郎はいたずらっ子の目をして巡査を見た。

「釟三郎、また悪いこと考えてないだろうな。」

いつの間にか担任の桑原先生が立っていた。

「いえ、おとなしく見学しています。いつも通りの優等生です。」

「ははは、どの口が言っているのだ。今日は校長だけでなく、町の有力者も来ている。目立つ行動はとるなよ。」

そう言って釟三郎の頭を叩いた。

「さあ始まるぞ、最新のポンプがどんなものか釟三郎もよく見ていろよ。みんなも驚くぞ。」

「先生は見たことがあるのですか？以前あった木の手押しポンプとはどこが違うのですか？」

「見ていれば分かる。」

そう言って桑原先生は笑った。

校内放送が放水開始を告げた。

二人の巡査がホースの先端を持ち、一人巡査がポンプの機械を操作していた。取扱説明の書かれた紙を広げていた巡査だ。

赤いボタンを押すとポンプはけたたましい音を響かせ、今にも飛び跳ねそうに震え出した。

一瞬たじろいだ巡査がもう一度操作盤に近づく。

「放水開始します。」

その声に、ホースを構えた巡査が手を挙げて腰を落とした。試し作動したときの水圧の強さを体験しているのだろう。焚火からは十五メートルほど離れている。ホースの先は焚火を外して構えられた。

巡査がゆっくりとハンドルを回し始めた。

ホースが大蛇のようにくねり始めた。そしてホースから勢いよく水が飛び出していく。

学生たちは歓声を上げげた。想像以上の勢いで焚火を超えていく。

「釟三郎、すごいな。触ってみたい。」

「うん、触りたいな。あの放水、校舎を越えて裏山まで届くぞ。一体どこまで届くのだ？」

釟三郎は目を輝かせて頷いた。

巡査によって焚火が鎮火した後、学生たちは休憩に入った。

ポンプには一人の巡査が残っているだけだった。

最初に駆け寄ったのは裕二だった。つられるように、釟三郎たち五人がぞろぞろとついて行った。

巡査は集まる学生を笑いながら見ていた。最新鋭のポンプを誇らしげに触っている。

「触ったらだめだよ。今までのポンプと違って、どんな火事も一度に消すことができる。火事の時は火を消すだけでなく、建物の壁も破壊して延焼を防ぐことができるのだ。凄いだろ。」

「凄い。」

学生たちは口々に感嘆の声を上げげた。

ポンプは残った水をはきだそうとしているのか、まだブンブンと音立てている。巡査の持つホースの先から水が飛び出していた。

学生たちはそのホースの先に集まった。

その時だった、ポンプが急に唸り声を大きくし、持っていた巡査をなぎ倒すように暴れ出した。右へ左へと首を振る大蛇のように学生たちを襲う。

見るとポンプの横に、驚いた顔をして裕二が立っている。手には赤く塗られた金属の棒が握られていた。

「こら、何をした。早く止めろ。」

だが、裕二はどうしていいか分からない。

巡査は暴れまわるホースを押さえようと這いまわっている。

釟三郎はポンプに目をやり、水を供給している池に向かって走った。池に沈められたホースを引き上げると、ポンプは断末魔の声を上げるように一度咆哮して水の勢いを弱めた。

水浸しとなった巡査と学生たちは、思わずその場に座り込んでしまった。

校舎から校長と桑原先生が、鬼の形相をして走ってきた。

「お前たち何をした？こんな事をしていたずらでは済まんぞ！全員、今すぐに校長室に来い！」

校長室に並んだ六人の学生は、神妙にうなだれていた。

六人の前を行ったり来たりしながら、桑原先生は一人一人の顔をにらんでいた。六人はすべて桑原先生が担任を受け持つ一年生だった。

「どうしてポンプが壊れたのか、誰が壊したのか説明しなさい。他の学生は訓練の後、速やかに教室に戻った。どうしてお前たちは指示を無視して校庭に残っていたのだ？火災時は一人の勝手な行動が惨事を招く。分かっているのか！」

机に赤い金具が置かれていた。ポンプの安全装置である。無理に取ろうとしたのか、留め金が外れている。

「これは誰が外したのか？」

顔を真っ赤にして俯いている裕二は、今にも泣きだしそうだった。

「先生、ポンプを壊したことは悪かったと思っています。機械を理解しないで触ったのは間違いでした。申し訳ありません。」

一番端にいた釟三郎が口を開いた。

「でも防火訓練でわざわざ来ていただいているのに、あの最新鋭のポンプに興味を持たないで教室に戻るのはおかしいです。」

「田中、では聞くがそれほど興味を持ったなら、操作方法を理解してから触るべきであろう。近くにいた巡査に指導を求めない。どこを触ればどうなるのか、何も考えずにむやみに触ったのであれば、それはいたずらと同じだ。」

日頃は釟三郎と呼ぶ先生が苗字で呼んだ。

釟三郎は少し口籠って下を向いた。

「君たち、相応の処分を考えているからそのつもりでいなさい。」

校長が口を開いた。

桑原先生は一瞬驚いた顔をした。

「校長先生、もう少し待ってください。もう少しこの子たちの話を聞きましょう。まだ処分の話は早いです。」

桑原先生が学生を背にして校長先生と向かいあった。

「先生、聞かせてください。僕たちはそんなに悪いことをしたのですか。火事が起こった時、我々学生も消火に参加すると思います。だから一部の者だけしか使えないポンプなど、本当に役に立つとは思えません。我々みんなが使えてこそ有意義に使えるのではないですか？」

釟三郎は一息入れて他の五人を見た。

「教室に戻った他の学生に比べ、ここの皆は火災の時に活躍します。」

そしてちらっと裕二を見た。

「その赤い金具を壊したことは不注意でした。訳も分からずに触り、本当に申し訳ありません。でも、我々の行動が違法だというのであれば、近くにいた巡査によって静止されたはずです。それなのにポンプの構造やその威力を説明してくれました。我々の行動を快く思ってくれたからだと思っています。」

その時校長室の扉が開き、三人の巡査が入ってきた。

「校長先生、その子たちをあまり責めないでください。火災現場でもホースが暴れるのはよくあります。完全に停止するまで、一人の巡査に任せたのも我々の不手際です。」

そして机に置かれた赤い金具を手に取り、学生たちを見廻した。

「本部に聞いたのですが、この金具も留金が短いため外れやすいと聞きました。子供の手で外れるなら、我々が現場でも破損してしまうことでしょうね。今回その事がわかり、良かったと思っています。」

そう言って学生たちに微笑んだ。

釟三郎は思わぬ展開に胸をなでおろした。一番ほっとしたのは桑原先生かもしれない。

それからは平穏な日が続いた。いや、釟三郎のいたずらは収まることなく、今までと変わらない日々が繰り返されていた。

そんなある日、美術の授業で写生の実習があった。教室の机は円形に移動され、その真ん中の机に置かれたカキツバタを描くのだった。

クラスには日本画の得意な少年がいた。父親の影響で、自宅でも庭の木々を描いている。以前、県の展示会に出品した掛け軸を教室に飾っていたこともある。孝正といった。

「孝正は絵がうまいからいいな。本物のカキツバタだ。」

「数を描いているからだよ。釟三郎もすぐにうまくなるよ。それに釟三郎の絵は西洋画のようだ。カキツバタの花を丸く描いて、いろんな色を重ねている。花がすごく際立っている。独特の感性があると思うよ。」

釟三郎は筆を止め、自分の絵を両手で持って眺めた。人に褒められたことなど一度もない。親さえ釟三郎の絵には肩を落としていた。それは本人が一番分かっていたから、孝正の西洋画の雰囲気だという言葉は嬉しかった。

釟三郎は思わず頭を掻いて笑った、

「俺は絵が不得意だ。思うようにうまく描けない。どれが葉だか花だかわからないからな。」

「確かに釟三郎は絵も文字も下手だな。俺には釟三郎の字は読めない。」

横から裕二が口を挟んだ。その声に周りの仲間たちも笑った。

「裕二の絵こそ訳が分からん。周りが黄色で塗りたくって、どれが花か葉っぱだかわからないだろう。カキツバタというよりも黄色の箒を立てたところに紫のゴミがくっついている。」

そう言って裕二の絵を高く持ち上げた。

「やめろ、何をやっている？授業中だぞ！また釟三郎か。」

そう言って美術教師の柴田先生が叱った。

日頃から文句の多い柴田先生を、釟三郎は快く思っていなかった。

「釟三郎にはカキツバタがこのように見えるのか？」

そう言って釟三郎の絵をまるで汚れたものを触るように指でつまんだ。

横で裕二は、自分の絵をそっと机に隠した。

「裕二、隠すな。お前の絵も同じだ。裕二は葉が緑に見えないのか。黄色と青が入り混じってバッタの背中のようなカキツバタだな。少しは孝正の絵を見習え。お前たちの絵は小学生が書いた落書きだ。もう少しまともには描けないのか？」

そう言って柴田先生は鼻で笑った。

「先生、俺はどう描けば良いのか分からない。先生は授業のたびに、今日はあれを描け、これを写生しろと言うけど。どう描けばいいのか教えてもくれない。指導というなら描けなかった者が、孝正のように描けるように教えるのが指導ではないのですか？孝正の絵はうまいと思う。その絵を褒めるのは俺にでもできる。先生は孝正に何を指導した？孝正はもともと日本画を描く親の元に生まれて、いつも絵に囲まれていたのだ。何も知らない俺たちはここに教わりに来ている。だからもっと描く方法を教えてくれてもいいじゃないですか。」

一息ついて釟三郎は柴田先生をにらんだ。

とはいえ、教わった通りにみんながカキツバタを描いたら、どの絵が誰のものか分からないな、と釟三郎は心の中で思った。周りの学生の作品を見ると、どの絵が誰のものか想像できる。

これが個性なのかな。

柴田先生は怒ることなく釟三郎を見ている。

「先生は裕二が色盲の事を知っているのですか。」

その言葉に、先生は小さく頷いた。

「分かっている。あの色使いから混色にするのは不得意だと気付いたよ。あの絵の描き方は独特なだけに、本当は伸ばしてやりたいとも思ったが、授業の中で特異な絵を描かせることは問題があると学校から言われた。画一的な授業が求められるのだからな。」

「じゃあ、先生は分かっていながら裕二を叱ったのですか。」

「ははは、私は釟三郎の怠慢な絵を叱った。その時、裕二は自分の絵を机に隠そうとしたから怒ったのだ。」

そう言って柴田先生は裕二の方に足を運んだ。

「裕二、私はお前の絵を認めている。まだ粗削りだが続けたらきっといい絵を描ける人間になると思う。今はこの学校の先生方もだれも認めてくれないが、恥ずかしがらないでいつも机の上に広げるのだ。」

そう言って、裕二の肩に手を置いた。

「だが、釟三郎の絵には感じるものがない。隣の者と話しながら、画用紙も見ないで筆を動かしていただろう。」

釟三郎は少しのけぞった。

「感性で一生懸命に描く絵と、投げやりに筆を動かす絵はおのずと違う。私はうまく描く方法なら伝えられる。例えば一枚の葉っぱを描くにも、緑一色でなく、太陽に近い部分は少し黄色を加えて明るくし、根元に近い部分には青を深くしていく。グラデーションを用いて。筆は植物の伸びる方向にのみ動かす。」

何人かの生徒が先生の言葉に合わせて葉を描き込んでいる。新たに黄色や青色の絵の具をパレットに流し込み、絵の具を混色で新しい色を作っている者もいる。

それを見て先生が言った。

「まだ君たちにはテクニックに溺れる絵は描いて欲しくない。のびのびと個性豊かな絵を残してほしい。いろんな人の絵を見て、自分で描いてみて感じ取っていけばきっといい絵を描けるようになる。」

釟三郎は自分の絵に目を落とした。

「個性豊かな絵か。一人一人が精いっぱい描いて仕上げていく。自分自身の描いた絵なら画一的な物にはならない。」

「釟三郎、少しは理解してくれたか？」

そう言って、神妙な顔をしている釟三郎を覗き込んだ。

「ただ、釟三郎の絵はやっぱりひどいな。どこを指導していいのか、全くわからない。ははは。」

「はい。おっしゃる通りだと思います。真剣さのない作品です。やれないのと、やらないのは違います。先生すいませんでした。」

釟三郎は席を立ち背筋を伸ばしてお辞儀をした。そしてしばらく先生を見つめていた。

釟三郎にとってこの時の経験が、これからの人生を大きく左右したかもしれない。


校庭をわんぱくに走り回る中学時代の釟三郎は、それでもいろんな知識を吸収していた。授業で教わることは、どんな些細なことも頭に残していく。釟三郎にとって毎日が楽しく、意義ある時間を過ごしていると感じていた。

しかし、田中家の生活は困窮しており、学費の支払いにも事欠く状態になっていた。

「釟三郎はまた学年二位だったな。頭がいいよ。いつも一番か二番の成績だからな。来年は飛び級になるのだろ。」

「裕二が教科書を見せてくれるからだ。感謝しているよ。」

返された答案用紙を折りたたみながら、裕二に目をやりほほ笑んだ。そして寂し気に窓の外に目を移した。

「何を改まって。釟三郎のおかげで俺も勉強をするようになったのだ。教科書の使い方なんか考えもしなかったよ。釟三郎がいなかったら、俺の教科書は埃をかぶっていたはずだよ。それに、釟三郎はわからない所も丁寧に教えてくれるから、俺もこのクラスでは成績優秀な学生でいられた。」

釟三郎はその言葉に何の反応も示さない。

教室には釟三郎と裕二の二人だけが残っていた。

裕二は少し訝しんだ。いつもなら俺のおかげだ、と威張るはずの釟三郎が裕二を見ようともしない。

「桑原先生も、釟三郎の将来が楽しみだと言っていた。」

その言葉を釟三郎は上の空で聞いている。

窓の外は青く澄み渡った青空だった。開け放たれた窓からは心地よい風が吹き込んでくる。スズメの群れが逃げ惑うように横切ってゆく。遠くからカラスの鳴き声が追いかけてきた。

「スズメも居場所を追われている。」

先に教室を出たクラスの仲間達が、笑いながら校庭を走り回っている。いつもの見慣れた光景だった。

その時教室の扉がけたたましく開けられた。二人は驚いて扉に目をやった。そこには仁王立ちの桑原先生が立っていた。

「釟三郎、これは何だ?」

手には封筒に入れられた手紙が握られていた。

「先生。」

釟三郎が立ち上がって頭を下げる。

桑原先生が釟三郎の前まで来て、その封筒を叩きつけるように机に置いた。

封筒には退学届と書かれていた。

「えっ、退学届！釟三郎どうしてだ?何があった?お前はクラス一の秀才だぞ。」

裕二が釟三郎の襟元を掴んだ。そして力任せに揺すった。

「裕二、落ち着け。先生も今これを見て驚いている。」

「でも、なぜ?」

裕二は釟三郎の襟元を掴んだ手を、弱々しく離した。

「先生、こうする他はないようです。我が家の家計を考えると、このまま中学を続ける事は困難です。家の事情です。許してください。」

そう言って釟三郎は机に両手をついた。その手に涙がこぼれている。

桑原先生にも釟三郎の家の事情が大変なことは知っていた。

「どうしようもないのか。」

桑原先生は釟三郎の肩に手を置いた。

オロオロしながら裕二が大声を出した。

「どうしてだ。釟三郎の兄上は高等師範に行くのだろう?下の兄上も師範学校を卒業するのに、なんで釟三郎はここを辞めなければいけないのだ?理不尽だよ。不公平だ。」

「裕二、それ以上言わないでくれ。もう少し早ければ父上も俺を上の学校に入れてくれたことだろう。しかし、今は田中の家に蓄えも尽き、貧窮の中にいる。涙ながらに俺を説得する父を恨むことはない。兄たちを妬む事もない。今は俺自身の次の目標を探すだけだ。」

それでも裕二は駄々をこねる子供のように喚き続けた。

「裕二、釟三郎を困らせるな。裕二がいなかったら先生も釟三郎を困らせるように説得していただろう。先生に何ができるかを考えたが、結局何もしてやれないのがわかった。今は釟三郎の次のステップを応援してやる他ないのだ。」

裕二は泣きながら釟三郎を見た。

釟三郎はさっぱりしたように、笑顔を見せている。

「釟三郎はこれからどうするつもりなのだ?学校を辞めて何をするのだ?明日からの事は考えているのか?」

裕二は釟三郎に詰め寄り、声を大きくしてしゃべり続けた。

「中学だけでも。あと二年、何とかならないのか?」

「裕二。先生も悔しい気持ちでいっぱいなのだ。」

三人はしばらく何もしゃべらなかった。遠くで鳴いているカラスを物悲しく見つめている。

「先生、裕二。俺は少し前から近所の人に、古い新聞を見せてもらっていた。」

毎日届く新聞に釟三郎は興味を持っていた。政治の話、社会情勢や世界の動きがいつも新鮮に釟三郎の目に焼き付いた。

学校では習ったことのない、不思議な出来事に心が動かされていた。いつかは自分の手で、この経済を動かしたいと考えるようになっていた。世界を動かす企業家を夢に見ていたのだった。

「その中で経済の事に興味を持った。意味の分からない言葉や経済の仕組みは、学校で教わる社会科の授業では理解できない。だけど、これからの日本は経済力で世界と競う必要があることは理解できた。」

釟三郎は何度も新聞を読んだ。日本は商工業を盛んにすれば外国との貿易で国を豊かにすることができると、新聞の論説には書かれていた。横浜港の輸出入状況の統計を見た時には、釟三郎の考えは確信に変わっていた。

外国貿易で身を立てることが、今の釟三郎にとって成すべきことだと考えていた。

「そのためには東京で勉強したい。親の力を借りないで、働きながらでも勉強できることも聞いた。」

「そんなにうまくいくのか？」

「行ってみないとわからないが、何とかなると思っているよ。」

釟三郎は明るく答えた。

それから二十日後、釟三郎は海路横浜へと向かった。

四日市港を船出し太平洋の海原を行く蒸気船は、釟三郎の大志を大きく膨らませていた。

「俺は坂本龍馬のように、商社を作って世界に羽ばたいてく。明治十四年は俺にとって新しい夜明けだ。」

船の舳先に立ち、釟三郎は腕を組んで海原を睨んだ。

「この潮風のむこうには、何が待ち受けているのか？」

親の知人を頼り、しばらくは横浜の商館でボーイの仕事をする予定だ。そして働きながら学業に励む。多少の苦労には負けない自信があった。

しかし、十四歳の少年にとって親元を離れ、故郷を遠く後にする不安は拭い去ることができなかった。船が進むほど釟三郎の目には涙が流れ、いつまでも頬を濡らしていた。手には姉のレンからもらったお守りが握りしめられていた。

横浜に降り立った釟三郎は、町の大きさに圧倒され、人の多さに飲み込まれていた。洋館建ての連なる通りに立つと、まるで外国に来たような錯覚を覚える。

メモを片手に、釟三郎は町をしばらくさまよった。父から聞いた商館を探すが、住み慣れた村とは違い様々な建物が釟三郎の行く先を迷わせていた。同じところを何度も行き来し、人に尋ねてはまた違う道に入りこむ。

「ここにはどれだけ人がいるのだろう？」

釟三郎は横浜という町の大きさに、少し気後れしている自分を感じていた。

行き交う人も、生まれ育った加茂の村とは違う人種に思えた。時折、目の色の違う外国人がすれ違って行く。

「これが新聞で読んだ文明開化なのだな。新しい世界の最先端の町だ。」

独り言が口をついて出てくる。

「臆することはない。この町で成功すれば、日本の最先端を制覇することになる。驚きの中にいても、今に日常の生活になるのだ。負けない。」

しかし、メモにかかれた商館はなかなか見つけることができない。大通りを外れ、少し狭い道に入った。建物が小さくなっていく。平屋と二階建てが軒を連ねる商店街だ。

ガラス張りだが、間口は五メートルほどしかない。瓦葺の建物に釟三郎は少しほっとした。昔ながらの下駄を売る店や酒屋、八百屋もある。

ガラス越しに一軒の店を覗いてみた。中には四人掛けのテーブルがいくつか置かれ、壁際にはカウンター席があった。その奥に店主らしい男性が、蝶ネクタイ姿でグラスを拭いている。

「ボーイの仕事って何かな?給仕の事なのだろうか?」

店の中を若い女性が白いエプロン姿で動き回っていた。にこにこ笑いながらテーブルに飲み物を置いて行く。

ふーっとため息をついて、釟三郎はまた歩き始めた。

船を下りてから、もう三時間は過ぎている。釟三郎は空腹を感じ、懐の財布に手を触れた。家を出るときに渡してくれた財布だ。

「一度港に戻ってみるか。迎えの人がいるかもしれない。」

そう考えて引き返そうとした時、曲道の向う側にメモにかかれた店の名前を見つけた。

「あった！」

ほっとすると共に、嬉しさで走り出した。

扉を開けるとカウベルの音が響き渡った。

「いらっしゃい。」

そこはテーブルが十席ほどの洋食屋だった。

店の中には五人の客がナイフとフォークで食事をしている。

扉で立ち尽くす釟三郎に女性が近づき、空いているテーブルに案内しようとした。

「俺、いや僕は岐阜の加納村から来ました。田中釟三郎と言います。」

「岐阜から？」

厨房の奥から男性が顔を出した。少し困った顔を見せている。店主の林雄介といった。夫婦で営む洋食店である。

「今日、横浜についたのか。まぁ座りなさい。お腹は空いているのだろう。何か作ってあげる。」

女性が笑顔で水をテーブルに運んできた。

「蒸気船でここまで来たのですか？大変でしたね。疲れたでしょう。船酔いはしなかった？」

そう言って釟三郎の横に腰を下ろした。

「いえ、大丈夫です。」

釟三郎は少し居づらい気持ちになっていた。歓迎されていないかもしれないと感じたのだ。厨房では鍋の心地よいリズムが響いている。

「出来たよ。光代、運んでくれ。」

皿に盛られたおいしそうなオムライスが運ばれて来た。その後ろから雄介が、エプロンを外しながら歩いてきた。

「さぁ、遠慮なく食べなさい。横浜名物のオムライスだよ。」

空腹の釟三郎は、見たこともない料理の輝きに驚いた。思わずスプーンを手に取り、がむしゃらに口へ運んでいく。口の周りにケチャップが張り付いていた。

「お腹を空かせていたのね、可哀想に。もうお皿が空ですよ。あなた、もう少し何かを作ってあげて。」

その時、扉が開いてエプロン姿の若い女性が入ってきた。

「出前、行ってきました。」

「君ちゃん、お疲れさま。少し休んで。」

いつの間にか店にいた客が減り、最後の客がウェイトレスの君子と入れ替わりに出ていった。店の中には林夫婦と君子。そして釟三郎だけになった。

君子は奥のテーブルに腰を掛け、窓の外を行き来する人の流れを目で追っていた。

杉田君子は、父時言が加納村で頼った知人の親戚だった。

数か月前に知人は林夫婦に依頼し、君子はこのレストランで働くことになったのだ。だがその友人は一人も二人も一緒だろうと考え、釟三郎の仕事を安請け合いしてしまったのだ。

レストランとしては少し軌道に乗りはじめ、人を増やしてもいいと思っている時に、君子の事を託された。躊躇する事なく雇ったことで、人手を欲しがっていると知人は思いこんだのだった。

「田中君といったね。」

雄介は煙草を取り出して火をつけた。紫煙が細く天井に登っていく。

しばらく静寂の時が続いた。

洋風に設えた室内には、小さなランプがテーブルごとに置かれている。そしてテーブルを淡い光で照らしていた。

釟三郎は雰囲気を察していた。自分が来たことは歓迎されていない。迷惑がられている。

「ご主人、わかりました。少し甘い考えで横浜に来たようです。俺の夢は働きながら学問を身につけることです。ここに来るまでにいくつかの店で募集の張り紙を見ました。何か仕事を見つけることも可能だと思います。」

「探すといっても、紹介がないと大変だよ。本当は岐阜に戻ることを進めるのだけど。」

「あなた、仕事が見つかるまで、二階の物置になっている部屋を貸してあげられないかしら？」

「そうだな。使っていない部屋だから、使ってもらいなさい。」

釟三郎には今日の泊る所の算段もなかっただけに、一瞬気持ちが明るくなるのを感じた。

「ありがとうございます。早く仕事を見つけます。早速、街の中を歩いてきます。求人募集の張り紙を探せば、どこかで雇ってくれると思います。」

すでに釟三郎は腰を浮かせていた。

「今から探すのですか。今日は長旅で疲れているのだから、一日ゆっくりと休めばいいのに。」

「いいえ、一日も早く仕事を探します。時間がもったいないです。」

釟三郎はもう扉のところにいた。

「帰り道を忘れるなよ。道に迷ったら林グリルといえば分かると思う。」

「この店はまだそんなに有名ではないよ。林グリルと言っても誰にも通じない。」

そう言って、笑いながら釟三郎を見送った。

一日が立ち、二日が立ち、十日を過ぎるころ、仕事の見つからない釟三郎に焦りが見え始めた。いつまでも迷惑をかけられない。

「いっそ東京に出ようか。東京には譲兄さんがいる。頼っていけば助けてくれるかもしれない。」

思い立ったその日に、釟三郎は林夫婦に別れを告げた。もっと居ろという言葉に涙しながら、陸路東京を目指した。


とはいえ、東京でもすぐに仕事を得ることはできずにいた。

兄の力を借りて居候生活を送りながら、町を歩き回る日が続いた。加納の村を出るときは、貿易のできる商館が希望だった。しかし、今探しているのは今日を食べるための食い扶持だ。それでも、釟三郎は大志を捨てたわけではない。今は知識を学んで将来に役立てなければならない。

いたずらに時を費やしてもしかたがないと悟り、釟三郎は湯島の周徳舎という私塾に入る事にした。自分で稼ぐ事もできない上、私塾の学費は中学よりも高くなる。それでも兄の援助があり入塾する事ができた。

授業は英語、漢文、数学の三教科だ。

寄宿舎の生活は火鉢もなく、布団に至っては寒さを防ぐには心もとない煎餅布団だった。それでも、釟三郎は授業で習った事を繰り返し覚えていた。

「釟三郎、早く寝ろ。寝れば寒さを忘れられるぞ。」

「灯りが邪魔で眠れないか？平吉。」

周徳舎の寄宿生は大半が貧しい家の出だった。

「いや、寒さが身に応えて眠れないよ。暖房が何もないから辛いな。」

その言葉に釟三郎の悪戯心が鎌首をもたげた。窓の外には講堂の大屋根が見えている。

「平吉、あの鬼瓦を外して火鉢にしないか？かなり大きい鬼瓦だ。」

「無茶を言うなよ。どうやって外すつもりだ。あの屋根に上ることもできないぞ。」

「明日だ。ここの授業は朝九時で終わる。その後先生も、他の人もいなくなる。それから上がればいい。きっと気付かれない。庭に落ちている木切れを使おう。板の間でなら火事の心配は少ない。」

釟三郎は、にやっと笑った。つられて平吉も笑った。

「いいな、それ。それなら鬼瓦は以前に改築した時、拭き替えた古い鬼瓦が縁の下にあった。あれを使おう。」

平吉の言った鬼瓦を釟三郎も見たことがある。埃にまみれて縁の下に放置されていた。縦横四十センチを超える大きさだ。

「それは楽だ。今からでもできる。」

「鬼瓦を温めれば、当分は冷めない。庭で温めて部屋に持ち込もう。朝に戻しておけば、誰にも気づかれない。」

二人は急いで庭に飛び出して行った。

それ以来二人はいつも一緒にいるようになった。昼間、平吉は親の仕事を手伝い、畑仕事に出かける。

「釟三郎、仕事は見つかりそうか？今日も出かけるのだろう。」

「いつまでも兄の世話にはなれない。早く何とかしないと。」

「昨日もお兄さんが来ていたな。何の話だった。」

平吉の問いに、釟三郎は口籠った。

兄は時言から援助を請う手紙を何度も受け取っていた。しかし兄にとっては釟三郎の学費支出もあって、父への送金は思うようにならないものだった。

「父上への送金が、俺の為にできないのか。」

釟三郎は涙目になっていた。

「早く仕事を見つけて自立しなければ、実家の父を早死にさせてしまうかもしれない。何とかしなければ。」

釟三郎はカバンから一通の手紙を取り出した。父から届いたものだった。

遠縁にあたる者が貢進生に選抜されて大学を卒業し、故郷に錦を飾って戻ってきた。卒業を記念した披露宴に参加し、同じ貢進生に選抜されながら苦労している兄譲は父の不徳の致すところ。先祖に申し訳ない。そして、釟三郎は小学校から成績優秀だったのだから、学問で身を立てて欲しいと書かれていた。

貢進生というのは、明治三年に明治政府が西洋の知識を習得するために、各藩が選抜した十六歳から二十歳の学生のことである。各藩は石高により一～三名を大学南校に貢進することを命じられた。藩を代表する優秀な若者たちである。

大学南校は、その後開成学校を経て東京大学に発展していく。

「学問で身を立てろと言われても、俺はどうすればいいのだ?東京で働き口さえ見つけることのできない俺が・・・。」

平吉は黙って聞いている。

「この手紙を読んだ時、今のままではだめだと学校を探してみた。学費が免除されるような学校だ。高等師範学校、海軍兵学校や陸軍士官学校は年齢が足らない。」

釟三郎は頭を抱えた。

「釟三郎、俺はいいものを見つけた。何日か前の新聞に出ていたものだ。」

そう言って平吉が懐から新聞の切れ端を取り出した。

そこには外国語学校のロシア語学生募集と書かれていた。給費生として二十五名を集めているのだ。

「給費生って授業料と生活費ももらえるのか。」

釟三郎は天にも登る気持ちになった。

平吉の襟を掴み、思い切り振り回した。

「平吉も受けるだろ。」

「俺は十六歳になるまでここにいる。そして陸軍士官学校を受験してみるつもりだ。あと一年。それにロシア語は俺には向いていない。」

平吉は両手を釟三郎の肩に置いた。

「釟三郎なら合格するよ。数学は得意だし、湯島聖堂の図書館で勉強していたじゃないか。」

釟三郎は小さく頷いた。

当日、五百人余りが受験した。それでも釟三郎は自信を持っていた。

一次審査で五十人が選抜され、四週間のロシア語研修を実施した後、正式に二十五人の入学が認められる。

合格発表の日、掲示板には釟三郎の名前が、前から二番目に掲げられていた。嬉しさのあまり、釟三郎は声を出して飛び上がった。

「君も合格したのかい。僕は長谷川辰之助です。よろしく。」

「田中釟三郎です。よろしく。」

「君はロシア文学に興味はあるのですか?ドストエフスキーとか。」

「罪と罰ですか?ロシア文学は難しいです。図書館で本を開いたことはありますが、すぐに閉じてしまいました。」

「僕はロシア文学を読むために入学しました。」

釟三郎には考えたことのない志望動機だった。ただ、兄に迷惑をかけないで就学することが目的で応募したのだ。

「ロシア文学は難しいけど、奥の深い物語だと思います。原書を読んで、その神髄に触れたい。」

長谷川の手には、カラマーゾフの兄弟と書かれた分厚い本が握られている。物腰柔らかく話す長谷川は、釟三郎より二歳年上であった。

合格発表の掲示板前は、まだまだ人だかりがあふれていた。一次審査を通過した五十人が合格発表を見に来ている。遠くで悔しそうに掲示板を見つめている者、嬉しさをかみ殺して両の手でこぶしを作る者。悲喜こもごもの姿を見ながら、二人は後ろに下がっていった。

「少し話をしませんか？昼ごはんでも食べながら。僕の知っている洋食屋さんでいいですか？」

そう言って長谷川は、釟三郎の返事も聞かずに歩き始めた。

長谷川が扉を開けたのは、横浜で世話になった林グリルによく似ていた。

「ここが僕の行きつけです。本棚にはたくさん洋書が置かれているでしょう。原書はないけど、僕はここでコーヒーを飲みながら読ませてもらっています。」

「長谷川さんは本が好きなのですね。俺はあまり小説を読まなかった。図書館では授業で習う古典を写したりしていただけです。」

長谷川は笑いを浮かべて釟三郎を見た。

「小説はいいですよ。人生を豊かにしてくれる。文字にされた言葉はいろんな事を想像させてくれる。悲しい時や辛い時に目にした小説は、励ましや慰めを伝えてくれます。嬉しい時に同じ本を読むと、まるで一緒に喜んでくれているようです。」

熱心に小説論を語る長谷川の話をじっと聞いていた。

「一人の人生での経験なんてたかがしれています。小説は様々な人の経験を共有できるのです。そのためには、作者の心をより深く知ることです。イギリス文学ならイギリスの風土。中国文学もその歴史的背景。」

「ロシア文学を読むために入学したのですか。僕は何も目的がなかった。ただ、どこでもいいから入学して明日を過ごしたかったのです。長谷川さんのように、目的意識を持って受験したのではない。」

釟三郎は長谷川の前で卑屈になる自分を感じた。

「田中君、僕は将来作家になりたい。そのためにはいろんな本に触れたいのです。日本人は他の国にない感性を持っていると思っています。源氏物語からもそれは理解できます。他の国には散文詩はあっても、俳句や短歌のような独特の様式はありません。それだけに日本人は世界に誇れる小説が書けるでしょう。」

それからの毎日は、授業の後で長谷川と語り合うことが日課となった。

釟三郎は長谷川の小説への熱い思いを聞くと共に、ロシア語を修得する事で新しい発見を語る長谷川に、驚きの思いを持っていた。

学問とはこのように活用するものだ、そう感じさせてくれた。

「長谷川さんのおかげで、俺もクラスでは成績優秀な学生と見てもらっています。入学当時、授業の内容を理解していれば給費生としての体面は保てる。寄宿生としても文句は言われないと考えていました。でも、長谷川さんを見ていて、学問は何かに生かせてこそ意味がある、そう気付かせてもらいました。ありがとうございます。」

そう言いながら釟三郎は、小学校時代に裕二が話していたことを思い出していた。人を成長させるのは友の存在だ。

「今日は一年間の総合成績が発表されたね。田中君はいい成績だった。でも、僕は驚かなかった。当然だと思ったよ。」

釟三郎は思わず頭を掻いた。いつも長谷川とは一位、二位を競っていた。そして総合成績の発表は釟三郎が主席だった。

「学問の目的は見つかりましたか？田中君はいつも悩んでいましたね。」

問われて釟三郎は下を向いた。

「いいえ。交易相手をロシアに求めて活動するのか、まだよく分からずにいます。」

「まだ慌てなくてもいいですよ。先は長い。ただ探すことを蔑ろにはしないでください。人生を詰まらないものにしてしまいます。」

釟三郎は大きく頷いた。

「ところで、今日は田中君に伝えたいことがあります。」

そう言って長谷川はニコッと笑った。

「僕は学校を辞めることにしました。以前から話していた小説家を目指します。」

「えっ？」

驚いて長谷川の顔を見つめた。

「日本一の作家になります。」

「卒業はしないのですか？まだまだ教わることは、たくさんあると思います。先生は何と言っているのですか？家の方は許してくれたのですか？」

「父親は大声で勘当だ。お前なんか、くたばってしまえと言って。」

そう言って、長谷川は声を出して笑った。釟三郎は何も言えず俯いてしまった。

「くたばってしまえ、か。これはいいな。ペンネームに使おう。二葉亭。」

そして長谷川はノートを取り出して、二葉亭と書き込んだ。

「しまえ…。しめい…。どんな字がいいだろう。田中君、何かいい案ないか？」

長谷川が学校を辞めると聞き、動転している釟三郎には、長谷川の問いに答えることなどできなかった。

答えに窮し、目を泳がせる釟三郎を見て長谷川は手を叩いた。

「めいは、迷がいい。そうすると四回迷って五回目に真理にたどりつけばいいな。」

「そんな安直な。」

「いいのだ。決めた。」

この時『浮雲』で世に出る二葉亭四迷が誕生した。

退学した後も、二人は事あるごとに会っては交友を温めることとなる。

それからは何事もなく学校生活を送っていた。

外国語学校の先生には、多くの外国人教師が名前を連ねていた。元ロシア貴族や帰化した外人教師。釮三郎はそんな環境の中で諸外国の情勢を知ることができた。小学校時代に新聞で読んだ海外の話が、より一層鮮明に聞くことができたのだ。

釮三郎にとって外国語学校で過ごす時間は、毎日が新鮮で楽しいものだった。長谷川の言っていた学問の目的も、少し見え始めていた。

外国語学校の五年間の課程もあと一年少しとなったある日の事だった。

釮三郎はいつも通り校門を通り抜けて教室に向かおうとしていた。

「田中、大変だ。」

同じクラスの友人が数名、前から駆け寄ってくる。

校庭のあちこちに学生たちが小さな群れを作っていた。ロシア語クラスだけではなく、韓国語、中国語クラスの学生たちも慌ただしく動き回っている。

「掲示板を見てみろ。ロシア語クラスがなくなる。外国語学校が閉鎖になるぞ。」

慌てて掲示板に駆け寄った。告げると書かれた用紙には、ドイツ語とフランス語は大学予備校に編入される。ロシア語、中国語、韓国語については外国語学校の跡地に移転する東京商業学校が、一時語学部として受け入れることとなった。

これは政治上の改革が進み、太政官制が廃止されて内閣制度となったことによるものだった。ドイツ語とフランス語は先進国の語学ということで、大事に扱われたのかもしれない。ロシア語、中国語、韓国語は商業を発展させるためと東京商業学校に組み入れられた。

また、ドイツ語とフランス語クラスの学生は裕福な家庭が多く、服装もきちっとしていた。それに比べ釟三郎たちは、給費生で寄宿生活をしていたことから振り分けられたのかもしれなかった。寄宿舎は至る所に落書きがあり、乱暴に壊された壁も目に付く、バンカラ学生の巣窟となっていた。

しばらくして、東京商業学校の校長として赴任してきた矢野二郎が釟三郎達に集まるように号令を出した。近くには中国語クラスと韓国語クラスの学生もいる。校庭は学生たちで埋め尽くされた。

「諸君、外国語学校は閉鎖された。これからこの校舎は東京商業学校が引き継ぐことになった。語学専門の学校から商業を専門的に学ぶことになる。」

ざわついていた学生たちが静かになっていく。

日ごろは教師の言葉など、まじめに聞くことのない学生も、これからの行く末を気にして耳を傾けている。

「諸君たちの居場所はなくなる。ロシア語、中国語、韓国語の授業は行わない。寄宿舎にいる者は即刻退去するように。」

そう言って学生たちを見廻した。

「どうしてだ!?」

「俺たちを虫けらのように追い出すのか!?」

「横暴だ!!」

学生たちが堰を切ったように怒鳴り始めた。

中には矢野校長を殴ろうと詰め寄る者もいた。しかし、近くにいた教師たちに、羽交い絞めにされ取り押さえられた。遠くには巡査の姿も見える。

鋭い目で矢野校長は学生たちを見廻した。その目が釟三郎とあった。

「給費生の制度も終わる。学費を支給することはない。」

釟三郎は俯いた。あと一年がこんなに長いのか。

学生の騒ぐ声が釟三郎の耳からから遠ざかって行く。今は何の音も聞こえないで立ち尽くしている。まるで草原の真ん中に、ただ一人で立っているように思えた。

遠くでいつもの授業を始めるチャイムが鳴った。その音につられるように、釟三郎が手を挙げた。

「校長先生、我々はあと一年で卒業です。その一年を待てないのは理不尽に思えます。すでに過ごした四年間を無駄にしろというのですか?校長先生が政府の命令で冷淡になられているのは、あの掲示板からも読み取れました。でも・・・。」

そこまで言って、釟三郎は俯いた。目から涙がこぼれ落ちていく。

しばらく矢野校長は釟三郎を見つめていた。そして他の学生たちに目を移して、きっぱりと言い放った。

「以上だ。すべては決定事項である。解散。」

矢野校長が校舎に消えていくのを見つめながら、学生たちはそれぞれの仲間と集まり始めた。釟三郎も数人の仲間と共に校庭の隅に行き、ポプラの木の下に車座になって座った。

「みんな、どうするのだ？」

一人が口を開いた。

「聞いた話だと、成績が良ければ東京商業学校に編入することもできる。学問を続けることが可能らしいぞ。」

「俺は成績が悪いからな。悪戯で学校からも睨まれていた。編入で東京商業学校に入学するのはだめだな。」

「俺もだめだ。もう田舎に戻る。親の手伝いでもするよ。商業の勉強をしても、何の役にも立たない。」

「ロシア語は役に立つのか？」

そう言って笑った。

「俺の家は商人じゃないからな。いっそ辞めた長谷川のように小説家を目指そうかな。田中はどうするのだ？」

釟三郎も長谷川の事を思い出していた。何のために学問をするのか、その問いを思い出していた。

「俺は加納村を出るとき、海外との貿易を夢に見ていた。横浜港の貿易で輸出入状況を示したグラフを見た。今その事が思い出される。東京商業学校で貿易の事を学びたい。」

釟三郎は強い口調で言い放った。

「うん、釟三郎なら編入が可能だな。」

「でも、学費もかかるぞ。生活費だって今までのようにはいかない。あてはあるのか。」

「ない。何もない。だが何とかして編入したい。外国語学校が閉鎖になることが、俺に新しい道を指示していると思う。これは運命だ。」

釟三郎はまっすぐに伸びたポプラの木を見上げた。

釟三郎の編入は、外国語学校の校長から引き継ぎを受けた矢野校長によって、スムーズに実施された。

「矢野校長、平生釟三郎は優秀な人材である。将来の日本を背負っていく能力を持っている。大きく育ってくれることを願っている。」

その言葉を聞いて以来、矢野校長は釟三郎の行動を観察していた。

「外国語学校の校長が言ったことが分かるな。彼を四年間鍛えれば、将来立派な経済人になるだろう。」

一年生に編入を許された釟三郎は、学費調達のために駆けまわる毎日だった。

釟三郎は二十歳を迎えた。少年時代とは違い、自ら生活費を稼ぐ事はできないか。覚えたロシア語の翻訳で稼ぐのはどうかと考えた。

しかし時間がない。矢野校長の尽力で再入学が叶った今、滞納することは矢野校長の立場を悪くする。

知りうる親戚や兄の知り合いにも頭を下げて回った。面識のないロシア語の先生が親しくしていた大隈重信にも懇願したが、誰からも快諾を得ることができなかった。

「もう学期が始まるというのに。」

万策尽きて頭を抱えている時、一人の老人が釚三郎の前に現れた。若い女性を伴っている。

「私は岐阜で裁判所の判事補をしている平生忠辰と言います。父上の時言君とは遠縁に当たる者です。」

そう言って手を伸ばし、握手を求めた。

「横にいるのは一人娘の佳子です。少し食事でもしながら話しませんか。」

言われるままに、釚三郎は近くのレストランについて行った。

平生は仕事で東京に出てきた。娘にも東京見物をさせてやりたいと同行させたという。

「釚三郎君はかなり優秀な学生だそうですね。外国語学校でも常に主席だそうで、驚きました。父上からの話では、岐阜では飛び級の資格を貰ったとか。」

「いいえ、それほどでもありません。いい友人がいたからです。」

「うん。」

平生は腕を組んで釚三郎を見た。

「思った通りの青年だ。父上も勤勉実直な性格で曲がったことが嫌いだった。その性格を受け継いでいる。」

釚三郎は兄の落とし穴事件を思い出していた。

「どうだろう、平生の家に婿養子に来てくれないか？将来うちの娘と結婚してほしい。」

「えっ、何を言い出すのですか、お父さん！！」

釟三郎が声を出す前に、佳子が席から立ち上がって叫んだ。

周囲の席にいた客たちも、驚いた顔をしてこちらを見ている。

「佳子は嫌か？」

後ろに縛った髪から真っ赤になった耳が覗いている。その耳を隠すように両手で覆い、佳子は後ろを向いた。

釟三郎もどうしていいか分からず、足元に目を落とした。

「ははははっ。」

平生は声を出して豪快に笑った。そして真顔になり、釟三郎の目を見つめて話した。

「釟三郎君、婿養子の件を了解してくれるなら、私が学費の面倒をみさせてもらう。卒業までの生活費も心配はいらない。どうですか？」

思わず釟三郎は顔を上げた。学費の心配がなくなるのか。

「本当ですか？学費を出していただけるのですか？」

「そうだ。お金の心配は一切無用だ。何の心配もしないで学業に専念すればいい。」

「お願いします。ぜひ。」

そう言って釟三郎は体を乗り出し、ふと我に返って佳子を見た。

軽はずみな返事に、自分でも驚いていた。

「そうか、この話を受けてくれるのだな。よかった。」

平生はほっとして、椅子に深く腰を下ろした。そして横に置いたカバンを持ち上げて言った。

「私はこれから会合があるので、少し席をはずします。申し訳ないが、娘を東京見物に連れていってもらえないだろうか。」

すでに平生は席を立っている。

「はい。」

釟三郎が返事を返した時には、平生はもうレストランの扉に向かって歩いていた。

街の雑踏の中を歩く二人は、何もしゃべらず足元を見ていた。商店の建ち並ぶ通りは、多くの人が行き交っていた。佳子の服装に比べ、釟三郎の服装はバンカラ学生そのものであった。

商店から客を呼び込む声が聞こえてくる。店の中にある時計を見ると、レストランにいた時からほとんど時刻は動いていなかった。

時折通り過ぎる自動車に、釟三郎は佳子の手を引き安全な方へ誘導した。そしてすぐに手を放し、佳子から離れた。

釟三郎は女性と肩を並べて歩くことなど、これまで一度も経験したことがない。昔、幼馴染のお喜久と歩いたくらいだ。

「釟三郎、何しているのだ?元気にしているか?」

後ろからロシア語クラスで親しくしていた友人が声を掛けてきた。

佳子はそのまま先へと歩いて行き、立ち止まって釟三郎たちを見ている。

釟三郎は佳子を目で追った。それを見て友人も釟三郎に連れがいることに気付いた。

「悪い、邪魔したな。」

そう言って、手を振りながら離れていった。

「お友達ですか？」

「ロシア語クラスにいた時の仲間です。同じ寄宿生でした。親元に戻ったと聞いていたのですが、何をしていたのだろう？」

そう言って釟三郎は別れた友人の姿を探した。

「この辺りは学生のたまり場なのです。俺、いや僕もよく来ていました。古本屋が多く、食べ物も安いのです。どのわき道に入っても、必ず一膳めし屋があります。貧乏学生の天国のようなところです。」

「フフフ、素敵な所ですね。」

二人は少し打ち解け始めた。

「田中様、本当に私のような者でいいのですか。」

釟三郎は一瞬たじろいだ。

「佳子さんはきれいです。まるでお姫様だ。僕こそあなたには不釣り合いではないかと思っています。」

佳子は色が白く、目鼻立ちの整った美人だった。小柄でお城の奥にいるお姫様だと釟三郎は思った。

「父は、東京見物に連れていってやる、着飾ってついてこい。としか言わなかったのです。驚いてしまいました。」

それからは時間の経つのが急に早くなった。

何を話しても笑顔で返してくれる佳子に、釟三郎は心の中が心地よさで満たされるのを感じていた。

ふと、釟三郎は父に相談もしないで、養子の話を受けたことに気付いた。

「田中様、どうかなさいましたか？」

心配そうに佳子が聞いた。顔が曇ったのを感じ取ったのだった。

「いえ、俺、僕はこんな重大なことを父にも相談しないで、軽はずみに承諾してしまった。平生さんも思慮のない男だと思ったのではないでしょうか。どうして家族と相談して返事をすると言わなかったのか。」

釟三郎の足が止まった。そこは平生と別れたレストランの前である。

ゆっくりと扉を開けると、カウベルの響きが店内に響き渡った。

奥のテーブルにはすでに平生が座っている。

「遅くなりました。」

「いや、私も今着いたところだよ。佳子、楽しかったかい？」

「はい、いろんなところを案内していただき、とても楽しかったです。大きな建物もたくさんあって、驚きました。」

「それはよかった。まあ掛けなさい。」

席を進められても、釟三郎は立ったままでいた。

「どうしました？」

怪訝な顔をして、釟三郎の顔を覗き込んだ。

「平生さん・・・。」

釟三郎は口籠った。

「・・・僕は軽はずみな返事をしてしまいました。父にも相談せずに養子の話を受け入れるとは、無責任な発言だと悔やんでいます。」

そう言って釟三郎は深々と頭を下げた。

「佳子は気に入らないですか？」

「いえ、とても素敵な方です。もう僕の頭からお嬢さんの事は離れないと思います。寝ている時はいつも夢に見ると思います。」

「ほう、ロマンチストですね、田中君は。それに一本筋が通っている。」

平生は嬉しそうに笑った。

「田中君、実は時言さんとは少し前から話をしていたのです。一人娘なので養子を取りたいと話をするとかなり悩まれたが、釟三郎にとって喜ばしいことだと快諾してくれた。父親としては苦渋の選択だったかもしれないですね。息子が学問の世界で力を発揮するために、どうかよろしくといわれました。」

「えっ!? 知りませんでした。」

釟三郎は思わず深く椅子に座り込んだ。

「私は君が快諾してくれたので、もう父上から話が来ていると思いましたよ。娘にはまだ話していなかったのですがね。」

そう言って佳子に目を移して笑った。佳子は思わず顔を伏せた。

「佳子はどう思った？」

少し拗ねた素振りを見せながら、横に座る釟三郎に目を移した。そして微笑みながら言った。

「とても素敵な方です。」

「じゃあ決まりだ。田中君、この話を進めるよ。私からも連絡するが、父上にもよろしく伝えてください。」

「分かりました。でも少しだけお願いがあります。僕が平生の家に入っても田中の家を守りたい。それと卒業した後の進路は自分で決めさせてください。」

「分かった。あとをついで判事補に成れとは言わないよ。それに田中家への援助も承知したよ。」

その日のうちに釟三郎は父に電報を打った。少し長い電文だったが詳細を電文に込めて送ったのだ。ところが夕方に父からの手紙が配達されてきた。手紙には平生の話した通りの事が、事細かく記されていた。

学費の目途が立ったことを報告するために、釟三郎は矢野校長の部屋を訪れた。

「おう、田中君。どうだ、学費の目途は立ったのか？」

「校長先生、僕は平生の家に養子に行くことにしました。」

「養子!?どういうことだ?学費のためか?」

「それもありますが。」

「愚か者、学費の事をなぜ私に相談しに来ない!すでに給費生の処理をしている。」

机上に給費生の証明が置かれていた。

「田中君は成績も優秀で、将来の日本を支える若者だと確信していた。それだけに軽はずみな行動は慎むべきだ。」

「僕は。」

釟三郎の脳裏に佳子の顔が浮かんだ。

「僕は軽率だったとは思っていません。」

「そうか、田中、ではなく平生君だな。いつから僕と言うようになった?いつも俺だったな。わかった、その縁は君を大きくしてくれるようだ。私も認めることとする。この給費は婚約祝いだな。」

そう言って矢野校長は笑った。

東京商業学校。後の一橋大学は勉学と共にスポーツも盛んであった。

隅田川で漕ぐボート競争は、釟三郎も盛んに参加していた。

みんなが息を合わせてオールに力を込める。

「平生、早いぞ。息を合わせろ。」

コックスを務める祖山が声を掛けた。祖山は釟三郎より五歳年下だが、成績も優秀だった。いつも釟三郎と主席の座を争っている。

日頃は物腰も柔らかく、釟三郎たちに敬意を払った話し方をするが、ボートに乗ると豹変する。

「おう。」

「みんな、もっと力を入れろ。」

釟三郎は平生の名前に違和感がなくなっていた。仲間たちもすでに田中姓を忘れているようであった。

東京商業学校はこの頃に高等商業学校に昇格し、高商と呼ばれていた。そして、大学予備門は一高と名前を変えていた。釟三郎は、まだ放校に追いやられたことに対して恨みを忘れていなかった。

隅田川を一高の漕艇が、並走している。

「負けるなぁ！」

「負けるか。高商、ファイト！」

「一高倒せ！」

それまで卑屈な思いをしていた東京商業学校から高商となったことで、学生たちは一高に対してライバル意識を募らせた。何事に対しても闘志をむき出しにして立ち向かっていたのだ。

みんなが声を掛け合いながら、オールに力を込める。高商の学生は学校の意地をむき出しにして、一高の漕艇を睨みつけていた。

釟三郎は一層オールに力を込めた。

ボートが左右に振れる。

「だめだ、力が分散している。平生、力を緩めろ。船が安定していない。スピードが出ないぞ。」

一高の漕艇はすでに遠くに離れている。

悔しさに釟三郎たちは、こぶしを何度もオールに叩きつけた。

土手で見ていた矢野校長は、戻ってきた学生たちに対して一言だけ言って立ち去った。

「私憤のために公益を無視する行為は慎むべきである。」

釟三郎たちは返す言葉を持たなかった。

また野球も盛んに行われた。素手で固いボールを扱うため学生たちは生傷が絶えなかった。団体で戦う競技を釟三郎は好んで参加した。

故郷での柿合戦を思い出したのかもしれない。

釟三郎は毎日が楽しく、有意義なものだと感じていた。様々な産業にも触れ、商業に対する知識を習得することができた。

そして二十五歳になる年、釟三郎は一期生として卒業の時を迎えた。

「平生君、卒業後の進路は考えているのか？」

矢野校長が釟三郎を呼び止めて話しかけた。

「君は主席の成績だ。海外留学生にも選ばれるぞ。」

呼び止められて釟三郎は背筋を伸ばした。

「まだ、進路を見つけることが出来ずにいます。」

「一期生の皆には高等商業の名を高めてほしいと考えている。高商ここにありと誇れる活躍を期待している。」

そう言って矢野校長は校庭の方に歩き出した。釟三郎もその後に続く。

「海外留学は祖山鐘三がいいと思います。成績も優秀で年も若い。それに彼はもっと伸びる人材です。」

「うん、そうか。」

そう言って矢野校長は微笑んだ。

「平生らしい考えだな。」

すでに矢野校長には釟三郎の返事が想像できていたのだろう。

「それならば依頼したいことがある。」

「はい。」

「高等商業の付属に主計学校がある。そこの教師をしてほしい。経済学と英語の助教授になってくれないか？」

釟三郎は英語が得意だった。学生時代には仲間を集め、英語劇を演じたりもしていた。

「教師ですか？」

釟三郎は一瞬戸惑った。経済の世界に身を置く事を考えていた自分が、教育者として人を育てることができるだろうか？

「平生君。私は君に一生教育者として過ごしてほしいとは思わないよ。時が来れば君の力が必要になる。その時まで私の隠し玉として置いておきたいのですよ。」

「隠し玉ですか。分かりました。校長先生のご意志に従います。」

こうして釟三郎は母校の主計学校で教鞭をとることになった。


****

「おばあちゃん、よく覚えているね。」

「そうね、勝一郎兄さんが落とし穴を掘って叱られた時、すごく印象に残っていたから。それに平生釟三郎の名前が印象的で、頭に残っていたのね。その日、ツネおばあちゃんが教えてくれたのよ。すごく苦労して学校を卒業した、とても偉い人だって。でもほとんど忘れてしまって、佐由美さんが言い出すまでは気付かなかった。」

「でも時言って人、私は嫌い。武士道とか実直な人と言っているけど、口ばっかり。平生釟三郎は結局一人で苦労したわけでしょ。兄弟には師範学校まで出して。そのくせ田中家の再興を平生釟三郎に託している。」

「でも釟三郎は好きだったのでしょうね。きっと心から尊敬していたと思いますよ。」

佐由美はチラッと時計を見た。まだ昼前である。

「学校の友達を呼んでもいい？さっき言った研究発表で平生釟三郎を取り上げようと言っている友だちなのだけど。」

「はい、いいですよ。研究のために集まるなんて、学生らしくていいですね。応援しますよ。でも皆さんと会うなら、マスクを忘れないでね。」

「ありがとう。この前に作ったマスクをつける。みんなに資料を持って集まるように連絡するね。昼過ぎに集合って。」

そう言いながら佐由美はスマホをいじり始めた。


良枝の話を何度も聞き直しながら、佐由美は細かくノートにまとめていった。わんぱくな子供時代の話、横浜のレストランにたどり着いた時や、東京に出て給費生となった頃の苦労話。そして、頭角を現してくる高等商業時代。

「うん、いいテーマを選んだ。これなら学校でみんなに自慢できるいい発表ができるわ。」

佐由美は書き出しながら楽しくなってきた。

ノートには良枝の話した内容が三ページにわたって書き込まれた。

その時、佐由美の仲間達が集まってきた。

「こんにちは、御蔵です。佐由美さんはおられますか？」

「待っていたよ、早く入って。」

「お邪魔します。」

御蔵志摩子がバッグいっぱいの資料を抱えて入ってきた。その後ろから築山静代と佐野昭寛が頭を下げて入ってきた。最後に飯村和彦が玄関をくぐった。みんな、思い思いのマスクをつけている。

「工藤君は部活。試合が近いそうよ。」

「分かった。とにかく上がって。見せたい物があるから。」

五人は和室のテーブルに腰を下ろした。

「よく来られましたね。勉強は大変そうですが、頑張ってくださいね。」

良枝がコーヒーとケーキをテーブルに並べた。

「ありがとうございます。」

そう言って御蔵は持ってきたクッキーを差し出した。

「見せたいものって何なの？」

「おばあちゃんの話を書き留めた。」

そう言って、佐由美は真新しいノートをテーブルの上に置くと、四人はそれを回し読みした。

「ふーん。高等商業時代までよくまとまっているね。」

「平生釟三郎は、とても苦労をしていたのね。学校を作ったりしたから、大金持ちだと思っていた。」

「私も。」

「それに、岐阜の出身だったのにも驚いた。てっきり神戸の人だと思っていたから。よくこれだけ何も知らないで、平生釟三郎を研究テーマに選んだものだ。」

「確かに。これは本腰を入れないと。」

五人はもう一度座りなおして、体をテーブルに乗り出した。

「中学を中退して、よくこれだけの向学心が残っていたものだ。」

「佐野君なら、とっくに勉強を諦めているね。音楽道楽の道を選ぶでしょう。」

佐野は大学でも軽音サークルに属している。時々、サークル仲間が集まって演奏会を開いていた。佐由美たちにも空席を埋めるようにと頼ってくる。

「御蔵だって、これ幸い、と言って花嫁修業だな。花嫁修業という名の放蕩三昧だろ。まあ、お前の家は金持ちだから、ありえない話ではないな。」

みんなは二人の会話に笑った。

「外国語学校に入学したのが、平生釟三郎の転機かな。運命だな。困窮していてたまたま見つけた新聞の記事。学校探しが一年遅ければ、海軍兵学校や陸軍士官学校を選んでいたのだろ。全く違う道を歩んでいた。」

「飯村君の言う事よく分かる。岐阜を出るとき、貿易への夢を持っていたよね。それが外国と戦うことを選んだら、平生釟三郎の人生は現実とは反対のことになっていたでしょうね。」

築山がノートを引き寄せ、外国語学校に入学するくだりを指さした。

「ロシア語を学ぶ意義とは別にして。その後は運が良かったのかもしれないね。苦労はしているのだけど。」

「かなりのいたずら坊主だけど、いい先生にも恵まれたようだね。」

「いたずら坊主なら、佐野君も負けていないかな。」

「俺はいたずら坊主じゃないよ。まじめな学生だろ。」

「はいはい。ただ、いい先生に当たらなかったのだね。可哀想に。」

「優秀な学生でないといわれているようだ。」

みんなが笑った。

「平生釟三郎の性格は、どうして生まれたのだろうね。」

その言葉にみんなはもう一度ノートを覗き込んだ。ページをめくりながら、文字を指でなどって行く。

「小学校の美術の柴田先生。あの指導は平生釟三郎の教育者の礎を作ったと思う。その事を頭においで生活していないか。」

「長谷川辰之助もいるな。」

「父時言の教えは？」

「武士道精神か。あるでしょうね。」

「この話だと平生釟三郎は中学を中退して横浜に行くのだけど、二人のお兄さんは師範学校まで行っている。すごく不公平感がある。師範学校に行くお金があれば、平生釟三郎も中学を卒業できたでしょ。」

佐由美が口を挟んだ。

「日頃は武士道だとか言って威張っている。それなのに、すべてを平生釟三郎に押し付けて。お家再興を押し付けるのだから、私は身勝手な父親だと感じた。」

「幕末の頃、多くの侍は禄を失っていた。当初はなんとか株というのがあって、いくらかの手当てを貰っていたのだけど。その株を売ってしまうと、もう生活費の目途は立たなかったそうだよ。」

飯村が弁護をするように口を開いた。

「当初は兄たちの学費も用立てることが出来た。でも平生釟三郎が学校に入る頃には困窮を極めるところまで行っていたと思う。」

「そうか、だから平生釟三郎も愚痴を言わないで頑張ったのか。」

「私たちならぐれてしまうね。」

「そんな生活の中から主計学校の教師になったのだから、やはり凄い。」

みんなはしばらく平生釟三郎の気持ちに感情移入していた。

「そうだ、俺の学校に平生釟三郎の写真が飾っていた。」

「飯村って、県商だったな。垂水にある。」

飯村が頷いた。

「確か、歴代校長の写真が並べられた校長室だったと思う。」

そう言って鞄から平生釟三郎に関する資料を取り出した。それを見た他のみんなも自分の資料をテーブルに並べ始めた。

「校長先生か。」

【神戸商業学校の再建】

釟三郎は主計学校で経済学と英語を教えていた。当時の給料としてはそれほど高くない。釟三郎が卒業まで待っていた佳子と、養父のいる三重で結婚式を挙げている。釟三郎自身は一人前の社会人になったと感じていた。

釟三郎の教える学生たちも、釟三郎を信頼して授業をまじめに受けていた。釟三郎は平穏な生活を過ごしていた。

半年も過ぎた頃、釟三郎は矢野校長に呼び出された。

「平生君、主計学校も順調そうですね。いいことだ。」

「校長先生のおかげです。ありがとうございます。学生たちとも馴染んできました。みんな経済学に対しては呑み込みが早いです。」

「それはいい。優秀な学生がたくさん高商に入ってくることでしょう。」

「はい、頑張ります。」

矢野校長は嬉しそうに頷いた。

「ところで。平生君は卒業する時に世界に羽ばたき、飛躍したいと話していたね。子供の頃からの志だと。」

「はい。いつか、諸外国を相手に貿易をやりたいと考えています。」

「それは今も変わらないですか？」

「もちろん、それが夢です。」

矢野校長はテーブルに置いたコーヒーに手を伸ばした。

「平生君、一つ頼まれてくれないか？」

「はい。」

釟三郎は怪訝な顔をして矢野校長を見た。

「韓国の仁川に行ってくれないか。関税事務所での仕事なのだが。」

釟三郎の脳裏に、主計学校の学生たちの顔が浮かんだ。

少し考えて、釟三郎は答えた。

「分かりました。その仕事を受けさせていただきます。」

韓国仁川の仕事は、釟三郎に交易の仕組みを経験させてくれた。子供の頃に読んだ新聞の記事が蘇ってくる。貿易の収支を示していたグラフが、今目の前で繰り広げられていた。

輸出入にかかる関税を計算するのが釟三郎の仕事である。

関税事務所には日本人を始め、諸外国の商社から人が集まってきた。混雑する事務所を歩いている時、一人の日本人に腕を掴まれ柱の陰へと連れていかれた。

「何でしょうか。」

男は周りを見廻しながら、釟三郎の耳もとで話しかけた。

「私は横浜の商事会社の者ですが、我々の関税処理を簡素化していただけないでしょうか。時間がかかって、本国へ送る段取りが遅れてしまっているのです。」

釟三郎はその男を押し下げて、正面から顔を見た。

「これは決められた手順に沿って実施しています。どこの国の人も決められた手順に沿って粛々と関税の処理をしてくれています。」

「しかし、あなたも日本人でしょう？少しくらい同胞のよしみで便宜を図ってくれてもいいのではないですか？関税が高いと言っているのではないのです。処理を。」

釟三郎は右手で柱を叩いた。

「以前、日本の商人が有利になる、貿易上の不正取引を強要してきたことがあります。その時も日本人同士だからと言ってきた。」

釟三郎は大きくため息を吐いた。

「私は日本人です。しかし、今私は韓国に雇われているのです。だからこの国の定める通り税金の徴収をしているのです。日本人だからこそ、不正はしたくない。それが私の誇りなのです。我が国が開国した時に、諸外国との貿易で不公平な取引のあったことは、あなたもご存知でしょう。私は日本人として、正当な関税業務を果たしていきます。」

男は釟三郎の言葉にたじろいだ。

とはいえ、関税事務所では日常茶飯事の出来事であった。

窓口には英語しか話せない外国人も多く訪れた。

日常会話には自信のあった釟三郎も、関税業務に係る英会話には戸惑いを隠せなかった。しかし、外国人と接することで、釟三郎の語学力は赴任当時から格段の上達を見せていた。

そんな時、英語塾の講師をしていた神父が他国に赴任する事になった。仁川小学校の教室を借りて開かれた塾である。神父は新しい英語教師を探していた。そして釟三郎が目に留まったのだった。

「お引き受けします。時間も業務を終えた七時から九時なら問題はありません。」

釟三郎は主計学校の事を思い出していた。学生たちへの授業をやり残したと感じていたのだった。

当初数人だった生徒も日に日に増えていった。教室には日本人だけではなく韓国人の子供もたくさん入って来るようになった。

一年余り過ごした関税事務所も軌道に乗り、釟三郎は帰国することになった。


日本に戻った釟三郎は、玄関を開けて驚いた。小さな女の子が釟三郎をいぶかしんで立っている。

「おかえりなさい。」

笑いながら、佳子が女の子の手を引いている。

「この子が志津か。」

「そうです、あなたの子ですよ。大きくなったでしょう?」

「苦労を掛けたね。」

「いいえ、とても聞き分けのいい子で、楽しく過ごせましたよ。」

釟三郎は志津を抱え上げ、そして抱きしめた。

しばらくは釟三郎ものんびりと毎日を過ごした。高商卒業以来、毎日が慌ただしかった。ひと時の戦士の休息といえる。

しかし、それも長くは続かなかった。

一通の電報が釟三郎の手に届いた。矢野校長からの電報だった。

「佳子、矢野校長からの連絡だ。今度は神戸の商業学校に行くことになった。校長として赴任する。」

「校長先生って、まだあなたは若いのに。二十七歳の校長先生って、大丈夫でしょうか?苦労されるのでは?」

「大丈夫だ。矢野校長に指名されたのだから、精いっぱい頑張ってみようと思う。」

「無理をなさらないでくださいね。」

「佳子にはまた苦労を掛けるな。よろしく頼むよ。」

神戸商業学校は現在の兵庫県立神戸商業高校の前身で、明治十年に神戸港の貿易発展のための人材育成を目的として作られた。

日本では東京商法講習所に次ぐ二番目に古い学校である。当初、福沢諭吉の協力を得て明治十一年に神戸商業講習所として設立された。

その後、明治十九年に神戸商業学校と改名する。

平生釟三郎が八代目の校長として赴任したのは、明治二十六年の春である。

兵庫県は学校運営の全面協力を約束したにもかかわらず、開校後は授業内容に不満を持った兵庫県議会により、予算の削減を余儀なくされた。

釟三郎が赴任する頃には廃校を議論する事態になっていた。銀行や企業のための教育を、県がする必要があるのか、という意見である。そのための教育に係る費用は無駄だとされたのだ。

学校の存続が県議会で議論される中、学生たちにも不安が広がり学校は荒廃していた。校舎には至る所に落書きがされ、壊れた机が散乱していた。

そんな神戸商業学校に釟三郎は校長として赴任することになったのだ。

付近の住民も荒れ果てた校舎を見て眉をしかめていた。

「まず、学校存続問題か。そして学生たちの意識改革だな。」

校長室の椅子に座り、釟三郎は鼓舞するように独り言を言った。

そこに教務主任の長尾良吉が数人の学生を引き連れて入ってきた。

「校長、今警官によってこの学生たちが補導されてきました。」

一人の学生の襟を掴んで、釟三郎の前に突き出した。制服をだらしなく着ている姿は釟三郎がバンカラ学生と呼ばれたころと変わらない。

「離せよ。」

そう言って長尾教務主任の手を振りほどこうとした。その学生は島野といい、クラス代表を務めていた。

「こいつらは街の商店で万引きをしたそうです。人の迷惑を考えないやつらです。」

「うん。君たちは学校の恥を考えなかったのか？制服を着て悪事を働けば学校の名前がついてくる。それを承知で万引きをしたのか!?」

釟三郎は強い口調で叱った。

「この学校はもうなくなるのだろう。何が学校の恥だ。俺たちはもう放校される身だから、そんなことを考える気にもならない。当然だろ。」

「この学校が廃校になると思っているのか？誰から聞かされた？」

「もう学校中の噂だ。そんな中でまじめに勉強ができるはずがない。」

「島野、いい加減にしろ!!」

長尾教務主任が強い口調で叱った。

釟三郎は島野を見つめ、そして他の学生にも目をやった。学生たちはふてぶてしく窓の外に目をやっている。

釟三郎はここで何を言っても無駄だと感じた。

「長尾教務主任、彼らを解放してください。事後処理を怠りなく。」

「すでに担任の平田先生が店の方には向かっています。」

「君たちは教室に戻りなさい。」

そう言って学生たちを校長室から引き下がらせた。

「長尾教務主任、彼らはどんな学生なのですか？」

「入学当時、彼らは優秀な学生だったのですよ。成績も良くこの学校を代表するような学生になると考えていました。あんな素行をする子ではなかった。」

長尾教務主任は辛そうに話した。

「学生たちはストと称して授業をサボタージュしているのです。教室に学生が半分も出て来ないこともあります。」

「学生がさぼることを教師は注意しないのですか？」

「残念ながら教師の中には、教科書の販売会社などから賄賂を受け取っている者もいます。そんな教師の注意など学生の耳に届きません。みんな学校が無くなるものと思いこんでいるのです。そんな中でまじめに勉強しろとは言えないでいます。私も悔しいです。」

学校存続問題が根底にあることは理解できた。

しかし、それを食い止めるためには学生たちの意識改革が必要だ。指導する教師の熱意を向上させる。幸い長尾教務主任は熱意を持っている。

「長尾教務主任。賄賂を受け取った教師については厳罰に処します。全額販売会社に返金させてください。そしてその販売会社とは、今後取引を停止します。」

長尾教務主任は大変だと思った。しかし心の中で喜んでいるのを感じていた。

後に長尾良吉は鐘紡の社長になる男である。

「それから、学生たちにもストは禁止です。勉学を拒否する者には放校もやむなしです。首謀者に対して厳正に対処します。学外において乱暴狼藉も同様です。」

学校存続には、商業学校の意義と必要性を兵庫県に理解させ、地域の住民や商店にも印象を良くしなければならない。

釟三郎は窓越しに見える神戸の町を見つめた。

次の朝、釟三郎は朝礼で宣言した。

「学生諸子には企業や商店に出向してもらう。これは君たちが学ぶためではない。すでに学習した技術を企業に広めるためである。商法の知識はもちろんだが、その会社にとって有意義なことを伝授するのだ。」

釟三郎は一息つき、学生たちを見廻した。どよめきの声がする。

「俺たちができるのか？」

「商店の経営を指導するのか？」

「大手企業は専門の人間がいるだろう。そこに入って意見などいえるわけがない。」

「でも小さな会社や商店なら、商法を知らないかもしれない。」

「俺はやってみたい。習ったことを実践するのは面白そう。」

釟三郎は学生の反応が収まるのを待った。

「最初の派遣は三年生から五人選出する。その者達には授業の他、専門授業を実施する。これは学校の命運を賭けた行事である。」

その日、釟三郎は派遣する学生たちの選別を長尾教務主任に命じた。受け入れ先の調査もその日から始まった。

派遣に選ばれた学生に対して、派遣するための特別授業が長尾教務主任を中心に行われた。当初渋っていた学生も日に日に実力を身につけていった。

そして半年後、第一回の派遣学生たちが町に散っていった。

釟三郎は学校存続のために、兵庫県を始め様々な企業の元を訪ね、商業に関する知識の重要性を説いて回った。

「商業学校というのは銀行や大手企業のお先棒を担いでいるのでしょ?」

「いや、そうではない。商業の何かを理解しなければ、諸外国との貿易にも問題が生じることとなる。」

「現実として開国時にどれだけ不平等な取引がされたかは、皆さんはご存知なはずだ。貿易に係る規則や法律の重要性を知らないはずがない。」

「でも、そろばんと簿記が授業内容ではないですか?」

「計算は重要な要素です。計算ができないと商売はできません。簿記は売った、買っただけの記録ではありません。損益を把握できない企業は倒産します。税法上の処理もままならないことになります。」

釟三郎は熱心に商業学校の必要性を話した。

強固に反対する議員には、学校が終わった後に自宅を訪問して説得して回った。

第一回の派遣学生には島野も選ばれていた。

小さな町の工場に送られた島野は、帳簿のずさんさに驚いた。学校で教わったことを実践しながら、問題点を指摘する。その都度、工場の経理担当は驚きの声をあげて感嘆した。

それまで当然と思っていた赤字部分が解消されていく。

予定の期間を過ぎるころ、工場主は島野に残るよう懇願した。

他の派遣された学生たちも、同様に感謝されていた。

釟三郎の想像をはるかにしのぐ成果であった。

その後の第二回、第三回の派遣学生たちも感謝されて戻ってきた。

釟三郎の狙いは的中したのだった。商業学校の必要性は様々な企業や商店から上がっていた。

その声は県議会にも伝わった。

「しばらくは存続しましょう。予算については、状況を見て検討するということでいいですか。」

議会は満場一致で学校経営の存続を認めた。

その報告を受けた釟三郎は、すぐに全校生を校庭に集めて大声で伝えた。学生たちが泣いている。

釟三郎の目にも涙がにじんでいた。

****

「今の県商でしょ？飯村君も県商だったのか。」

「垂水に移ったのは昭和三十七年。それまでは生田区にあった。今の中央区だよ。だから平生釟三郎が見ていたのは神戸の中心。港が見えていたと思うよ。」

「港を見ていたのか。それなら実業家への道を捨て去りがたく。だね。」

「貿易船の行き来を眺めていたのか。」

みんなはしばらく釟三郎の気持ちになっていた。

「でも、平生釟三郎がいなかったら、飯村の学校は廃校になっていたのだな。良かったな、飯村。」

そう言って佐野が飯村の背中を叩いた。

「県商って、由緒ある学校なのね。良かったね。」

「廃校になるところが、それを平生さんが守ってくれたのだね。」

「平生釟三郎の才覚のすごさだね。」

「おかげで、今みんなと話ができるのだ。平生校長先生に感謝だよ。ありがとうございます。」

そう言って飯村は頭を下げた。

みんなの笑い声が収まるのを待って佐由美が問いかけた。

「でも、矢野校長に対して平生釟三郎はどんな気持ちで付き合っていたのだろうね。恩人に対する敬意の気持ちかな。服従の気持ちがあったのかもしれないね。」

「確かに一年であそこに行け、ここに行けだからね。」

佐野が年表を広げた。

「並みの性格なら、途中で腹を立てると思う。もっと居たかった職場もあっただろう。」

「主計学校は半年だよ。三年間は学生と向き合いたかったと思う。」

「平生釟三郎ならどこに留まっても、きっと名前を上げているよ。」

「矢野校長は利用していたのかな？高等商業の名前を高めるために。」

「そんな野心家の校長ではないと思うけど。でも、信頼できる腹心の部下だったかな。」

「僕には野心家に映る。独善的な。」

「それだけに安心できる優秀な人材を持ちたかった。その一人だとは思っていたかもしれない。」

「矢野校長は平生釟三郎をどうしたかったのだろうね。理想の教育者だろうか？」

「これから私たちの学校を作ってくれるのだから。」

「独特の教育方針を打ち立ててくれた人だ。だから、やはり教育者だよ。」

「でもこの後実業家になっていくよ。東京海上保険。」

【東京海上保険に身を置く】

矢野校長は釟三郎を神戸商業学校に送りだした年、校長を排斥しようとする学生たちによって退任を余儀なくされていた。長期の校長在任によって専権化した、矢野の学校運営に不満を持っていたのだ。この結果多くの学生が退学処分となり、それにより矢野自身も責任を取って退任したのだった。

しかし、その後矢野は東京商業会議所の名誉会員に任じられていた。

そんな矢野の書斎には、東京海上保険の益田孝からの手紙が置かれていた。

高等商業学校の二年先輩にあたる各務鎌吉が、ロンドン支店に派遣されることに伴い、後任を推薦してほしいというものである。

各務は高等商業学校を卒業と同時に東京海上保険に入社し、筆頭書記を務めていた。年齢は釟三郎より二つ年下であった。

「各務君の後任か。」

矢野校長の頭の中に飯田旗郎や祖山鐘三、水島銕也の顔が浮かんだ。

水島銕也は明治十四年に神戸商業学校を経て、明治二十年に高等商業学校に入学していた。その後教諭を歴任し横浜正金銀行に入行したのだ。

「水島君には将来開校予定の神戸高等商業を任せたい。あとの二人も実業家の道を歩き始めている。」

矢野は腕を組んで机の周りを歩き回った。

「各務君に勝るとも劣らない者。やはり平生君に頼みたいが、神戸商業学校で力を発揮してくれている。まだ一年と少しだ。卒業して主計学校の教師が半年、その後仁川も一年か。短すぎる移動だな。」

矢野は椅子に深く腰かけた。そしておもむろに便箋を開いた。

三日後、その手紙が釟三郎の元に届いた。

長い書面は神戸商業学校での活躍を褒め、その活躍を評価する内容だった。そして文末に東京海上保険の事が書かれていた。

教育者から実業家への道を進めと締めくくられている。

釟三郎はおおいに悩んだ。神戸商業学校での活動も、今は道半ばのように思える。やり残したことがまだまだあるのではないか。教務主任たちに後を託すのは無責任に思えた。

「学校存続の道筋は作れたと思うが、今からいばらの道のはずだ。」

釟三郎の頭の中では、これから進めようと考えていた神戸商業学校の未来計画が渦巻いていた。

「学校に残りたいのが本音だな。」

しかし矢野校長からの依頼だ。校長職を退任していることは釟三郎の耳にも届いている。それだけに長い書面に綴られた矢野校長の思いが、釟三郎には痛いほど感じることが出来た。

もう一つ、釟三郎の心を動かしたのは実業家への道だった。

加納村を出るときに思い浮かべた大志は今も忘れていない。新聞に掲載された横浜港の貿易に関する貿易収支のグラフは脳裏に残っている。

東京海上保険は明治十二年に創業した。当時は貨物保険のみで釜山、上海、香港を含む十八か所に海外支店を置き、さらにロンドン、パリ、ニューヨークの各支店で代理店委託も行われていた。釟三郎が東京商業学校に編入する少し前には、船舶保険の引き受けも開始していた。明治二十五年頃までは競争相手もなく、順風満帆な企業経営がなされていたが、翌年にはライバル会社が三社設立された。

その頃東京の本社に、イギリスの代理店から頻繁に送金依頼が舞い込んでいた。その原因究明と対策を任されたのが各務鎌吉だった。各務がロンドンに出向くためには、業務を引き継ぐ人材が必要となる。そこで白羽の矢が立ったのが平生釟三郎だったのだ。

釟三郎は矢野校長に指示された通り、益田克徳邸の晩さん会に向かった。益田克徳は東京海上保険の総支配人である。

門の前に立つと、そびえたつ建物が釟三郎の目に飛び込んできた。洋館建てのすべての窓に灯りがともされて、釟三郎を圧倒した。

「平生様でしょうか？」

「はい。」

釟三郎は小さく頷いた。

「主人がお待ちしております。どうぞ此方へ。」

案内されるままに釟三郎は玄関前に立った。すると中から勢いよく扉が開けられた。

「平生君、お久しぶりです。お元気でしたか。」

黒いスーツを着た背の高い細身の男が、明るい部屋の光を背にして立っている。各務鎌吉だった。

「各務君、久しぶりだな。元気でしたか？」

「平生君も元気そうで何よりです。神戸の商業学校でのご活躍、私も嬉しいです。」

そう言って釟三郎の手を取った。

「そんなところで立ち話をしないで、早く中にお入りください。皆さんもお待ちかねですよ。平生さん、よくお越しくださいました。」

益田克徳の兄　益田孝が各務の後ろから声を掛けた。

「平生さんの話は矢野さんから聞いています。神戸の事も仁川でのご活躍も。ご苦労されたことでしょうね。さあ、皆さんに紹介します。」

案内を受けて釟三郎は席に着いた。

相談役を務める渋沢栄一や岩崎弥太郎の姿も見える。みんなが釟三郎に目を向けていた。その視線の中で釟三郎は緊張を覚えた。

「君が平生釟三郎さんですか。いろいろ話は聞いています。若いのに神戸商業学校を立て直した話には感動いたしました。」

顔をほころばせながら益田克徳が話し始めた。

「いいえ、神戸では私の考えに賛同してくれた教務主任の力が大きかったです。一人で大声を出しても事は運びません。彼が学生たち一人一人に納得するまで話し合ってくれました。何事を成すにも仲間、同志が必要だと感じました。」

「昔から平生君は仲間を大切にする人でしたよ。学生時代も仲間のために一生懸命でした。」

各務は仲間のために教師と議論したことを思い出したが、口に出すのをはばかった。釟三郎の正義感は企業の中でどう映るのか分からない。二十代半ばの正義感が、快く会社組織に受け入れられるとは考えにくい。

「仁川での英会話の学校の話も聞きました。英語が得意でなければ務まらないですね。それにロシア語も嗜むとは驚きです。海外に支店を置く我が社としては、あなたのような人材を必要としています。」

「ありがとうございます。」

「我が社は今、ライバル会社の出現で業績が悪化しています。売り上げの半分を占める海外事業で、少しほころびが出始めています。」

そう言って益田克徳は各務に目を向けた。

「そのテコ入れのために、各務君をロンドンに出向いてもらおうと考えています。しかし、東京での業務を支えているのが各務君なのです。今彼が抜けると東京の業務も倒れてしまいかねない。」

益田克徳一息ついた。

「平生さん、我が社を助けてくれないか。」

釟三郎には益田克徳が即答を求めているのがわかった。

「ぜひ我が社に来てくれないか。」

「平生君、一緒に働こう。」

釟三郎は椅子を引いて立ち上がった。そして深々とお辞儀をした。

「よろしくお願いします。」


次の日から釟三郎の姿は東京海上保険の事務所にあった。各務との引継ぎは十枚ほどのメモと、一日かけた説明で東京営業の責任者を任されることになった。これまでの東京海上保険の営業は自ら営業に動くのではなく、顧客からの契約依頼を待っていた。また、全損以外の一部損壊に対しては一切保証せず、また事故の多い港内運搬船の積み荷に対しては一切受け付けていなかった。しかし、後から設立された保険会社による勧誘攻勢はすさまじい勢いで、国内競争は激化しており、東京海上保険の営業成績を低迷させていた。

こうして釟三郎は実業家の第一歩を踏み出したのだった。

保険会社の仕事も知らず、渡された資料を読み漁る日がしばらく続いていた。そして毎晩のように、接待に駆り出されていた。

「平生さん、今日は大手問屋の番頭さんたちです。大口の契約をいただいている会社なので、よろしくお願いします。」

釟三郎の下で働く上野次郎が、予定表を渡しながら言った。

「今日も宴会ですか。もう三日も続いていますよ。」

「頑張ってください。これが営業の仕事なのです。他の保険会社に顧客を取られないためにも、この人たちを繋ぎ留めなければいけないのです。」

釟三郎は大きくため息をついた。当時の保険会社は競争相手に勝つために、高額の接待を繰り広げていた。契約を交わしている顧客はもちろん、新規顧客獲得のために多額の資金を投入している。

これまでの釟三郎の職場では、接待と称して飲み会を開くことはほとんどなく、相手を説得するための会食会だけしか経験がなかった。

「神戸商業学校の存続の時以来だな。反対する議員に直談判するために、よく通ったものだ。でもあれは話を聞いてもらい、説得するためだった。それが、今は相手をいい気持ちにさせるための接待だから。」

釟三郎は酒が苦手であった。一口飲んだだけで体の中で火災が起きたように熱くなり、顔は赤鬼のごとく真っ赤になった。

「平生さん、昨日のようにお客様の前で倒れて寝込まないでくださいね。皆さんは笑ってすましてくれましたが、やはり拙いです。それに何を喋っているのか、私にも分からなかったです。」

「申し訳ない。不覚でした。上野君にも迷惑をかけました。私もこれほど酒に弱いとは思わなかった。今日は女将に白湯を徳利に入れて用意してもらうことにするよ。」

情けなく釟三郎は笑った。

「それにしても、この接待に使うお金を保険料の値引きに使う方が問屋も喜ぶだろうに。」

「相手の人も会社のためより、自分に貢いでくれる方が喜ぶのですね。」

「そんなものですか。」

釟三郎は実業界の得体のしれない魔物を見た気がした。

資料を見ながら、ふと疑問に思った。

横浜港の近くには東京本社があるが、横浜と並ぶ貿易拠点の神戸港の近くには支店すらない。荷揚げ量を考えると、東京海上保険会社にとって重要な拠点になるはずだ。

「ところで上野君。どうして大阪に支店を作らないのだ？君は理由を知っているかね？」

「いいえ、特には知らされていません。人員の問題とか、採算が合わないと考えたのでしょうか。」

他の保険会社も大阪には進出していない。

釟三郎は東京で顧客の奪い合いをするなら、新規開拓が必要ではないのかと思った。

「悪いが大阪と神戸の港湾利用状況を調べてくれないか？出入りする船舶の数量や貿易収支など、できるだけ詳しく頼む。」

上野は釟三郎の考えていることを察した。

「横浜と比較するのですね？分かりました。早速調べてみます。保険の契約件数も比べてみます。」

上野は大阪の商家の出身である。東京出身者の多い東京海上保険会社に対して、上野自身も支社が大阪にあればいいと考えていたのだ。

「頼む。しかし君はどうして大阪に支社を置く事を考えたのですか？経済学の観点ですか？」

「いいえ、平生さんのように深く考えたわけではありません。強いて言えば大阪人気質が関西にも拠点を作ってほしいと思っただけです。利益につながるかを考えたわけではないのです。」

上野は照れながら言った。その笑いに釟三郎は神戸商業学校の学生を思い出していた。

上野の調査した資料は釟三郎の考えた以上のものであった。

大型船舶の出入りだけではなく、近隣の都道府県からの積み荷の量や保険の対象となる問屋の数、そして保険に加入していない割合も書かれていた。

釟三郎が驚いたのは、支店を設置する地理的条件や費用についても細かく書かれていたことである。

「上野君、これらの資料はどうしたのですか？本社の資料だけではこれだけの事はまとまらないでしょう。」

上野は少し照れた。

「学生時代の友達や、大阪の仲間に聞きました。東京海上保険の事は一言も言っていません。みんな神戸港の現状を知りたくて、懸命に調べてくれたのです。自分で調べたのにその結果に驚いていました。」

「いい友達を持ちましたね。君の人徳なのかもしれない。」

そう言って釟三郎は笑った。

「この資料、少しの間読ませてください。ご苦労様でした。」

釟三郎はしばらく上野の資料の精査に時間を費やした。

想像以上に大阪の問屋からは契約が結ばれていない。問屋の数は東京と殆ど変わらないにもかかわらず、保険制度を利用していないのだ。

大阪で契約をしている問屋は東京に支店を持っている会社ばかりで、大阪に本店を持つ問屋はわざわざ東京まで契約のために訪れる事はなかった。

「これはいけるかもしれないな。」

釟三郎は上野のまとめた資料を要約し、役員への説明資料を作成に取り掛かった。

三日後、釟三郎は役員に資料を提出した。大阪神戸における東京海上保険の展望と題して、現在未加入の問屋を勧誘することの意義を説明した。午前中に始まった会議は、昼を回っても釟三郎一人が喋っている。

役員たちは釟三郎の資料を見ながら首をひねっている。

「平生君。今、我が社は追随の保険会社に顧客を奪われている。かなり厳しい状況だ。こんな時に大阪に戦力を移すのは如何なものでしょう。」

「地盤である東京をもっと強固にすることが先決と思う。大阪に支社を置くことは、顧客から東京離れとは取られないかと心配です。」

「古くからの東京の問屋とは、いい関係を築けていると思う。それを反故にするのはまずいよ。」

役員たちは口々に東京の基盤を強調する。新規開拓にしり込みをしているようだった。

「それは接待の事を言っているのですか。今の番頭さんが転勤や退職すると元の木阿弥です。会社との信頼関係を築くことが大切です。」

「それは慣習になっているからな。他の保険会社に顧客を取られないためにも、負けるわけにはいかない。」

「接待を否定するつもりはありません。しかし、まだ更地の大阪に足を踏み入れることは会社の発展につながると思います。ぜひ大阪支社の検討をお願いします。今の保険会社他社との顧客の争奪は膠着状態です。」

それからも会議は延々と続いた。

根負けするように一人の役員が口を開いた。

「どうでしょう、期限を切って大阪に支店を出してみませんか。」

その言葉を聞いて、釟三郎は立ち上がって声高らかに言った。

「規模は小さくてもいい。東京海上保険の看板を大阪に掲げてください。今を逃すと他の保険会社もきっと参入してきます。」

「平生君、大阪の事務所は君に全権を委任する。ただし、人員は三名、期間は一年で目途をつける事。いかがですか？」

役員会は全員が拍手をしてこの件を了承した。

「ありがとうございます。これから人選と支社を置く地理的条件を詰めたいと思います。一週間以内に実行に移します。」

扉の外で聞いていた上野が、小さく握りこぶしを振った。

すでに大阪支店の候補地は検討している。人選についても釟三郎と上野は二人で考えていた。岸本三郎と神戸出身の北田誠也である。

一か月後、大阪支店には社員四名と女性事務員が机を並べていた。事務所は三井物産の大阪支社に間借りすることになった。殺風景な事務所には上野が集めた資料が並べられている。

「さあこれからです。皆さん、これからの一年はがむしゃらに問屋を回ってください。契約が取れなくてもいいです。まず名前を売ることが一番。」

「はい、では行ってきます。戻りは夜になると思います。」

「新天地の開拓。ワクワクしますね。楽しみだ。」

「僕は神戸に足を伸ばします。昔の仲間がいます。」

北田が胸を張って言った。

「そうですか、でも初日から飛ばしすぎないでください。できるだけ三時には戻るつもりでいてください。それからこれだけは忘れないでください。共に働きお互いに助け合う、共働互助が保険会社の使命です。」

みんなのやる気に対して、釟三郎はくぎを刺した。意気込みすぎると倒れてしまう。

「期限があるとはいえ、一年の長丁場です。まだ結果を求めないでのんびりやりましょう。」

エリアを分けた地図に担当者の名前が記入されている。その地図に目をやり、みんなを見廻した。

「それぞれの担当地区によって、契約の容易な所と困難なところがあると思いますが、東京のような個人成績は考えません。誰が多くの契約を取ったと比較するより、一つの契約に社員一丸となって獲得に努力してください。協力し合うのが一番です。」

みんなは顔を見合わせて笑った。

「では出陣です。頑張ってください。」

「行ってきます。」

三人は扉を勢いよく開いて、事務所を飛び出していった。

釟三郎は人選に間違いはなかったと確信した。

支店を開設して一か月は収穫もなく過ぎていった。保険の意味を理解される事もなく戻ってくる日が続いた。

そんなある日、上野が扉を破る勢いで戻ってきた。

「取れました！反物問屋の契約です。」

「上野君、ご苦労さん。大阪支店の記念すべき契約第一号ですね。おめでとう。」

「知り合いのツテを頼って飛び込んだのですが、事前に話を聞いていたと言って話が進みました。」

「そうですか、本当によかった。三木さん、上野君にお茶を入れてあげてください。みんなで乾杯しましょう。」

「はい、すぐに入れますね。それにおはぎがあるのですよ。みんなが帰ってきたら食べようと思って買ってきたのです。」

三木恭子は現地で採用された女子事務員だった。地元では有名な和菓子屋の娘である。

「恭子ちゃんの店、あんこが美味しいからね。僕は大好物です。ありがたい。」

三人が祝杯を挙げたその日の夕方、神戸に営業をかけていた北田が勇んで帰ってきた。

「ただいま。平生支店長！取れました。神戸の大手商社です。この前から何度も訪問したのですが、今日契約をすると言ってくれました。」

「よくやったね。おめでとう。」

「残念ながら第一号契約は僕だけどね。」

おどけて上野が言った。

「えっ、先に契約が取れたのか!?悔しいな。」

「まあ、腐るな。僕はツテだから、君が一番だよ。おめでとう。」

それを聞いて北田は頭を掻いた。

「実は僕も同じようなものだ。平生支店長のおかげなのです。相手の会社に神戸商業学校の卒業生がいて、平生支店長の事をご存知だった。それで話が盛り上がり、契約に漕ぎ着けたのだよ。平生支店長、ありがとうございます。」

「ははは、それはよかった。私ごときが役に立ったなら、本当に嬉しいよ。その相手の人は何というのですか。」

「島野さんという方です。すごく若い方なのですが、もう会社を牛耳っている感じでした。賢そうな方です。」

「島野君か。もう卒業していたのだな。」

「その方が他の会社にも声を掛けてくれるそうです。」

「私も一度挨拶に行こう。上野君の契約先にも顔を出すことにします。」

その時そっと事務所の扉が開き、様子を探るように岸本が戻って来た。

「みんな契約が取れたのか。僕もあと一歩まで話は進んだのですが、少し難航しています。二人に先を越されたか。残念。」

「焦らずに頑張ってください。ところで、何が原因で難航しているのか分かりますか。」

「それが、よく分からないのですが、担当者の方がなかなか打ち解けてくれないのです。保険の仕組みは理解してくれたと思うのですが。」

岸本の顔が曇った。

「まぁ、岸本君もおはぎを貰って一息入れてください。」

笑いながら釟三郎は岸本を労った。

「僕も北田君も地元出身だし、知り合いも多く居る。岸本君は静岡に近い神奈川だと言っていたね。言葉で僕らより苦労していると思う。」

「でも、岸本君は東京の言葉に聞こえるねぇ。あまり訛りがない。」

「東京でずらは似合わないと思って、苦労して直した。」

「大阪人は江戸弁を嫌うからね。東京から来たと感じると身構えてしまうよ。僕も東京に初めて行った時には、みんなが僕の事を怒っているように感じたものだ。岸本君も担当者からきつい印象を感じられたのでは。」

「大阪ほどでないけど、神戸も独特の言葉があるのです。上野君と話していても、お互い違和感があることがある。なぁ、上野君。」

「ほかしといて、といわれて戸惑ったことがあったな。それに北田君に道を聞くと、ここの曲がり角を登って突き当り。なんて教えてくれるのだ。登るって、山なんかないのですよ。」

「ははは。神戸人にとっては、北は登る、南に下りる。なんですよ。北には六甲山が連なっているから、北に行くのは登っていくと言ってしまう。平生支店長は地域性で苦労はしなかったですか。」

「神戸商業学校時代は苦労した。問屋の場所を町で聞くと、北田君のような説明を受けた。神戸は独特だなと感じたものです。聞くところによると、言葉のルーツは港湾従事者の言葉だそうですね。私も岐阜ですが、学生時代の仲間たちは私の言葉には苦労したようですよ。私は気にせず故郷の言葉を話していました。教師の時は学生に分かるように言葉が変化していたと思いますが。」

「風俗や習慣はその地方に行かないと分かりませんね。」

「平生支店長。明日、岸本君の担当地区に僕も一緒に行っていいですか。堺には知り合いがいるかもしれない。岸本君いいか。」

「僕は助かります。大阪の慣習に沿わないことをしているかも知れないから、その勉強もしたいです。」

釟三郎は嬉しかった。意地を張って拒否するかと思ったが、岸本は建設的な思いを口にしてくれた。

「いいですよ。担当範囲は便宜上のものです。みんなで一丸となって顧客を開拓しましょう。」

「二人とも、一度神戸の町にも来てくれよ。いい街だから。」

「いいね。ついでに観光地巡り。源平合戦の跡地に行ってみたいな。」

「君たち、仕事だからね。観光で行くなら三木さんもつれて行ってくださいよ。ねぇ、恭子ちゃん。」

「行きたいです。ぜひ連れて言ってください。お願いします。」

五人は声を出して笑った。

「大阪支店の五人の侍か。良い組織になりそうだ。」

釟三郎は事務所の中で共働互助の精神が生まれている事が嬉しかった。

二人の顧客獲得を境に契約件数は急速に増えていった。契約先が同業者に声を掛けてくれたお陰で、一年を待たずに営業成績が東京本社の国内契約件数に肉薄していた。

いつしか岸本の言葉も少し変な大阪弁に変わっている。

その頃本社の役員会議では、大阪支店の好成績と共にロンドン支店の赤字が議題に上がっていた。


****

「皆さん、コーヒーが入りましたよ。頂いたクッキーも食べてください。」

良枝がふすまを開けて入ってきた。

「おばあちゃんありがとう。みんな休憩しょう。少し疲れた。」

みんなの話をノートに書き留めていた佐由美は、その手を止めて良枝の手伝いを始めた。

「私と簗山さんはブラックだよね。飯村君も要らなかった？」

御蔵がコーヒーカップと砂糖を配りながら言った。

「うん、要らない。」

そう言って佐由美のノートに書き込まれたメモに目をやった。

「平生釟三郎は東京では筆頭書記という役職だったのに、どうして大阪支店の所長になったのかな？まだ入社して間もないのに。」

飯村が首をひねりながら呟いた。

「入社してすぐに筆頭書記だ。役員ではないけど重要なポストを任されている。それだけに筆頭書記を務めあげる事が出世には繋がるよ。それが地方の支店に行くなんて事は、僕には理解できないな。実業家として歩み始めたのだから、東京海上保険での重要な地位を捨てて大阪に行くなんて左遷のように感じる。」

工藤も飯村の意見に同意した。

「でもその判断が大阪での成績を上げることになったよ。」

簗山が釟三郎を弁護するように反論した。

「それは結果だと思う。そんな冒険をしなくても、東京海上保険の社内での地位を守れたはずだよ。」

「まだ東京海上での信頼も勝ち得ていないと思う。業績につながる成果を残していないのに、どうして思い切った行動が出来たのか。」

「接待疲れかな。」

「それでも大阪支店で業績を伸ばしたから、面目は立ったことになるよ。」

「運よく成功したのだけど、平生釟三郎には勝算があったのかな。確信がないと挑戦はできないよ。」

「もし失敗していたら、各務との関係にも亀裂が生じるし、何よりも矢野校長の顔に泥を塗ることになる。それだけは平生釟三郎にとっては許されないことだったはずだよ。」

「凄い決断だったよね。」

「行動的だったということなのかなあ。」

四人は腕を組んで考え込んだ。

「平生釟三郎は岐阜出身だから、大阪に思い入れがあるとは思えない。神戸商業学校で神戸の企業については把握していると思うけど、大阪のためにという感情は生まれないでしょう。」

「住吉に移ってからの平生釟三郎は間違いなく神戸の名士だけど。」

「平生釟三郎の性格は、東京に留まることはないな。」

築山が首を傾げて呟いた。

「東京海上保険での毎日。もう少し調べてみよう。」

【ラグビーとの出会い】

大阪支店の業績は順調に伸びていた。人員も少しずつ増強されている。そんな時に本社から、釠三郎に本社に戻るように連絡が来た。

各務が任されたロンドン支店の運営に重大な欠陥が発見されたのだ。赴任した日から各務は夜を徹して原因の究明にあたっていた。過去五年間の引き受け成績を丹念に精査し、当初黒字と報告されていた英国での営業が初年度から赤字決算だったことが分かった。

本社ではその報告を聞き、善後策を講じるため総支配人の益田克徳がロンドンに飛ぶことになった。

各務はロンドン支店に赴任した後営業方法の整理を行い、赤字の元凶と思われる英国人のアンダーライターを追い出したのだった。アンダーライターとは、保険引き受けのためのリスク分析や引き受け可否の判断と保険条件の設定と保険率の算定をする重要な業務である。だがロンドンの東京海上保険にはその業務を託す者がいなかったため、英国人によるずさんな計算に頼っていた。

各務は自らアンダーライターになるべく資格を取って、正常な経営に戻す努力を重ねた。

本社からは状況を問う連絡が、毎日のように各務の元に届いていた。

「一度、東京に戻る必要があるな。現状を理解してくれなければ、いくら説明しても分かってはもらえないだろう。」

各務は事務所の中を見廻した。半数は英国人である。

その中で忙しく動き回っている駒井洋一に目をやった。三井物産からの出向者である。

「駒井君、私は一度東京に戻ることにします。本社から後を任す人が来れば、私は現状を報告してきます。」

「了解です。理解してもらえるといいですね。」

そう言って、駒井は周りの机に座っている英国人たちをちらっと見た。

追い出したアンダーライターと同じように、手数料の着服をしている者も少なくない。ほとんどの英国人は、イギリスの保険会社で働いた経験を持ち、保険の仕組みを熟知していた。

「彼らにとって、我々の保険会社は稚拙に見えるのかもしれないね。それだけに今頑張らなければいけませんね。」

「はい、外にばかり目を向けると、足元をすくわれます。その上、本社からの催促もある。各務支店長の心痛お察しします。」

「ははは、ありがとう。」

「本社には平生支店長に来てほしいと伝えた。今は大阪支店の支店長をしているが、本社では筆頭書記を務めていた人物だ。急に大阪支店を作りたいと言って飛び出したのだがね。」

「平生支店長ですか。聞いたことがあります。三井物産の社内誌にも出ていました。かなり優秀な人ですね。楽しみです。」

「ははは、嬉しそうですね。私では不満でしたか。」

「いいえ、そんなつもりはないです。各務支店長のおかげでロンドン支店は立ち直りかけているのです。外人にじゅうりんされるのを各務支店長は一人で立ち向かっている。僕は尊敬しています。」

「いいですよ。本当に平生君は優秀ですから。」

二人は笑った。その笑い声に周りにいる英国人が二人の顔を見た。


明治三十年十一月、平生釟三郎初めての欧州出張である。ロンドンに着いた釟三郎の目には行き交う外人の姿が飛び込んでくる。初めて横浜で見た石作りの建物や、着飾った女性の姿が思い出される。あれから十七年が過ぎていた。

「振り出しに戻ったような気分だな。」

釟三郎は少しほほ笑んだ。

ロンドン支店の扉を開けると、各務が立っていた。

「よく来てくれました。駒井君が迎えに行ってくれたのですが、行き違いになってしまったようですね。申し訳ない。」

「いや、ロンドンの空気を吸いながら、街を散策して来ました。大きな街ですね。」

「手ごわい街です。まだ我々の事を東洋から来た田舎者としか見ていない。」

「その中でよく頑張っていますね。さすが各務さんだ。」

「いや、平生さんの大阪支店での活躍は、ここにいても聞こえてきますよ。よく大阪支店を思い付きましたね。驚きました。」

「いい仲間がいたから成功できました。運が良かった。」

「平生さんの人徳ですね。感服します。」

その時、後ろの扉がけたたましく開けられて、駒井が飛び込んできた。

「すいません。迎えに行ったのに、行き違いになってしまいました。日本人を探していたら別の人がいて、その人を追いかけてしまいました。本当に申し訳ありません。」

「いいですよ。気にしないでください。それより早速資料を拝見したいのですが如何ですか?」

「資料はまとめて置いていますが、長旅のお疲れもあることでしょう。明日からでもいいのではないですか?」

「私は大丈夫です。各務さんも早く東京に向かわないといけないでしょうから、早速始めましょう。」

「それなら駒井君資料を運んでください。かなりの量ですよ。」

各務のまとめた資料は要点を明確に整理していた。ロンドン支店の問題点が箇条書きにされ、長期的・短期的な改善策を提案している。

中には英国人との接し方についても事細かく書かれていた。仕事での指示や命令の仕方や、プライベートのかかわり方などである。日本で働く時には考えられない注意事項が多くあった。

事務所の副所長にあたる次席には英国人のコールマンがいた。顧客との取次はほとんどが彼の担当だった。駒井が資料を運ぶのを見ながら、自分も何かすることはあるかと尋ねてくる。温厚な性格で、時間にも正確な英国紳士を感じさせる。

時々平生もコールマンに対して質問を投げかけた。それを聞きコールマンは嬉しそうに返事を返した。

「少し気が弱いところがあるが、彼は信用できます。平生さんも彼をうまく使ってやってください。」

各務は事務員一人一人について、性格を交えて釟三郎に紹介した。

その日からしばらく、各務と釟三郎は二人で別室に籠もった。業務の引き継ぎだけでなく、各務が東京海上保険に対して感じている意見を釟三郎に語り続けた。

各務の不満が釟三郎には痛いほど分かった。

数日の引き継ぎを終えて各務は旅立っていった。各務の留守中はコールマンに引き受け業務を任せて、釟三郎はロンドンにおける保険業務のあり方を研究した。日本の保険業務との違いや外国で成功するための信頼基盤の確立などを細かく分析してみた。

「平生支店長、ユニオンの担当者からバランスシートの提出を求めてきています。どうしましょう?」

コールマンが困った顔をして釟三郎の前にやってきた。

「賃借対照表か。」

「それがないと再保険が受けられないと言っています。」

釟三郎も商業学校時代に学生たちに教えたことを思い出した。

再保険は巨額の受注保険に対して、リスクを分散するために、保険を分散する仕組みである。当時欧米では当たり前のシステムで、何かあった時に支払金額を軽減するためのものだった。

「ユニオンはまだいますか。」

「はい、応接室にふんぞり返って待っています。」

コールマンの返事に釟三郎は思わず笑った。

「分かりました。私が相手をします。」

そう言って釟三郎は応接室の扉を開けた。

応接室のソファーには足を組み、ふんぞり返って腕を組んでいる男が座っていた。コールマンの言った通りだな、と釟三郎は笑った。この男に英国紳士という言葉は似合わないな。

「お待たせしました。支店長の平生です。」

「東京海上保険はどうしてバランスシートを出さないのだ?」

「目下各務が帰国して会計方式を英国式に改定中である。今年中の提出は困難である可能性がある。」

「バランスシートの提出がないのであれば、再保険の引き受けはできない。契約条項に従って三ヵ月の予告で再保険契約をキャンセルすることになる。そのつもりで。」

ユニオンの担当者は高飛車に言い放った。脅迫のような言動にコールマンは青くなった。ユニオンからの脱退は大口契約を受けられなくなると心配したのだ。

釟三郎はフウーッと息を吐き、ソファーに深く座りなおした。

「東京海上保険の社員である私が、我が社の信頼性をいくら説明しても役に立たないだろう。信頼しろと伝えても口先だけに取られてしまう。だから真実だけを申し上げる。」

「何ですか？」

「今、中国から日清戦争の賠償金が、一隻当たり十万ポンド以上積載されて送られている。受け取り先の横浜の銀行は、この保険を東京海上保険が一手に引き受けている。また英国の三井物産は、その輸出貨物の全部に対してすべてを東京海上保険で保険を掛けている。その価値が何万ポンドであっても。」

「そんなに契約しているのか。」

「さらに、日本郵船は政府から運送を委託している物資や軍需品の保険を東京海上保険が契約している。」

ユニオンの担当者はその規模に驚いた。いつしか組んでいた足はほどかれて座っている。

「私はこれらの事実を伝えるだけにとどめる。信用するか否かはあなたの勝手だ。しかし、再保険取引は言うまでもなく相互の信頼関係で成り立つ。相互の信頼を基礎とするものである。多少ともその信用の疑いをさしはさむようでは円満な取引は望めない。」

釟三郎にはユニオンの担当者の腰が引けているのを感じていた。

「東京海上保険としては、その信用を疑うような会社とは取引を好まないから、三か月の予告は無用。即刻通告を以って解約されても結構だ。むしろ解約を希望する。」

釟三郎はソファーから立ち上がり、扉を指さして退席を促した。

後ろでコールマンがオロオロしている。

それから三日後、ユニオンのアンダーライターが、自ら事務所を訪れて釟三郎に面会を申し入れた。

釟三郎は快く応接室に招き入れ、コーヒーをふるまった。

「平生さん、我々は決して東京海上保険の信用を疑ったわけではありません。これまで保険金の支払いにおいて、東京海上保険が常に紳士的な対応であることは我々も分かっています。ロンドン市場においてもその事は理解されています。」

アンダーライターは一気にしゃべって一息入れた。そして上目使いに釟三郎の様子をうかがっている。

「当社としてはこれまで通り、ぜひ取引の継続をお願いしたい。」

「分かりました。こちらこそよろしくお願いします。」

ユニオンのアンダーライターはその返事を聞くと急いで帰っていった。

扉の閉まるのを待って、コールマンが近寄ってきた。

「平生支店長はユニオンが折れてくるのが分かっていたのですか。」

釟三郎はその言葉に笑いながら首を傾げた。

「分からないですよ。解約されるなら仕方がないと思いました。責任は取らなければいけないな、と考えていましたよ。」

コーヒーを片付けに入ってきた駒井が笑っていた。

「コールマンさん、平生支店長は信頼関係を大切にされるのです。三日前に来た担当者は自分の立場を優位にして交渉しようとしていたでしょ。あのままこちらが弱腰になっていたら、たぶん保険の率を釣り上げてきます。」

「そうか。私一人だと、きっと担当者の言いなりになってしまいました。」

「平生支店長は交渉術で乗り切ったのではないですよ。一番大切な信頼関係を大切にしたかったのだと思います。」

コールマンは大きく頷いて、もう一度釟三郎を眩しそうに見た。

しかし、釟三郎の顔は少し曇っていた。

各務謙吉の作り上げたロンドン支店について、釟三郎なりの結論を思い浮かべていた。

それから数か月して、東京から各務が戻ってきた。

「平生さん、私は役員会で一筆取ってきましたよ。今後営業に対しては私と平生さんに一任し、一切口を出さない事。」

そう言って一枚の念書を机に置いた。

「ロンドンにいる時、どれほど本社からの通達に踊らされたことか。その都度手を止めて対応したことが、どれほど業務に支障をきたしたことか。その事を認めてもらうために、頭の固い役員の説得は骨が折れましたよ。海外での保険業務の事を何も理解していない。」

各務は満足そうに話しを続けた。

「私は英国のアンダーライターと対等に勝負ができる。絶対に負けない。平生さんは日本国内の営業に力を尽くしてください。そして、東京海上保険を世界的企業にしたい。」

各務の熱弁は続いた。

「各務さん。重役たちの説得、ご苦労様でした。大変だったでしょう。」

「ちょうど役員たちが変わる時だったから、良いタイミングでした。海外支店についても興味を持っていたようです。」

「分かりました。今日は長旅で疲れているでしょう。仕事の話は明日からということで、食事でもとりながら東京の話を聞かせてください。」

釟三郎は気が重かった。

各務はアンダーライターとしても一流で英国人とも対等に渡り合える力を持っている。

次の日から各務と釟三郎は応接室に籠もった。

「平生さん、あなたの言っている事は理解できない。今、東京海上保険は世界に飛び立たなければならない。世界と対峙できる会社として。」

「しかし、今日までロンドンにいて感じたのは、時期尚早だと思った。我々はまだ一流とはみられていない。」

「だから一流にしようと頑張っているのです。」

各務は身を乗り出して言った。

「信用を最も重んじるロンドン市場において、東洋の一保険会社の発行する保険証書を喜んで受け取る英国人はいないです。ほとんどの契約者が東京海上保険に契約を結んでやった。そう言う雰囲気で帰っていきます。」

「信用は紳士的に対応していれば、いつかは勝ち取れます。それが保険会社の義務だと思いますよ。信用があるから仕事を始めるのではなく、仕事をして信用を勝ち取るのではないですか？」

各務の言う事は正論である。釟三郎が商業論を学生に説く時にも、声を大にして話した。しかし、国内における商いとは違うものを釟三郎は感じていたのだ。

「英国の営業は、どこかの会社が受けた保険を再受けすることだ。再保険会社は元受会社のおこぼれを受ける他ない。よほどの良い契約でない限り利益を期待することはできない。このような契約は、見返りとして同様の優良な契約を回すことのできる、英国内の保険会社に回されている。」

「確かに、今の我々はおこぼれで契約を維持している。しかし、それは英国人のアンダーライターに任せていたからだ。日本人の私がアンダーライターとして頑張れば、必ず改善できる。」

「各務さんは才能があると思う。あなたならロンドンマーケットでアンダーライターとして、きっと成功するでしょう。しかし、各務さんが倒れるとロンドンの営業は失敗する。それは東京海上保険の倒産を意味している。」

「後任を必ず育成するよ。」

「それは、ロンドンでは難しいでしょう。人材も時間も。その仕事は本社がする事です。そのために本社の基盤を固めましょう。」

「人材育成ですか？それは私も気になっていた。」

二人はそれからも議論を重ねた。

時にはロンドン支店を存続するにはどうするか。翌日には今の日本の実力が世界にどれだけ通用するのか。日本人の国民性と外国人の気質の違いから、民俗学としての検証、世界経済の推移等々。

二人の議論は二カ月にも及んだ。

「平生さん。今日はロンドン支店の事を忘れて、気分転換に観光地巡りをしませんか。この国の歴史は見て置く価値がありますよ。まるで京都の英国版だ。どこを見ても史跡がたくさんあります。」

「日本と同じような狭い土地の中で、緑もたくさんあって心が休まる街ですね。一度のんびり歩いてみたいと思っていました。」

「ご案内しましょう。ロンドンの街は広いですよ。」

各務は帽子と傘を取り、扉に向かって歩き出した。

「相変わらず行動が早いなぁ。」

釟三郎もあとに続く。街を歩いている時、何度も雨に降られた事から、釟三郎も傘に手を伸ばした。

街は明るい日差しに覆われて、行き交う人たちを照らしていた。石作りの巨大な建物の間を歩くと、急速に発展した日本のビル群に比べて歴史を感じさせる建造物群が連なる。

「よくこんな建物を作る国民と、対等に付き合えるようになったものですね。木造建築の平屋に住む民族が。」

「そうですね。まだ維新から三十年ほどしかたっていないのに。まだまだこの国から学ぶべきことがたくさんあります。」

足元の石畳に革靴の音を響かせながら、二人は笑いながら歩いた。

各務は初めてロンドンに着いた日の驚きを熱く語った。日傘を差した気品のある女性の事を話すとき、各務の顔が少し赤くなったと釟三郎は思った。

「東洋の小さな島国から来た私にも、優しく親切でした。いい国だと思いましたよ。」

「英国も島国だけど、いろんな所に植民地を持っていて、様々な人種も見ていたのでしょうね。日本で初めて白人を見た時は、遠巻きにして物陰からその行動を覗っていた。」

釟三郎は初めて横浜に着いた日を思い出していた。

「でも、この欧州にはたくさんの国があって、それぞれに違う性格の人種がいるそうです。」

「まあ、日本の国内においても地域性があるからね。」

その時少年たちの歓声が聞こえてきた。

「何だ?」

その歓声はパブリックスクールの校庭から聞こえてきた。

「ラグビーですね。この国の国技のようなものです。」

「少し覗いてもいいですか?学校教育には少し興味があるのです。」

「いいですよ。ここの校長は顔見知りです。断ってきますね。」

そう言って各務は校舎の方に歩いて行った。

各務を見送り、釟三郎はゆっくりと校庭に向かった。

「立派な建物だな。まるで中世のお城だ。」

ガツンと人のぶつかる音が聞こえ、歓声がこだましてくる。

「これがラグビーか。まるで合戦だな。」

「驚かれましたか？ラグビーは心と体を鍛えることができるのです。」

いつの間にか各務と校長先生が釟三郎の後ろに立っていた。

「けが人は出ないのですか？」

「時には病院に運ばれる学生もいますよ。」

そう言って校長は笑った。

「しかし、ラグビーは危険なスポーツであるがゆえに、フェアプレイ精神が大切になります。紳士のスポーツと言われる由縁です。だから大きなけがはほとんどない。」

「乱暴者にはできないな。」

釟三郎はしばらくじっと選手たちの動きに見とれていた。倒されるとすぐに楕円のボールを手放している。

「ラグビーは授業にも取り入れています。人生において大切なことは友情や協調性です。相手を思いやる心とフェアプレイの精神を身につける事です。」

釟三郎は大きく頷いた。英国紳士の根底にはこのラグビーの精神があるのかと納得した。各務がロンドンに来た時に受けた英国人の親切さだ。

「さらに。」

校長は微笑みながら釟三郎を見つめていった。

「最も重要な精神として、『一人はみんなのために、みんなは一人のために』ということです。ラグビーは一人では決してトライを奪うことができません。ボールを全員が繋いで回していく。そしてその思いを受け取ってトライするのです。」

「〝ワン・フォ・オール、オール・フォ・ワン〟か」

釟三郎の胸に、その言葉は深く突き刺さった。

その日一日、釟三郎はその言葉の事ばかり考えていた。釟三郎がいつも心にとめていた信念の〝共に働きお互いに助け合う〟その共働互助の精神はラグビー精神と相通じるものがある。

次の日、各務と釟三郎の議論は結論を導き出そうとしていた。

「平生さん、あなたの意見は十分に理解しました。今のロンドン支店の現状を鑑みるとき、ロンドン市場から東京海上保険が正当に受け入れられていないのも感じています。世界に誇る東京海上保険とするにはもっと信用を高める必要がある。今の東京本社の経営基盤では脆弱と言える。」

「各務さんの作ったロンドン支店を閉鎖することが、どれだけ断腸の思いかは分かります。ご決断、感謝します。」

各務は部屋の中を見廻した。様々な思いが脳裏によみがえっているのだろう。

「撤退する場合、再度開設するための試金石は打っておきましょう。」

「さて、重役連中の説得が大変だ。平生さん、二人で役員会に出向いて説明しましょう。文句を言ったら二人で退社すると脅せばいい。我々がいなければ東京海上保険は成り立たない。それに全権を委任するという書きつけもあります。」

各務はすがすがしい顔で笑った。

「二人がいないと成り立たないは、ちょっと言いすぎだな。」

釟三郎も一緒になって笑った。

ロンドン支店撤退の報告に役員会は、驚きと存続を求める声で埋め尽くされた。しかし、釟三郎の説得と各務の提示する資料を突きつけられ、役員たちは黙る他なかった。ロンドン支店の撤退は半日を待たず承認された。

二人はその日のうちにロンドンへととんぼ返りをした。

ロンドン支店での残務整理は各務が主に実施した。保険契約の総代理店をウイリス・フェーバー商会に委託し、日本で引き受けた貨物保険の包括再保険契約を、ロンドン市場と締結した。再びロンドンに戻る時の足掛かりである。

その後、各務は損失を招いた経理方法を改めた。現計計算による未経過の保険料を利益とみなすのではなく、年度別計算としたのだった。

そして現地従業員の再就職先を斡旋した。

明治三十二年六月をもってロンドン支店は閉鎖された。釟三郎が東京海上保険に入社するきっかけとなった各務のロンドン支店移動から、五年目の事である。釟三郎は残務整理に汗を流す各務の顔を見た。

ロンドン支店の閉鎖に目途が立ったところで、釟三郎は役員会議で話題になったサンフランシスコの代理店に向かった。過去六年の伝票を精査し、多額の計上漏れと誤記載を発見し、架空会社に再保険料が流れていたことを指摘した。この不正を正した後、釟三郎は日本に戻った。まるで行きがけの駄賃のような行動だった。

その後、不振に陥っていた東京海上保険の経営状況は、東京に戻った二人の活躍で立て直されていった。


それから一年後、釟三郎は再び大阪支店と新設された神戸支店の支店長として大阪に戻っていた。その頃、日露戦争が勃発した。明治三十七年の二月である。

ロシアが不凍港を求めて南下し、ウラジオストックにいた高速巡洋艦が、日本近海で日本船舶や外国船を沈没させていた。このため保険業界では、船舶に対する保険の受け入れが困難になった。東京海上保険もできれば戦争保険は受けたくない。しかし、世話になっている顧客からの要請をむげに断ることはできない。

「ベトナムのカムラン湾にいたバルチック艦隊が消えたそうです。」

会議室ではバルチック艦隊の進路と決戦場所が議論の対象だった。そこには急遽呼び戻された釟三郎の姿があった。ロンドンなどから集めたバルチック艦隊の資料を並べている。

「どの進路を進むのだ？バルチック艦隊は動かないという見込みだったはずだ。どうして動き出した？」

日本地図が机に広げられ、東京海上保険の契約船舶が航行するルートを書き込んでいる。

「進路にあたった貨物船はみな撃沈されます。保険料の支払い制限を下げないと会社は潰れます。」

「保険業界はどこも戦争保険を回避している。我が社も契約破棄を検討すべきだ。」

その時釟三郎が、腕を組んだまま口を開いた。

「みなさん、それだけに顧客は保険の加入を求めている。私はできる限り保険の契約を受けたい。」

「受けるのはいいが、このまま支払いに応じると会社は持たない。情報をもっと集めなければ、動きが取れないな。出来ればバルチック艦隊の進路が分かれば打つ手もあるのだが・・・。」

バルチック艦隊は、ウラジオストックに向かうために宗谷海峡、対馬海峡、津軽海峡のいずれかを通ることになる。海軍でも意見が分かれていて、結論は出ていない。

「私の意見、いやロンドンからの情報では対馬海峡通過が多数派だ。宗谷海峡は水深が浅い。津軽海峡だとロシア艦隊の逃げ道がなく、物資の補給もできない。対馬海峡なら中国から補給ができると考える。」

「平生さん、それなら東京海上保険としては、太平洋を通る船舶については積極的に引き受ける。日本海側は慎重に取り扱い、できる限り再保険に流すようにしましょう。」

そう言って役員たちは釟三郎に笑いかけた。

その時各務は、病気療養のために東大病院に入院していた。釟三郎は毎日のように各務を見舞い、戦争保険の実績を報告し、意見の交換を繰り返した。各務の耳にもロンドンからの情報は入っており、事前に釟三郎の考えを支持していた。

東京海上保険の方針は成功した。

他の保険会社が戦争保険から撤退するのに対して、太平洋を航行する船舶に対し契約受け入れを積極的に行った。この事で東京海上保険は大きな利益を上げることが出来たのだった。

明治四十年、釟三郎は四十一歳になった。これを機に釟三郎はそれまでの大阪にある社宅から神戸の住吉村へと住居を移した。

****

「やっと神戸の住人になったね。」

佐由美が一息入れるように息を吐いた。

「それにしても東京海上保険での活躍はすごい。大阪に支店を作ったことは勿論だけど、ロンドンのユニオンとの交渉も僕は好きだな。」

佐野は遠くを見るように胸を張って言った。

「仁川で英会話の学校を開いただけに英語での交渉にも自信があった。議論しても負けないと思っていた。だから高飛車なイギリス人と対等に渡り合っている。ユニオンの担当者は、日本人だと思って甘い考えで交渉に来たのだろう。それが平生釟三郎の行動に驚いただろうね。」

「武士道だね。傲慢な態度に対して毅然としている。」

「日本人は侮れないと思ったことでしょうね。自分では太刀打ちできないとアンダーライターに泣きついている。」

少し誇らしげに御蔵が言った
「私ならコールマンのように委縮している。」

「当時の日本人ならほとんどがコールマンのようになると思うな。昔は外人コンプレックスがあったはずだから。」

「今もそうだよ。原因は言葉だと思う。しかし、平生釟三郎は仁川でも英語力が外人何するものぞ、と思っていたのだろうね。」

「佐野は三ノ宮で外人に話しかけられて、おどおどしていたな。」

「飯村は他人のふりをして柱の陰に隠れただろう。やっぱり僕たちには外人コンプレックスが生きているよ。」

みんなは笑いながら、外人コンプレックスをみとめあった。

「ロンドン市場が東京海上保険を、安く見る原因だったかもしれないよ。刀を差していた時代からまだ三十年あまりだ。イギリス人から見れば、野蛮な現地人がロンドンに来て我々と同等に思うな、我々の指導でやっと立ち上がった半人前の分際で、と思っただろうね。」

「そんな中で各務謙吉はよく頑張っていたと思う。ロンドン市場に負けるものかと。」

悲しそうな顔して築山がテーブルに目を落とした。

「辛かったでしょうね、各務さん。可哀想。」

「築山さん、各務謙吉の本心はロンドン支店を閉鎖したかったのじゃあないかな?各務ほどの分析力があるなら、勝ち目がないと分かっていたと思う。泥沼にはまる戦の中で、降参はするものかと頑張っていた。」

「僕も飯村の意見に賛成だ。平生釟三郎が閉鎖を提案した事で、各務も内心では喜んでいたと思う。重役を含め平生以外の人間から閉鎖を提案されていたら、各務は折れることをしなかったと思う。」

「平生釟三郎もその事を分かっていたかもしれない。」

「もし僕が工藤に、才能がないからバスケットを辞めろと言ったら、あいつは聞き入れるかな?」

佐野は、まだ来ていない工藤を思い浮かべた。

「工藤君は背も高いし、運動神経も抜群だから佐野君の意見なんて聞かないよ。」

「佐野はバスケットのバも知らないから、分からないやつが何を言っていると思うだろうね。」

「そう、そこだよ。自分より能力の劣る者から言われたら、歯牙にもかけない。聞き流して議論にもならないよ。」

「そうか、各務鎌吉が平生釟三郎を認めているからこそ議論になった。自分の思いをぶつけても、本気で話を聞いてくれる者がいなければ突っ走る他ないな。平生釟三郎は各務謙吉を救ったわけだ。」

「そう思う。」

「そうなの。男の人の友情を感じるね。」

その時、玄関の扉が開き、工藤博史の挨拶をする声が聞こえた。

「こんにちは、佐由美さんはおられますか。」

「あっ、工藤君だ。」

「噂をすれば影だね。バスケットを辞めろといってみようか。」

「笑って聞き流すかな。」

「馬鹿なことを言わないで。怒って帰っちゃうよ。」

佐由美は急いで玄関に向かった。

そこには工藤と共に一人の男性が立っていた。

「紹介します。部活のコーチをしてくれている前田さんです。大学の先輩でもあるのですよ。平生釟三郎の住んでいた住吉村について、すごく詳しい人です。平生釟三郎の話をしたら、いろいろ教えてくれたので、みんなにも会ってほしいと思って来てもらいました。」

「前田泰弘です。工藤君とバスケットを一緒にやっているのですが、ご迷惑でなければ平生さんの事で、僕に分かる範囲の事をお話ししたいと思って来ました。大学の研究発表ですね。私も十五年ほど前に、大学でグループ学習を経験しましたよ。」

そう言って、丁寧にお辞儀をした。佐由美の母、由香里と同じくらいの年齢で、色が黒く精悍な印象を受ける。手には大きなカバンを持っている。

少し戸惑ったが、佐由美は快く招き入れた。

「あら、テーブルが狭くなったわね。佐由美さん、隣の部屋からもう一つテーブルを運びなさい。このままでは何もできないでしょう。」

「僕が運びます。」

飯村と佐野が立ち上がって隣の部屋に向かった
「いつの間にか勝手知ったる我が家ね、君たち。」

佐由美の言葉に二人は笑った。

「居心地がいいから。」

「まぁ。」

良枝も嬉しそうに笑った。

「さて、どの辺まで調べましたか?」

前田は大きなカバンを机に置き、中から資料を取り出した。

佐由美が代表して、ノートを開きながらこれまで内容を説明した。

「今、平生釟三郎が神戸の住吉村に引っ越してきたところです。どうして住吉なのか不思議です。」

そう言って書き連ねられたノートを前田に差し出した。

「なるほど、良く調べましたね。それでは住吉村の事を少し話しますね。平生さんにとっては、生活の拠点となる場所です。」

前田は富豪村という資料を開いた。

「平生さんの事を知るには、住吉村の事を理解しておく必要があると思います。神戸に住居を移した、平生さんの人生を大きく左右するのが、住吉村の人との繋がりだと思うのです。古くからあった住吉村が栄えて行くのは、明治三十八年頃に観音林地区と反高林地区が開発されることに始まります。それまでは雑草と松林が続く荒れ果てた所でした。もともとはお寺があったのですが、水害で建物が倒壊してしまいます。そこに阿部元太郎と田辺貞吉という人が地域一帯の土地を住吉村から二十年間の賃貸契約を結びました。井戸を掘って上水道を計画するなど、住宅地として開発を始めます。」

前田はかなり古い古地図を取り出し、みんなの前に広げた。

「本当に何もない所だったのですね。」

「そうですね。それだけに理想的な住居を作れたのでしょうね。それから大正十三年に住友家が移住して以降、高級住宅地として発展します。その後は一般の人もたくさん入居してくるのです。」

当時の住吉村は大阪と神戸の中心に位置する風光明媚な土地であった。

明治三十八年に阪神電鉄が開通し、住吉駅と御影駅が作られたことで交通の便も良くなり、この地から大阪、神戸へ通勤が可能となったのだ。

六甲山から流れる水は清く、雑踏の中で暮らすことに不安を感じた大阪の財界人が移り住み始めたのである。

朝日新聞創業者の村山龍平が明治三十三年に移住したのを始め、住友本家が移住してきた。

「住友家十五代当主の住友吉左衛門友純氏が、天王寺村から本宅を住吉に移すのですが、その時天王寺村の旧宅を大阪市に寄贈します。それが現在の大阪市立美術館です。隣接する慶沢園も住友家の持ち物だったのですよ。」

「あべのハルカスで北斎展をやっていた時、二科展か日展をやっているからと言って、みんなで足を伸ばした美術館だ。」

「あの時、工藤は通天閣の所で串カツを三十本以上食べていた。」

「みんなも店の人が驚くほど食べたじゃないか。」

「よく食べたね。おいしかった。また行きたいなぁ。」

「天王寺村もお金持ちが住んでいたのね。よく住吉村に移住することを決めたものだ。」

そして、前田は住吉村に移り住んだ富豪たちの名前を紹介した。

大日本紡績創業者の田代重右衛門、社長の小寺源吾、東洋紡績社長の阿部房次郎、鐘淵紡績社長の武藤山治、倉敷紡績社長の大原孫三郎などの紡績関係者が次々と住吉村に移住し、日本の紡績関係の六割が住吉村に関わることとなった。

その後も野村財閥創始者の野村徳七らが大正時代に移ってきた。昭和に入ると大林組二代目社長大林義雄、武田薬品工業六代目社長武田長兵衛など、財閥や企業経営者が屋敷を構えることになる。

しかし釟三郎が住居を移す頃は、まだ富豪が住み始めたばかりであった。住吉村は、元来山林に囲まれた耕地の少ない村であった。住吉村誌によると、農業従事者は全体の三分の一ほどであり、石工、酒造関係者、呉田浜の沖士、街道筋の商人が多数を占めていた。住宅地が形成されるまでは、田畑、水車小屋、本住吉神社、小学校が並ぶ、ありふれた田園地帯であった。

【教育への関心を深める】

釟三郎が住吉村に引っ越した時には二人の妻を失っていた。そしてこの頃には、慶應義塾の幼稚園で音楽の先生だった、すずという女性と再婚していた。

付近には畑があり至る所に松林が広がっていた。

時折吹き抜けていく六甲山からの風が、心地よく頬をなでていく。

「あなた、この御本はすべて書斎でいいですか。」

すずが紐でまとめられた本の束を抱えて声を掛けた。その後ろから長女の志津が同じように本を抱えてやって来る。

「無理しなくていいよ。会社の人も来てくれたから二人はゆっくりしていなさい。すずさんは家具の配置を指示してくれると助かる。」

「分かりました。それではお茶の準備をしておきます。」

そして後ろから来る志津に声を掛けた。

「志津さん、重いでしょう。無理しないでね。」

「大丈夫です。義母さんも無理をしないでくださいね。これを運んだら小さな子たちの方を見に行ってきます。」

「そうですね、お願いするわ。」

縁側の所まで持っていた本を運んで、二人は一息入れた。志津は台所から水の入ったポットを運んできた。ポットの中には氷の塊が入れられている。

「いいところですね、ここは。」

「大阪と違ってすごく空気が美味しい。それにこのお水がとてもおいしいの。神戸の水は六甲山の湧水だって、ご近所の方が教えてくださいました。自然がたくさんあって、とても住みやすそうですね。」

縁側に腰を下ろした二人の目には、陽の光を反射してきらきら光る大阪湾が眩しく映っていた。時折メジロが鳴きながら飛んでいく。

「神戸のお水はコーベウオータと言って、とても有名なのですよ。外国の貿易船に喜ばれています。他の国の水に比べて長い航海でも腐ることがないと聞きましたよ。」

「大阪の水とは本当に味が違っている。大阪の社宅は周りにたくさん建物があって、少し息苦しさもあった。でもここは本当に緑が多くて自然の中にいるよう。」

志津は立ち上がって、大きく背伸びをした。遠くに蒸気機関車の汽笛が聞こえてくる。

官営鉄道は明治七年に大阪〜神戸間を開業している。開業と同時に住吉村には駅が作られていた。その後明治三十八年には阪神電気鉄道が大阪と神戸を結んでいた。阪神電気鉄道の供用開始に伴い、住吉村に阪神電鉄送電所からの送電も始まった。

大阪や神戸の実業家が住吉村に住居を構えるようになった最大の理由は、どちらへも通勤が可能になったことである。ちなみに阪急電鉄は阪神急行電鉄として、大正九年に十三と神戸間の営業を開始した。

「お父様はあの汽車で、毎日大阪に行かれるのですね。」

「志津さん、一度神戸の町を見に行きましょうか。お父様は学生の頃に修学旅行で見学したと話してくれました。川崎造船所の工場やマッチ工場、樟脳やシャボン製造所を見て回ったと、懐かしそうに話してくれましたよ。」

「私は外人居留地を見てみたい。すごくきれいに整備されていて、海岸通りにはグリーンベルトという緑地帯があるの。遊歩道、プロムナードというのだけど。私、歩いてみたいな。」

慶応四年頃、日本政府は外国人居留地の整備を行った。

イギリス人のハートの設計で居留地は道路が整備され、ガス灯や下水道などの設備もあった。

「大阪と違う雰囲気だそうですよ。異人館が立ち並び、日本ではない景色だと聞きました。私もまだ大阪の街しか知らないから、ぜひ行きましょう。神戸にいる人の話を聞くだけでワクワクしますね。」

「学校で聞いたのだけど、神戸の居留地は治外法権だったの。だけどお父様がロンドンから戻った明治三十二年頃に日本に返還されたから、今は自由に入る事ができるそうですよ。」

「よく知っているのね。ぜひ案内してくださいね。」

「私はまだ一度も神戸に行った事がないですよ。」

そう言って志津が嬉しそうに笑った。

「何を話しているのかな。私も水を一杯貰おうかな。みんなにも用意してくれますか。」

そう言って釟三郎が汗を拭きながらやってきた。

「神戸の話。まだ見たことがないので、二人で行ってみようと話していました。」

「それはいいですね。神戸はいい街ですよ。今日、神戸支店からも二人が手伝いに来てくれている。話を聞かせてもらいなさい。大阪とは違った街並みがあるよ。」

そう言って釟三郎は、水を飲みながら西の方に目をやった。

「神戸もいいけど後ろの山、六甲山の山を歩くのも気持ちがいいよ。ここは自然にも恵まれた楽園だよ。」

「そうですね。山に登るのは楽しみですわ。」

三人は後ろに広がる緑の山並みに目を移した。

「では、みなさんの休憩の支度をしてきますわ。志津さんも手伝ってね。」

そう言って二人は家の奥に入って行った。

その時、日本生命の社長を務める弘世助三郎がやって来た。

「引越の目途は付きましたか。」

「やっと大きな家具を並べることができました。あらかた引っ越し作業は終わりましたよ。あとは本や食器をしまう程度ですね。」

庭先では引越しの手伝いに来た若者たちに、すずと志津が飲み物を勧めていた。数人の若者たちがそれぞれに座る場所を見つけてくつろいでいる。時折若い女性の笑い声も聞こえてくる。

「若い人は元気でいいですね。皆さん会社の人ですか。」

「ご近所の人も来てくれているようです。昼の差し入れも頂きましたよ。いい人たちですね。」

「この村は、いわば新興住宅地です。阿部さんが切り開いた住宅地ですが、ここ数年で多くの人が移住してきました。村山さんも早い時期に移り住まれました。でも昔からの人もたくさんいるのです。人情の豊かな人たちです。」

子供たちが庭を大きな声をあげて走り回った。そのうしろを志津が追いかけて来る。

「危ないよ、ちょっと待って。」

志津の手をすり抜けるように、子供は逃げていく。

「平生さんのお子さんは元気がいいですね。」

「いやいや、わんぱくで恥ずかしい限りです。」

その時、庭から子供の泣き声がこだましてきた。

「ハイハイ、大丈夫よ。痛いの痛いの、飛んでいけ。」

志津の腕に抱かれながら、大粒の涙を流している。

「どうしましたか。」

「松に登ろうとして、足を滑らせてしまって。でも尻餅をついただけ。」

釟三郎は笑いながら加納村の事を思い出していた。村一番のいたずら小僧といわれた頃、いつも生傷が絶えなかった。学校の校庭に植えられた松の木から滑り落ちて、額に大きなたん瘤を作ったこともあった。

「弘世さん、この村の小学校はひどい建物ですね。私の通っていた小学校よりひどい。あれでは子供たちが可哀想ですよ。」

「仕方がないのです。いくら言ってもお金がないと突っぱねられる。そのため遠くの小学校に通わせている家もあるのですよ。住吉村に引っ越してきて、学校がないからと大阪に戻った家も数件ありました。残念なことです。」

「そうですか。」

釟三郎はロンドンで見たパブリックスクールを思い出した。学生たちがのびのびとしていた。

「弘世さん、どうでしょう？私たちで理想の学校を作りませんか？」

「理想の学校ですか？」

釟三郎はロンドンで経験したパブリックスクールの事を熱く語った。

話ながら釟三郎の胸の中に、学校の理想が膨らんでいった。人格の修業がないがしろにされ、知識の詰め込みに傾いた学校教育に反発する思いが蘇ってくる。人格形成のための修業と健康増進が学校の使命である。そして個性を尊重し、各々が持つ能力を引き出す教育をしなければならない。

そして、重要なことは一貫教育だ。釟三郎の頭の中に幼稚園から大学までの一貫教育が芽生えていた。

ロンドンにいた頃に感じた思いが沸々と蘇ってきた。

「平生さん、これは壮大な計画ですね。有志を集めて一度話を聞いてもらいましょう。資金の事もある。我々だけでなく賛同者を募りましょう。」

「はい。」

「平生さんに相談してよかった。希望が見えた気がします。設立許可申請はすぐに提出します。あとはメンバーですね。」

釟三郎は高まる気持ちを押さえながら、弘世の手を握って頷いた。今、自分の使命が見えたと感じたのだった。

それから数日が過ぎたある日、弘世から自宅に来るようにとの連絡があった。釟三郎の家から六甲山に向かって少し歩いた所にある。

「平生さん、よく来てくれました。あれから村の人たちに幼児教育の場を作ろうと話して回ったのです。すると住吉村ばかりでなく付近に住んでいる人たちからも、私立の幼稚園や小学校を作ってほしいという話が多く出ました。」

そう言いながら弘世は釟三郎を招き入れた。

「皆さんを紹介します。幼稚園、小学校建設計画に賛同してくれた十一人の同志たちです。」

弘世は両手をいっぱいに広げて、応接間に集まった人々を抱えこむように示した。そしてみんなから拍手が起こった。

「田邉です。平生さんのお宅の東側に住んでいます。弘世さんからお話を伺った時、ちょうど村の人たちからも児童の通学に便利な学校が欲しいと相談されていたのです。」

住友銀行の支配人をしている田邉貞吉が口を挟んだ。

「この前も話した通り、せっかく移住して来ても子供の通う学校がなく、また大阪に戻っていった人もいるのですよ。」

「弘世さんの心配は、我々みんなが感じていたのです。幸い来年には幼稚園の設立認可がおります。小学校も二年後には開校できると思いますよ。建物の設計は私に任せてください。建築家をしています野口孫市と言います。」

「野口さんは大阪の市立図書館や、住友の本社などの建築に携わっているのですよ。私の家も野口さんに建ててもらいました。いい家ですよ。」

田邉が嬉しそうに野口の方を叩いた。

「それに。」

才賀が田邉の言葉を引き継ぐように話し始めた。

才賀藤吉は才賀電気商会の創業者で、様々な電力会社や鉄道の設立に関与していた。

「野口さんの姉上は幼児教育の先駆者のような人ですよ。貧しい子供たちのために幼稚園を設立しているのです。一昨年だったですか。」

「明治三十九年です。私も驚きました。」

「三大貧民窟といわれた所に二葉幼稚園を移したのです。東京では貧民幼稚園と呼ばれたそうですよ。」

才賀は我ことのように話し続けた。

「姉はかなりお転婆、いや、小さい頃から行動派だったのですよ。住吉村で幼稚園や小学校を作ると聞いて、私も参加したいと思ったのは姉の影響もあったのかもしれませんね。」

「貧民幼稚園ですか。すごいなあ。」

腕を組んでいた阿部元太郎が口を開いた。

「最近引っ越してきた人たちはともかく、住吉村の職業構成は三分の一が農業従事者です。それもごく一部の地主と大多数の小作人からなっています。私が心配するのは、私立で幼稚園や小学校を作っても、生徒が集まらないのではないかということです。どんなに環境が悪くても、いくら遠くても、公立の学校に行かせる家庭があるのではないかと考えてしまうのです。」

しばらくみんなは考え込んでしまった。

「しかし、現実に公立の幼稚園や小学校にも通わせていない家庭が多い。それは学校に魅力がなく、登校する意義を感じさせていないからではないだろうか？我々は、単に近くに幼稚園や小学校を作るのではない。子供たちを健やかに育てるのが目的なのだから、必ず成功する。」

釟三郎はみんなの不安を払拭するように言い放った。

「そうですね。今は建設的に考えて、話を進めないと。」

「器を作らなければ、水は溜められませんね。」

「いらぬ老婆心を口にしてしまいました。学校用地は私と田邉さんで村長と話し合い、一部開発した住吉村の村有林を、一定期間無償で借り受ける約束ができました。あとは寄付金を募って運営を軌道に乗せるだけです。」

「頑張りましょう。」

そうしてみんなはテーブルに置かれた紅茶を口に運んだ。

「紅茶は冷めてしまいましたね。新しいのを入れましょうか?それともアルコールの方がいいかな?」

そう言って弘世は奥からビールを運んできた。

「重要案件は終了。ここからは親睦会です。くつろぎましょう。」

すでに用意していたのだろう、たくさんの料理がテーブルに運び込まれてきた。

「いいですね。」

「いやぁ、豪華ですね。大阪のホテルで開くパーティのようだ。」

その時、阿部が立ち上がってみんなを見廻した。

「以前から考えていたのですが、住民同士の交流の場や地域の事を話し合う会があればと。いわば社交クラブです。」

「いいですね、それ。よく皆さんと通勤時に住吉駅の待合室で、いろんな思い付きを話していますが、それらを現実にするための集会場ですね。」

「それだけでなく、暇なときにぶらっと来て将棋や碁を打ったり、アルコールを楽しんだりする娯楽を備えるのです。」

「講演会や座談会も開けますね。」

みんなは体を乗り出して話し始めた。麦酒の力も借りて、話はトントン拍子に進んだ。

「二年後を目途に、専用の建物を作りましょう。できるだけ豪華に。」

「二年後か。明治四十五年に落成式だな。」

子供のようにみんなははしゃいだ。

「さて、名前はどうしますか。いい名前を付けたい。」

「この辺りは昔、観音堂があって観音林と呼ばれていたそうですね。」

「そうだ、それにちなんで観音林倶楽部がいい。」

「賛成。そうしよう。」

「観音林倶楽部に乾杯。」

グラスを合わせる音が部屋中に響いた。

住吉村から無償で借り受けた用地に、観音林倶楽部は予定通り明治四十五年に創立された。そして昭和十三年までの二十二年間、住吉村の交流の場として、様々な社会貢献の話し合いが持たれた場所である。甲南学園の創設や生活協同組合、甲南病院の建設。それらの資金面での基盤がこの倶楽部だったといえる。その後、大正元年に大阪倶楽部が生まれ、観音林倶楽部のメンバーは両方の倶楽部に席を置くことになる。

釟三郎は、会社での肩苦しい会議室とは違う、心の休まる瞬間を感じていた。年齢も職種も違う人たちが集まって、利害に関係のない所で懇談することの心地よさが、日頃の激務をすべて忘れさせてくれる。

「これだけのメンバーが集まったなら、何でもできますね。」

「そう、社会貢献活動も自信を持って進められます。」

「私も以前からそれを考えていたのですよ。皆さんは世間に認められた名士です。いわば成功者、それだけにこれからは社会に貢献することが大切だと思いますよ。」

「最初の社会貢献が幼稚園や小学校創設ですね。いい題材が出てきたものだ。意欲が湧いてきたな。」

「楽しみです。未来が開けたようだ。」

みんなは大きな声で笑った。

****

「凄いお金持ちが集まったのね。」

佐由美が感嘆するように呟いた。

「大阪ロータリークラブの創立時には、平生釟三郎は理事となって参加している。それは亡くなるまで続けていたから、かなりの名士だったね。」

その言葉を嬉しそうに聞いていた前田が、近江商人の心得十訓と書かれた紙を取り出した。

「平生さんは商売の心得を近江商人の考え方に学んだのですよ。」

「近江商人って、西武グループ創業者の堤廉次郎の故郷だよね。」

「堤さんは愛知郡だから湖東商人ですね。近江商人にはそれぞれの地域によって、高島商人、八幡商人、日野商人、湖東商人に分かれます。それぞれに特徴がありますよ。その他に犬上郡出身の伊藤忠兵衛も湖東商人です。三方よしで有名な弘世助三郎など、観音林倶楽部のメンバーにも近江商人の流れを組む人がいます。」

「平生釟三郎は、観音林倶楽部で近江商人の考え方を聞いていたかもしれないね。」

「三方一両損という大岡裁きもあったね。」

御蔵の言葉にみんなが笑った。

三両を拾った町人が、そのお金を奉行所に届け出た。しばらくして落とし主が判明したので、奉行はそのお金を落とし主に渡そうとすると、落とし主は一度落とした金だから受け取れないという。ならば拾い主に渡そうとしたが、拾い主も自分の金でもないのに受け取れないと拒んだ。

奉行は困りしばらく考え込んだ。そしておもむろに懐から一両を取り出し、拾われた三両の上に置いた。

その四両を落ち上げると、二両を落とし主に。残る二両を拾い主に渡した。

これで落とし主は三両あったものが手元には二両になり、一両の損である。拾い主も黙っていれば三両を懐にできたものを、二両だけになって一両を損したことになる。

奉行も懐から一両を損した。これで三方一両損となり丸く収まる。一件落着という物語である。

「三方よしというのも、みんなが納得できるということですね。誰か一人がいい思いをするようなことは慎みなさいと、教えているように思うわ。」

「困っている人に商品を安く届けて喜んでもらう。お客さんが喜んでくれて、売った自分も嬉しい。それを見た他の人も気持ちよくなる。」

「困っている人の足元を見て、高く売りつける詐欺師のような商売をするなということね。阪神淡路大震災では粉ミルクを数千円もの値段で売りつけたやからもいたと聞いた事がある。今はどうしているのだろう。」

腹立たしように工藤が机を叩いた。

「コロナウイルスの中でも、品薄となったマスクや消毒薬を高額で売っていたやからもいたよ。インタビューをされた時、悪びれずにこっちも商売だと言っていたおっさんの顔を思い出してしまった。何が商売だ。売るマスクはどこかの病院から盗まれたという噂もあった。」

「本当の商売人は、人の困っているときに儲けようとはしないものです。阪神淡路大震災や三陸沖地震の時も様々な企業が被災者のために努力していました。」

「知っている。おばあちゃんから聞いたけど、飲料水が不足している時、キリンビールはビール瓶に水を詰めて配ってくれたそうだよ。」

「ダイエーやコープこうべも頑張ったと聞いているよ。他にもいろんな企業の話を聞いた。それが本当の商売人だと思う。」

「三方よしという言葉は、本来〝売り手よし、買い手よし、世間よし〟という意味で、神崎郡石場寺村の中村治兵衛が書き残した家訓だそうです。これを伊藤忠兵衛が広めたのですが、昭和以降に分かりやすく三方よしという言葉で伝えられました。」

「大岡政談に出てくるのもそうだよ。後日、歌舞伎か何かで三方一両損と言われるようになったのでしょう。」

「大岡裁きはどこまでが史実か分からないけどね。」

「でも、その教えが後々に生きてくる。関東大震災の時に。」

「ブラジル移民の話にも生きている。」

「教育への思いは、平生釟三郎が神戸の住吉村に移ってからだね。」

「当時幼児教育があまりにみすぼらしいから、自分たちで私学の幼稚園構想を練っていた。」

「この住吉村を良くするつもりで学校を創設し、生協を発展させたのですね。」

「平生釟三郎って、子供は何人いるのだろう。最初の奥さん、佳子さんは四人目を出産して亡くなるでしょう。二番目の信枝さんも一人生んで亡くなっている。三番目のすずさんは子供がいたのかな。」

「それだけで五人だよ。一人目が仁川に行っている間だよね。そうすると十六歳くらい。中学生か。四人目の子供が明治四十年に佳子夫人と死別する時だから、まだ一歳か二歳だね。幼稚園が必要な時だ。」

「信枝夫人の子供はいつできたのだろう。」

「どこか資料が間違えているね。調べ直さなくっちゃ。」

テーブルに置かれた本を手に取って、築山が釟三郎の家族を調べ始めた。何度も開いたインターネットの平生釟三郎のページを、またクリックしている。

「平生三郎さんが明治四十四年に生まれている。学校の発起人達が集まる次の年だ。この人はすずさんの子供だよね。」

「平生三郎さんはラグビーの選手だったのか。その後東洋紡績の副社長になっているよ。」

飯村がマウスを操作しながら、平生釟三郎の家族を検索していた。

「その上に平生一郎さんがいるけど、他の子どもは記載がない。娘の志津さんも書いていないよ。奥さんはすずさんだけだ。」

「信枝さんの事もわからないね。」

「ただ、平生釟三郎の家族にも、幼稚園が必要な子供がいたことになるよ。佳子さんも信枝さんも出産と同時に亡くなったのだから。」

「幼稚園から創立したのは、教育というよりも子供たちの生活環境を良くするためだよね。教育を考えるのは中学からだと思う。少なくとも小学校の教育からだよ。」

「理想の学校は、やはり子供たちが自我を持つ小学校の高学年でしょう。どうして幼稚園を最初に考えたのかな。」

「人格形成？」

「それなら高等学校。思春期の学生の指導を最初に考えると思う。神戸商業学校の学生を立ち直らせた平生釟三郎だから、この時期を大切に考えたと思うよ。」

「自分の考え方が作られたのは父親からと考えたから、幼稚園時代も大切だと思ったかもしれないよ。」

「それはないな。自分自身に置き換えてみればいい。親からいくら厳しく育てられても、礼儀正しい子にはならない。ぐうたらな親の元に生まれたからと言って、だらしない子にはならない。むしろ思春期の頃に付き合った友達の影響がその後の性格を形成するよ。」

「犯罪者の子供が犯罪者になるとは言えないね。」

「平生釟三郎は幼い時に苦学しているけど、その事は関係していないかな？お金がなくて中学を退学している。教科書も友達に見せてもらったのだよね。苦労しているよ。」

「苦学をしているのは分かるよ。でも、幼稚園を作ることと奨学金制度の話は違うと思う。」

「理想の教育は一貫教育にあったと思うよ。幼稚園から大学までの。だから弘世が住吉村にいい学校がないと相談に来たのは、平生釟三郎にとっては渡りに船だったのではないかな。」

「英国のパブリックスクールの影響は大きいね。全寮制の学校か。」

「確かに明治四十四年に幼稚園、翌年に小学校、七年後に中学校の創設と大学構想を発表している。高等学校はそれから四年後だ。一貫教育のための足掛かりとして幼稚園を作ったわけか。」

話が行き詰まり、みんなは少し考え込んだ。

「ところで、以前の新聞に阪急電車の神戸線が百周年を迎える記事があったよ。綺麗で早くてガラアキで、ってうたい文句が出ていた。」

そう言って、佐由美が新聞の切り抜きをテーブルに広げた。

「僕も読んだよ。いつも僕らが使う電車だから、思わず読んでしまった。やはり気になるね。」

「昔の官営鉄道や阪神電車に遅れて開業した時の宣伝だね。山の手を走る阪急は、ハイカラな街並みを走る洗練された電車のイメージがあった。」

「近代郊外住宅地の開発手法は、大きく見ると鉄道会社による開発、土地会社による開発、耕地整理法による開発と資本家による開発に分けられるのだよ。阪急電車の前身である箕面有馬電気軌道を創る時にも、グループの創設者である小林一三は日本最初の池田新市街を整備している。明治四十二年の事だ。郊外型の住宅地は鉄道が作っていくと考えていたのだろうね。」

「住吉村はどれになるの。」

「分類分けは難しいけど、資本家による開発かなぁ。住吉村に隣接する御影町で村山龍平が土地を取得し、住吉村では阿部元太郎が小規模な住宅開発事業を始めている。」

「住吉村には、池田新市街と同じような開発理念として明瞭な考えはあったのかなぁ。住宅地開発なら学校完備とか病院近くなどのうたい文句を並べるよね。買い物も便利です、公園もあります。」

「平生釟三郎の登場前に、開発理念なんて考えていたかな。」

「それは分からないけど、平生釟三郎の存在が生活水準の向上に関与していたのは間違いない。」

「住吉村というのは他の地区と違って、基本的に土地を売却する事はなかった。土地は村有財産として管理・運営していたようだね。他の郊外宅地開発とは異なった方法ですよ。すべては借地として住環境整備の主導権を村や村民が持っていた。この事にはちょっと驚きますね。」

そう言って前田は地図を広げた。

「それなら、村の土地を提供したというのは、村有地を貸し与えたということなのか。」

「そう言う事だよね。何年かは無償で貸与します、ということだと思う。この事はもっと調べてもいいな。」

「皆さんは阪急電車の魔のS字カーブの話、知っていますか?」

そう言って前田が資料を取り出した。民営鉄道の歴史がある景観1と書かれている。そこに岡本—御影間のSカーブと書かれていた。

「住吉村の住人がどれ程の力を持っていたかが分かる資料です。」

「聞いた事がある。急にスピードを落とす箇所があるよ。御影駅近くのカーブですね。」

「官営鉄道や阪神に比べ、阪急はかなり遅れて開業している。三宮までの延伸を果たしたのが、昭和十一年の四月だ。ただ、神戸の中心から外れた当時の市電の終点になる上筒井までは、大正九年に開業したようだけど。」

「それだけに、後発の鉄道会社としては売り物が欲しかった。それが大阪と神戸間を最速で結ぶ鉄道と宣伝したかったようですね。」

阪神は点在する村々に駅を置き、路線は蛇行するように設計された。その為阪急や官営鉄道に比べ停車駅が多く建設されている。それに対して阪急は、西宮北口から神戸間の特急を無停車で走行する計画であった。

「阪急電車が大阪から神戸まで高速で走るために、住吉村を直線で通る路線を計画したのですが問題が起きました。」

「住民の反対運動が起きたのですか？」

「当初、住吉川西堤から一直線で観音林を抜け、御影駅に至る計画だったのですが、その線上は朝日新聞社主の村山龍平宅の北庭を横断するものだったのです。村山龍平は隣接する住友銀行総理の鈴木馬左也、鐘淵紡績社長の武藤山治に声を掛け、さらに付近の住民を誘って鉄道による環境破壊に反対する運動を始めたのです。」

「当時は公共事業優先とか言って、多くの住民が立ち退かされていた時代ですよね。阪急に限らず、いろんな鉄道や道路建設でも。」

「そうです。山陽電車も五色塚古墳の一部を路線として削ったり、近鉄も平城京遺跡の真ん中を通り抜けていますね。」

「個人の不利益よりも公共の利益を優先する時代だ。」

「そうです。そんな時代に用地買収に反対の意思を示したのが村山龍平だったのです。」

「阪急側も三人の存在が大きく、冷淡に看過することはできなかった。」

「それで様々な対策案を検討するが、村山邸を迂回するS字カーブの選択に至ったようですよ。」

「阪急は悔しかったでしょうね。ノンストップで最速をアピールする予定が、S字カーブで六十五キロまで速度を落とさなければならないなんて。」

「阪急の記念誌には、永久に不経済なる運転をしなければならぬ事情に立ち至ったことは、阪神間交通上の大局より観て実に千秋の恨事と言わなければならぬ。と書いてあるのですよ。」

「悔しさがにじみ出ている。」

「でも阪神の路線はカーブがたくさんあるのに。」

「阪急にとって、反対する三人の後ろには観音林倶楽部のメンバーがいることも、無視できなかった一つだと思います。」

「そうなのですか。」

「凄い組織ですね、観音林倶楽部って。」

【小学校建設に向けて】

明治四十四年九月、甲南幼稚園が開園した。

初年度は四十四人が入園。保護者と共に園児たちが園庭を横切っていった。園長と二人の保母がその姿を見守っている。園児たちの嬉しそうな笑い声が響いてくる。

晴天の青空にはトンビが二羽、大きな弧を描いて舞っている。

遠くに大阪湾を隔てて和歌山がはっきりと姿を見せていた。そして、友ヶ島の姿はまるで二匹の龍が、東に向かって泳いでいるようだった。

開園記念日には絶好の日よりとなった。

垣根越しに数人の発起人たちが、嬉しそうにその光景を眺めていた。その中に釟三郎の姿もあった。

「やっと完成しましたね。あの寺子屋のような建物と比べると、野口さんの立ててくれた建物はおとぎの国の建物ですね。さすがです。」

そう言って、田邉は野口に笑いかけた。

「いや、田邉さん、これからですよ。先は長い。それにこの園を維持していくことは大変ですよ。」

「確かに。資金面のサポートは我々の責務ですね。」

「それにしても、私は四十四人も来てくれるとは思わなかった。よくこれだけ集まってくれたと思いますよ。」

「阿部さんは初めての発起人会の時も、募集に応じてくれる子供の数を心配していましたね。私も気になったのですが危惧でした。これだけの子供が来てくれるなら運営はうまくいきますよ。早く軌道に乗ってくれると嬉しいですね。」

「そうですね。さて、次は小学校です。すでに工事は始めていますよ。二月には概ね完成する予定です。あとは先生方に早く来ていただいて、ご意見を参考にしながら手直しをします。」

野口は小学校を建設している方角に目をやってほほ笑んだ。

「順調ですね。」

「いや、平生さん。そうでもないのです。」

「資金面ですか。」

「はい。」

野口の言葉に平生は腕を組んで考え込んでしまった。横で田邉も首を傾げている。

遠くから園児たちの笑い声がこだましてくる。

「あの子たちの笑い声を絶やしてはいけないですね。」

「今夜、観音林倶楽部で相談しましょう。みんなで話せばいい意見も出ることでしょう。」

そしてその夜、観音林倶楽部にみんなが集まった。

観音林倶楽部はその年完成していた。幼稚園、小学校の発起人だけではなく多くの著名人が参加している。

「しかし、資金不足は如何ともしがたいですね。」

「開校できれば、学費から先生方の人件費は何とかなると考えていたのですが、器となる校舎や教材関係の備品を考えると、かなり資金がいることになります。どうしましょう。」

野口が悲痛な顔で喋った。

「このままでは校舎が完成できないということです。それに現在生徒を募集していますが、まだ三割にも届きません。開校できてもすぐに破たんしてしまうことになります。」

「いっそ早い撤退も視野に入れるべきかもしれません。せっかく開園できた幼稚園も、共倒れになる可能性もあります。幼稚園は今二人の保母さんで回していますが、私は人手を増やす必要があると思っています。」

その言葉にみんなは黙った。

みんなの顔を見廻しながら釟三郎が口を開いた。

「野口さん、校舎を縮小して完成させることは可能ですか？開校当初は一年生だけです。三教室程度で始めることはできないですか？」

「私も増築方式を検討したのですが、講堂や専門授業の音楽室や理科室、それに保健室は必要です。生徒たちの父兄にみすぼらしい建物を見せるのは、入学することをためらわせてしまいます。でも教室の増設は検討すべき解決方法だと思います。それでも資金不足は否めません。」

腕を組んでいた阿部が、おもむろに立ち上がって言った。

「そうすると、解決方法は一つですね。平生さん。我々だけの資金ではなく、近所からも寄付金を募りましょう。この住吉村にはまだまだ協力してくれる人がいますよ。それに住吉村を離れた所にも声を掛けましょう。通学可能な地域まで。」

「そうですね、みんなで寄付金を呼びかけてみましょう。」

次の日から観音林倶楽部のメンバーは寄付金集めに奔走した。しかし、どこに行ってもいい返事は聞くことができなかった。公立の小学校があるのにどうして私学を作る必要があるのか、道楽の学校作りはやめた方がいい、教育は一律に学ぶべきで、特別な考えを押し付けるのはいかがなものか、等々。

釟三郎は途方に暮れてしまった。どこに行っても寄付金を快諾する家がなかった。

「仕方がないな。自分で調達する他はないようだ。」

それでもメンバーの努力によって、最低限の資金を調達できた。

そして、明治四十五年の春に甲南尋常小学校が開校した。入学した生徒の数は十一名である。計画していた生徒数には程遠い。

観音林倶楽部では、再び学校運営資金の不足が話題になっていた。生徒が集まらず授業料収入が少ないことから、経営困難に陥っていたのだ。

「もう資金が底をつきました。寄付も限界です。」

「どうしようもない。そろそろ潮時です。このままでは泥沼ですよ。学校を手放しましょう。」

「今を乗り切ればきっと灯りが見えますよ。もう少し頑張りましょう。」

「平生さんはどうするつもりですか。頑張ろうと言っても、もう精神論でどうにかなることではないですよ。」

「無理だな。今の状況を打開する方策は見当たらないですよ。このまま続けるというのでしたら、私は抜けさせていただきます。」

「私も同じ意見です。ここまでやってこられたのは、平生さんの熱意を感じたからです。でも引き際を見極める必要はあると思いますよ。」

「学校は廃校にするか、どこかに売却する他はないでしょう。」

「私たちはほとんどが実業家です。企業にとって期を見ることは大切です。でも今やっているのは会社経営とは違う。子供たちの教育活動です。利害で動いてはいけない。」

釟三郎は熱く語った。

「平生さん、私は少し学校運営から間を置きます。申し訳ないが抜けさせてください。」

「私も失礼する。」

発起人十一人のうち五人が席を立った。

「君たちも発起人会当初からの仲間じゃないか。ここで逃げるのは卑怯だ。戻って来いよ。」

立ち上がって才賀が叫んだ。遅れて田邉と小林も立ち上がって出ていく五人を見つめた。

「どうします?平生さん。」

心配そうに小林が問いかけた。進藤もその横で心配そうに、椅子に深く座っている平生を見た。

「仕方がないです。やりたくない人に無理強いはできません。」

「しかし、このままでは廃校になってしまいますよ。」

「絶対に廃校はさせません。我々を信じて子供を預けてくれたご父兄に対しても、ここで学校をなくすことはできない。十一人の子供たちを不安にさせることは許されないです。」

「でも、五人も抜けてはどうしようもないですよ。もう一度みんなを説得して回りませんか。」

「ここまで漕ぎ着ける事が出来たのは、身を引かれた方々を含めて皆さんの努力と苦労のおかげなのです。感謝こそすれ、恨むのはお門違いです。いろいろ考えられた上での結論でしょう。その事は尊重しましょう。そしていつの日か再び力を貸してくれる日には、心から歓迎するのがいいと思います。」

「そうですね。残った者達で立て直しましょう。持ち堪えていれば、彼らもまた戻ってきてくれますね。」

「さて、何から取り掛かればいいか。」

釟三郎は腕を組んで考え込んだ。

「平生さんは熱い人ですね。」

部屋の隅に置かれたソファーに腰を下ろしていた、久原房之助が立ち上がって声を掛けた。

鉱山王として名を馳せた久原財閥の総師である。大正元年には久原鉱業所を、近代経営組織として大阪の中之島で株式会社化した。久原鉱業所は後の日立グループとなる。

「私に援助をさせてください。せっかく完成した学校を廃校にするのは忍びない。できるだけのお手伝いをさせていただきますよ。」

そう言って釟三郎の手を力強く握った。

久原は甲南幼稚園開園から七年後、大正六年に幼稚園を作ることとなる。遊喜園という。当初は財団法人として久原からの寄贈事業資金で賄われていたが、昭和十四年に住吉村が運営を引き継ぎ、住吉村村立遊喜園として運営された。

釟三郎は久原から学校運営の資金提供を受け、更なる水準の向上を考えていた。それは現場指導者の充実だった。様々な実績を持つ人物と話をしながら、釟三郎は今津小学校の校長である堤恒也と出会った。そして釟三郎の理想と二人は共通していると感じたのだった。

「堤先生、ぜひ甲南尋常小学校の校長に来てほしい。学校の運営すべてをお任せします。教職員の人選も見極めてほしい。よろしくお願いします。」

「突然ですね。」

「いえ、これは運命と感じています。ぜひ。」

「少し考えさせていただきますよ。」

そう言ってほほ笑んだ。

「平生さん、東京の池袋に成蹊実務学校があるのをご存知ですか。その学校を作ったのが中村春二さんなのですが、今中学校を作ろうとしています。平生さんの話していた教育理念と通じるものがあると思いますよ。ぜひ一度会いに行きませんか。平生さんにとっても有意義な話を聞くことができるはずです。」

中村春二は当時の画一的な教育や教育機会の不均等に疑問を持ち、三菱財閥の岩崎小弥太や今村銀行の頭取だった今村繁三の協力を得て、明治四十五年に成蹊実務学校、大正三年には旧制成蹊中学校、そして大正四年には成蹊小学校を創立している。その後も成蹊実業専門学校、成蹊女学校を開校、大正十四年には私立の七年制旧制高等学校創立している。

釟三郎が堤を訪ねてから一年がたった。堤は理想の教育を思い浮かべ、釟三郎の語る理想を何度も考えていた。

そして大正二年、堤は甲南学園の校長として赴任してきた。

この頃釟三郎は自宅に若者たちを住まわせていた。私費を投じて、将来を担う若者たちが勉学にいそしむ環境を提供したかったのだ。後に拾芳会となる。

釟三郎が長年考えていた、育英事業の実践となる第一歩だった。釟三郎が出社する時間、平生家の玄関からは多くの学生が学校に行く挨拶の声が聞こえてくる。

「行ってきます。」

「行ってきます。」

「今日も頑張って勉強をしてくださいね。」

「行ってきます。僕は今日実地研修で、企業の見学です。」

「それは大変だ。頑張ってください。」

「すずさん、すまないね。君に負担をかけてしまって。」

一人一人を見送るすずの背中に釟三郎は声を掛けた。

「いいえ、いいのですよ。私は子供が大好きですから。でも慶應義塾で音楽の先生だった時は、相手は幼稚園児だったのに、今はみんな学生さんですね。ちょっと大きくなりました。でもみんな可愛いですよ。」

その言葉に釟三郎は笑顔で返した。

釟三郎にとって幼い頃に多くの人から助けられ、貧しい家庭に育ちながらも学校に通うことができたことへの恩返しのつもりだった。

****

「中村春二さんって、教育者としての平生釟三郎と似ているね。」

御蔵は二人の考え方をノートに写しながら、比較していた。

「ねえ、一貫教育や女学校の必要性、それに寄宿の考え方はロンドンの学校の考えだよね。」

「確かに御蔵さんの言う通りだわ。幼少期の境遇は全く違うけど、同じような考え方だ。不思議だね。普通なら自分の境遇によって理想を生み出していくと思うよ。」

「中村春二はエリートだったようね。お父さんは国文学者だし、学校もいいところを卒業している。平生釟三郎はどう見ても貧乏だよね。」

そのノートには、中村春二と平生釟三郎の生い立ちから卒業までが一覧表にまとめられた。

そのノートを覗き込みながら佐野が話し始めた。

「支援者となる岩崎小弥太や今村繁三はイギリスのケンブリッジ卒業だから、イギリス式の教育を経験しているはずだ。だから平生釟三郎がロンドンで見聞きしたことくらいは十分知っていたと思う。その学校事情を中村春二に話していてもおかしくないよ。」

「そうか、なるほど。二人の教育に対する考え方の原点はイギリスにあったのか。」

その時、飯村が声をあげて笑い出した。

「面白いことを見つけた。中村春二は東京高等師範学校附属中学の校長に招かれて教鞭をとるのだけど、その校長先生が嘉納治五郎。」

「柔道の？」

「そう、講道館柔道の嘉納治五郎。」

「嘉納治郎右衛門とか嘉納治兵衛と関係があるの？住吉村の古い地図に出ていた、白鶴酒造や菊正宗酒造の親戚なのかな？それなら平生釟三郎と関係があるといえるね。」

佐由美が口を挟んだ。

「いや、それはよく分からないけど。」

予期しない質問に、飯村は頭を掻いた。

「嘉納治五郎は御影に生まれるけど、菊正宗や白鶴とは区別されています。治五郎の父嘉納治郎作は幕府の廻船方御用達を務め、和田岬砲台の建造に携わっています。この時勝海舟とも繋がりを持っていたようですね。」

前田が小さな本を取り出して見せた。

「親戚ではないのか。」

「祖父の治作は酒造と廻船で名を馳せており、その長女定子に婿入りしたのが治郎作です。治郎作は家督を治作の実子に譲り、自らは幕府御用に入ったのですね。その意味で嘉納治五郎も同じ祖を持つ親戚になりますよ。」

「そうなのか。嘉納家のルーツは同じ源流を持つのだ。」

「それに、嘉納治郎右衛門、嘉納治兵衛と共に桜正宗の山邑太左衛門が昭和二年に灘校を創るのだけど、その時に嘉納治五郎が顧問となっているよ。今でも甲南と灘は定期戦を続けているから、住吉村の仲間同士の繋がりが残っているようですね。」

「へえーっ。酒造業者が学校を作っていたのか。」

「そうだよ。」

前田は嬉しそうに笑った。

「酒造業者としては、白鹿の辰馬吉右衛門が甲子園に甲陽学園を再建する協力をしているよ。大正九年頃だ。元は伊賀駒吉郎という教育者の作った学校だけどね。面白いのはこの学校もイギリスのパブリックスクールを手本にしていた。」

「パブリックスクールだ。」

「話しにくくなった。本当にたいした事ではないのだけど、東京高等商業の校長先生、矢野次郎だろ。」

「あっ、姿三四郎。」

佐野が大きな声を上げた。

「何のことなの?意味が分からない。」

「富田靖男が書いた小説、姿三四郎に出てくる師範が矢野正五郎。」

「凄い、矢野繋がりだ。すごい共通点。」

みんなは笑い声を上げた。

いや、一人工藤が暗い顔をして俯いていた。

「工藤君、どうしたの?」

心配そうに佐由美が声を掛けた。

その声に、何も言わなかった工藤が、声を大きくして話し始めた。

「部活の仲間も一年生で入部した時には十一人いたのだけだけど、一年が過ぎるころ五人が退部したのを思い出したよ。みんな高校時代までは、それぞれの学校でトップの実力があった。やめると聞いた時には、僕は裏切り者と罵声を浴びせてしまったのだ。でも、辞める勇気を感じてやるべきだった。みんな熟考した上で、彼らの中で最良を選んだのだから、引き留めはしても相手の立場を考えてやればよかった。」

「工藤、急にどうした?真剣な顔をして。」

「工藤君は去年の大会前に辞めていった五人の事を言っているのか。」

「はい、コーチ。あの時退部を言い出した仲間に対して、僕は罵倒しただけだった。彼らの気持ちにはなれなかった。単に裏切り者、もう二度と付き合わないと言いきってしまい、今では学校であっても挨拶もしない。その時まで一緒に苦労して、コーチの厳しい練習にも耐えてきたのに。あの一瞬で五人のそれまでの苦労を無かった事にしてしまいました。」

「裏切り者ではなく、今までありがとうと言えたらよかったね。」

「はい。平生釟三郎は抜けていった人たちを非難しなかった。あれだけ人々を引き付けてきたのは、いつも相手を認めていたからだ。きっと意に反する行動をした人にも、敵意は持たなかった。議論はしても、相手を追い詰めるようなことは言わなかったのだろう。」

工藤は少し涙ぐんでいる。みんなもそんな工藤の顔を見る事無く俯いていた。しばらく誰も喋らなかった。静かな時間が流れていく。

工藤は、席を立った発起人たち五人の気持ちに感情移入していた。

飯村が時の流れを動かすように、抜けて行った五人の気持ちを話し始めた。

「入学した生徒が十一人では、小学校の先行きに不安を持つのは当然だと思うよ。幼稚園の入園児童が四十四人。それと同じくらいは希望者がいると想定しただろうね。」

そしてみんなの顔を見廻した。

「四分の一では学校運営が成り立たないでしょう。発起人たちとしても、いつまで援助を続けるのか不安になって当然ですよね。」

「手を引くと考えた人の方が、僕は正当だと思うよ。」

飯村が工藤の肩に手を置いて言った。

「平生釟三郎にしても、経営者ということなら手を引くべきだと主張したはずだよ。東京海上保険のロンドン支店を切り捨てる判断力があるのだからね。」

「そうだよね。各務鎌吉があれだけ苦労しているのを見ても、何が大事かを見極めていたのだから。」

「各務に引導を渡した張本人だよね。」

「子供の教育は、事業家とは違うと考えていたのでしょうね。」

「確かにそうだ。社会奉仕の実践と考えたのだろう。」

「拾芳会を始めるのだから、育英事業が本当の目的だったはず。」

「幼稚園や小学校から作ったのは、さっき話したように一貫教育の足掛かりだと思うけど、始めるときに自信はあったのか？平生釟三郎が場当たり的に動いたとは考えられない。」

「幼児教育や経営に一番詳しかったのは野口孫市だろうね。経営の難しさもお姉さんから聞かされていたと思うから。」

「二葉幼稚園か。でもその野口もいなくなった。」

みんなは黙り込んだ。

「それにしても、不思議にその後を引き継いでくれる支援者が出てくる。まるで小説のようだ。運がいいのか、人徳なのか。」

「確かに久原房之助の後、伊藤忠兵衛や河内研太郎、安宅弥吉らが協力して、中学校まで完成するから不思議ですね。」

飯村は少し皮肉っぽく口を開いた。

「僕は五人が抜けることを事前に察知していて、平生釟三郎が協力を依頼していたのではないかと思う。根回しをしていたのではないかな。」

「確かに裏で動いていたな。裏面工作。」

佐野も飯村の意見に同意した。

「裏工作って嫌な言葉ね。」

御蔵が眉間にしわを寄せて言った。

「実業家だからね。」

「平生釟三郎は清々しい人でいて欲しいな。」

しばらくみんなは黙り込んだ。

「不思議なのは、久原房之助がそれから七年後に遊喜園を開園している。」

「そうね。当初から一三七人もの幼稚園児を迎えて、盛大な開園式だったと書いているね。」

「久原にとって甲南小学校は経験を積むための場所だったのかな。」

「平生釟三郎に幼稚園の事を相談していて、それなら一度経験してみてくださいとか言って誘ったのかもしれない。」

「それにしても七年後は時間がかかったと思う。」

「でもすぐに住吉村に移管している。なぜだろうね。」

みんなは首をひねった。

【コープこうべの誕生】

大正八年には甲南中学が開校され、甲南小学校は順調に一学年三十人の定員で運営されていた。学校運営は軌道に乗ったとみんなは安堵していた。

当時住吉村の住人は、住吉村で生まれた者が三割、住吉村に移り住んだ者が七割と大半が移住者となっていた。

甲南中学が一年生を迎え入れた日、観音林倶楽部はおおいに盛り上がっていた。テーブルにはいつも以上に料理が並び、ビールの瓶が空になって壁際に並べられている。

「みなさんも今までかなり倹約していましたね。今日は思い切り羽を伸ばしましょう。」

「今日のごちそうは格別の味だ。いやぁ、平生さんご苦労様でした。」

小学校の理事長を務める田邉貞吉が、嬉しそうにビールを勧めて回る。

「田邉さんも本当にご苦労さまでした。まだまだ苦労は続くと思いますが、頑張ってください。」

「本当にここまで来たのですね。夢のようだ。久原さん、ありがとう。安宅さん、それに河内さん。あなた方のおかげで今日を迎えることが出来た。」

「田邉さん、かなり酔っていますね。珍しい。」

「今日は酔わせてください。ねぇ、平生さん。おや、もう顔が真っ赤だ。」

「私は下戸ですから。」

そう言ってコップのビールを少し口に運んだ。

「ご存知ですか。縄文時代には下戸はいなかったのですよ。それが弥生時代になって、酒に弱い人が出てきた。すなわち下戸は文化人の象徴だ。」

少し威張って釟三郎が言った。

「勝手な下戸の言い訳だな。欧米や東洋以外の国に下戸はいないのですよ。残念ながら。」

才賀の一言にみんなは笑った。

「農耕民族の生活が下戸を作ったのかもしれないですね。どういう理由か分からないですが、国内でも土佐や北国に酒豪の地域がある。」

「どういう因果関係があるのでしょうね。」

「ところで皆さんにお話しがあるのですが、聞いていただけますか。」

安宅弥吉がコップをテーブルに置いて話し始めた。安宅弥吉は安宅産業の創始者である。

「皆さん、今私たちは男子の教育に目を向けているのですが、これからは女性の教育にも目を向けるべきだと思うのです。甲南女学校です。」

安宅は日頃から考えていた甲南女学校の構想をみんなに話した。

小学校を卒業した男子生徒は中学に進む。しかし少女たちはそのまま家に閉じこもってしまう。これでは文化的な国家を作ることはできない。女性にも学問を身につけて、社会に貢献してほしい。

「驚いたな、そんなことを考えておられたのですか。」

才賀と田邉が顔を見合わせて驚いていた。

「以前にお話しした中村春二さんも、同じことをおっしゃられていました。私もその考えに深く感銘を受けました。私は賛成です。」

真っ赤な顔をしながら釟三郎は頷いた。

「やりましょう、安宅さん。順調な今がやり時だと思いますよ。」

「平生さんありがとう。皆さんはいかがですか?婦女子に学問は不要だとお考えの方はおられますか?」

そう言って安宅はみんなの顔を見廻した。みんなにこにこしながら安宅の話を聞いている。

「面白そうだ。やってみよう。」

「私も賛成です。」

みんなは拍手をして甲南女学校を承認した。

「当然、平生さんの七年制高校の構想と並行して進めるのですね。これはまた大変なことになってきましたね。」

みんなはグラスを持ち嬉しそうにビールを口に運んだ。そんな中、河内研太郎は少し浮かない顔をしていた。

「おや河内さん、どうされました?」

田邉がいぶかしんで声を掛けた。

「いや、嫁の節子から相談を受けたのですが、嫁は地域の少女たちに行儀作法や道徳を教えようと、週一回程度講師を招いて研修会を開いているのです。」

「少女たちのためにですか。安宅さんの考えと同じですね。」

「睦会というのですが、地域の子供たちを集めているのです。急激に都会の人たちが住み始めたので、大人もですが風紀が乱れているのです。」

環境の変化が急速で、それまでの静かな田園地帯にはいろんな店が立ち並び始めていた。いつしか商店街も作られ、それまでは明るい日の高い時間に家に戻っていた子供たちも、帰宅する時間が遅くなっていた。街灯の下にたむろして、夜遅くまで話し込んでいる。

「睦会の発起人には、駐在所の棚池巡査も名前を連ねていました。」

発起人の中に巡査の名前のあることが、みんなの耳に深く残った。

「我々は気が付かなかっただけかもしれない。大阪に住んでいて、ここの環境は住み心地がいいと喜んでいたが、元からいる人にとっては生活環境を一転させているのですね。」

「それを地域の大人たちが憂いていたのか。河内さんの地域だけでなく、それぞれの地域で子供たちを思う大人が努力しているのでしょうね。」

みんなは考え込んでしまった。

「嫁は当初は自宅に子供たちを集めて家事や裁縫などを教えていたのですが、今は専門学校を考えているようです。近くの公民館を利用して運営していますが、専用の建物を持ちたいと言っています。」

「専門学校か。」

「すでに申請も許可されて学校運営を始めています。来年から財団法人として運営します。皆さんへの報告が遅くなって申し訳ないです。」

「いや、それは本当におめでとう。これから何か必要なことがあれば言ってください。我々も協力を惜しみませんよ。幸いにして、いや幸いはだめか。ヨーロッパで起こった戦争のおかげで需要が増えています。」

久原が胸を張って言った。

ヨーロッパを主戦場としてロシア、フランス、イギリスなどの連合軍とドイツ、オーストリアの中央同盟国が戦争を始めた。その後アメリカや日本などが参戦した戦争で、第一次世界大戦と呼ばれた。日本は軍事物資の供給をになったことで産業界は恩恵を受けることとなったのだった。

「経済面はほぼうまくいきました。しかし、嫁が協力を求めてきたので、私は少しそちらに力を入れたいのです。もちろん甲南学園の理事はしっかり務めさせていただきます。よろしくお願いします。」

応接室に誰からともなく拍手が起きた。

「河内さん、私もできる限り協力させていただきますよ。」

「ありがとう平生さん。助かります。」

大正九年には甲南女学校も開校し、甲南中学も軌道に乗り、一貫教育が現実のものになろうとしていた。甲南小学校を卒業した子供たちは、男子は甲南中学、女子は甲南女学校という道筋が出来たのだった。

そして大学を視野に入れた七年制高等学校の建設に向かっていた。

「ようやく軌道に乗りましたね、平生さん。」

「これも安宅さんや久原さん、それに河内さんが助けてくれたおかげです。本当にありがとう。本来なら小学校が出来た年に廃校になっていてもおかしくなかった。こうして子供たちの走り回る姿が目の前にあることが夢のようです。」

校庭で声を上げて走る子供の姿を目で追いながら、釟三郎は八年前の観音林倶楽部での応接間を思い出していた。

「あの時、久原さんが声を掛けてくれなければ、我々には打つ手がなくなっていました。」

「あの頃は本当に景気が良くて、何をしてもうまくいくと思っていたのですよ。明治以降の債務国を脱して我が国は債権国になったのですから。それにヨーロッパで起きた戦争は、大変な利益をもたらしてくれました。しかし今は大変です。かなり苦しい経営状態です。他の皆さんの会社も苦労されているようですね。」

第一次世界大戦が終結し、日本経済は冷え始めていた。戦争景気に沸いた時代は終焉を迎え、実業家たちにとっては苦しい環境に立たされていた。

追い打ちをかけるようにスペイン風邪が世界を襲い、日本でもその脅威にさらされることとなった。

観音林倶楽部での話題も第一次世界大戦の終結と、スペイン風邪の恐怖に終始していた。

そのために学校経営への不安も話題に上り、甲南学園を手放すことも議論される状態だった。出資から手を引くという者も多くいた。第一次世界大戦終了と共に、株価の大暴落が追い打ちをかけ、倒産する企業もでている。

様々な職種に手を伸ばしていた久原の会社も同様であった。

「本当に終戦と共に不況が押し寄せてきて、私の会社も苦境に立ったのですが、今年の株の暴落には持ち堪えることができなかった。残念です。」

「鉱山もいくつか閉山したと聞きましたよ。」

「もう少し早く動くべきだったと思います。第一次世界大戦終了を予測できなかったかな。でもなんとかなりますよ。」

「目途が立っているのですか？今年は日立製作所を設立されたそうですね。」

「以前に日立銅山を株式会社にしたのですよ。立て直しの一環です。」

精力的に動く久原に釟三郎は感嘆の声を上げた。

「伊藤さんのところも大変だそうです。この前にお会いした時、かなり疲れた表情だったですよ。財産を売り払って債務の返済をしたそうです。」

「伊藤さんの苦労がわかります。この前、丸紅商店を立ち上げたばかりなのに大変ですね。学校運営に協力するのは大変でしょう。」

「それが親から引き継いだ家賃収入があるので、それを寄付していただくとの事でした。今は無理をしないで落ち着いてから助けてくれ、と申し上げたのですが笑っていました。」

「あの人らしいですね。」

「東京海上保険も経営が難しくなっていますよ。皆さん、それぞれに苦労されているようですね。」

発起人たちは苦境の中、それぞれが努力していた。途中で抜けた者の中には、釟三郎が考えていた通り再び発起人に戻ってくる人もいた。

苦しい中で七年制の高等学校構想は進んだ。


その頃、観音林倶楽部に那須善治が時折姿を見せていた。

那須は伊予、土佐、九州方面から物産を買い集め、阪神地区で売りさばくことを生業としていた。その後大阪に移り住み、実業家に転身して名を成した人物である。

那須は相場師として第一次世界大戦の時に成功した。

しかし一発を狙った株式仲買に失敗し、何もかも失う窮地に落ちた。そんな時、釟三郎の助言を受けて立ち直ることが出来た。釟三郎の意見に従い経済変動を読むことで、大成功を収めることが出来たのだった。

それ以来、日蓮上人の人類共存主義を信仰していた那須は、同じ考えを持つ釟三郎の生き方に傾倒していくのだった。

「平生さん。今私は成功者の中に身を置いています。でも、本当は苦海に身を落としていたかもしれません。平生さんのおかげで今があると思うのです。」

「いや、那須さんの努力があったからこそ生まれた結果ですよ。経済の動きを良く研究されました。感服します。」

「実は相談があるのですが、この利益を社会貢献に使えないかと考えたのです。」

「それはいい。お金は儲けて溜めるよりも、どう使うかが大切ですね。この観音林倶楽部にいる人たちも、いかにお金を生かすかと考えている人ばかりです。」

那須は頷きながら、釟三郎の話に聞き入っていた。

「学校運営はうまくいっているのですか？不足があるのなら私がお手伝いしますよ。」

釟三郎は微笑んで那須を見た。

「ありがとう。学校経営は難しいですね。発起人の人たちも苦労してくれています。いつも予算不足だと言って、走り回って。」

そこまで言って釟三郎は那須の顔を見た。

「那須さん、予算は潤沢な方がいいと昔は思っていました。お金があればもっと施設を充実できると。でも最近思うのですが、学校運営は計画的に進めなければだめです。お金がありすぎると、あれもこれもと手を出してしまいます。」

「身の丈に合わせて進めるということですか？」

「はい。学校に対する補助は、今の発起人たちの可能な範囲で行います。無理をしない程度に。私も学校運営は学校運営分の支出として、余剰金は育英資金に回しています。」

「拾芳会ですね。」

「どちらもうまく回すことが大切だと思っていますよ。」

「なるほど。」

那須は腕を組んで考え込んだ。

「ははは、社会貢献なんて向うから姿を見せてくれますよ。考え込まなくても成すべき事は分かるものです。」

「そうなのかな。平生さん、何かヒントはないですか。このままでは夜も眠れなくなりそうです。」

那須は腰を浮かし、顔を思い切り平生に近づけた。

「そうですね・・・。」

今度は釟三郎が腕を組んだ。

「那須さん、一度賀川さんに会ってみませんか？社会活動をしている人ですが、独特の考え方を持っています。スラム街で貧民の救済にあたったり、労働者の立場に立って組合活動を支援したり。」

「凄い。本格的な社会支援の活動ですね。自己犠牲を伴う本当の活動のようだ。」

「賀川さんは特別な人かもしれません。でもその考え方は聞く価値があると思いますよ。」

「分かりました。ぜひお引き合わせください。」

賀川豊彦は明治二十一年に海運業を営む賀川純一の次男として神戸に生まれた。母は徳島の芸妓だった。

しばらくして両親を失い、徳島の本家に引き取られた時、周囲から妾の子と陰口を言われる辛い幼少期を過ごす。その後、兄の放蕩により賀川家は破産の憂き目に遭った。

賀川豊彦は徳島でキリスト教の洗礼を受け、明治学院高等部神学予科、神戸神学校で学んだ。この頃、トルストイの反戦思想の影響を受けている。

二十一歳の時医師から余命は長くないと告げられ、残された命を貧しい人に捧げようと神戸のスラム街に移り住み、キリスト教の伝道と社会事業に取り組んだ。

大正七年頃から労働運動にも参加し、関西地区の指導者となっていく。労働運動と共に消費購買組合を展開し、大正十年には三菱造船所、川崎造船所で起きた労使紛争に参謀格として参加した。その時神戸購買組合を設立したのだった。賀川の行動の根底には弱者の救済が念頭にあった。


「賀川さん、ご無沙汰です。お元気でしたか。」

建てつけの悪い扉をきしませて、平生が挨拶をした。

「おや珍しいですね、平生さん。今日はどうされたのですか?」

「ご活躍ですね。噂は聞いていますよ。」

「いや、今日で引き上げるつもりです。」

釟三郎は驚いて賀川を見つめた。

賀川は辛そうな顔をした。

「関東大震災の被災者救済に行っていたのですが、その間に労働組合は私の意志とは違う方向に向かってしまいました。」

そう言って片付けられた資料の束を見た。

「労働紛争は暴力では解決できないのに、力で押し切ろうとする組合員が多くなりました。革命ではないのだから。」

「苦労したようですね。」

そう言って平生は周囲を見渡した。

平屋の建物には机が四つ置かれ、書類が積み上げられている。壁には様々なスローガンが所狭しと貼られていた。川崎造船所や三菱造船所に対してのアピールだ。労働者の権利や、賃金引き上げの要求が大きく墨で書かれている。

その言葉は独特の書体で書かれている。初めて見る者にとっては異様な光景だった。

造船所は第一次世界大戦で大きな利益を得たが、戦争終結と共に不況の波をかぶり、経営が苦しくなっていた。スペイン風邪の猛威は、造船所の従業員を始め家族にも多くの死者を出すことになった。世界各国の貿易は滞り、物流を運ぶ船舶事業にも暗い影を落としていった。造船所は大量の従業員縮小を余儀なくされていく。そんな中、従業員は賃上げ闘争を大々的に繰り広げることとなった。

三万五千人に及ぶ大規模なデモを組織した労働者と警察の衝突が起きた。この衝突で賀川と労働者たちは一斉に逮捕されて、労働組合の敗北で終わったのだ。

賀川は無抵抗、非暴力を掲げていたが、直接行動を主張する急進派から厳しい批判を受ける事となった。その後も急進派の勢力が増していき、賀川の居場所は無くなっていった。

「川崎造船所の社長は思い切った提案をしてきました。今まで十二時間働いていたのを八時間に短縮すると。それで今まで同様の賃金を支払うそうです。驚きました。時間当たりの賃金を計算すると、すごい賃上げです。ストライキやサボタージュで時間を潰すなら、八時間働いてもらえばいいということでしょう。これを聞いて私の役目は終わったと思いました。」

「英断ですね。確か松方社長ですね。」

「私はこれから農民組合に参加しようと思っています。農作物の販売価格を安定させるためにも組合が必要です。弱い者が買いたたかれて、労働に見合わない金額で取引されているようなので。」

「なるほど。私は気付かなかったな。」

「それより平生さんは何か目的があったのではないのですか？ここに来られたのは。」

そう言って平生の後ろに立つ那須と長田中を見た。長田中俊介は後に購買組合四代目の組合長になる。

「そうだ、忘れていた。」

平生は那須の後ろに回り、肩に手を置いた。

「彼は那須さん。大阪で株の取引をしていた人です。」

「那須さんですか。」

那須が深くお辞儀をした。賀川も頭を下げた。

「那須さんは株で失敗し、苦境に立ったのですが運良く立ち直ることが出来たのです。その時の虚しさから、金もうけに人生を費やすのが辛くなったそうです。そこで社会貢献に参加したいと私に相談されたのです。」

「初めまして、那須です。何か社会奉仕はできないかと思って、毎日悩んでいました。私にできることはあるでしょうか？」

賀川は微笑みながら那須を見た。

「社会活動は、まずその人たちを観察する事から始めるのです。その人に何が必要なのか？何が不足しているのか？それはお金ではないのです。物を施すことが奉仕だと思わないでください。それは資産を持つ者の驕りであり、自己満足でしかないのです。受ける人を卑屈にしてしまいます。」

「恵んでもらうと、その人は助かるのではないですか？今日食べるもののない人に、食べ物を与えることは必要でしょう？」

「それはその一瞬だけ満足を与えることで、その人の明日を考えていないことになります。」

「その人の明日ですか。明日にもまた恵んであげればいいのではないですか？」

那須は首をひねった。

「神戸にはスラム街がたくさんあります。そこにお金を与えても、スラムはなくなりません。なぜだか分かりますか？」

「いいえ。」

「お金は使うと無くなってしまうのです。そうではなくお金を稼ぐ手段のために、私たちはお金を使うのです。」

「同じではないのですか？」

「お金を慈善事業に使うのはいいです。しかしそれは膿んだおできに膏薬を貼るようなもので、あまり役に立ちません。それよりもおできのできない体を作るために、健康にしていく運動が必要です。人々が自ら、そして共に立ち上がることが大事なのです。」

「よく分かりません。どういうことでしょうか？」

「例えば、今組合活動をしている川崎造船所や三菱造船所の労働者たちは、賃金が少ないから生活ができないと訴えています。でも、同じ賃金で安くものが買えるなら生活が安定する。私は労働者のための購買組合を作るつもりです。組合が安く大量に商品を購入し、求める人に安く販売するつもりです。」

「購買組合ですか。それなら普通の販売店と同じではないですか？」

「商売というのは安く買って高く売るのが常套です。でも仲間が買ったものを譲り合う時、儲けなんて考えないでしょう。必要なお金だけを受け取ると思います。これが組合です。日本人には協同一致の精神が欠けている。そんな社会に組合活動を発展させるのは容易ではない。」

賀川は微笑みながら一息入れた。那須は賀川の話す言葉の意図をくみ取ろうと、身体を乗り出している。

「那須さん。経営は儲けるための先を見る目が大きく影響します。だめだと思えば撤退すればいい。けれども組合活動は高潔な人格と商才に長け、しかも忍耐強く奉仕的活動ができる人でなければできません。」

釟三郎は頷きながら那須を見ている。那須はお金を恵む事とどこが違うのかと、自問自答を繰り返していた。

「賀川さんはアメリカ生活が長かったのですね。私も一年ですがロンドンで過ごしました。その時パブリックスクールを知ったのです。欧米の学校では学生たちが組合を作って、共同で物品を購入しているのです。そうすることで学校内では市内の店よりも安い金額で物品購入でき、貧乏な学生たちも貧富の差を感じないで暮らせたのですよ。」

「そうなのですか。」

那須にはまだ半信半疑なところがあった。

「那須さん、私が今推進している消費組合運動は、那須さんのような実業界の経験が豊富で、社会奉仕を志す人が必要です。」

「私にできるのでしょうか。」

「あなたこそ、この事業にあたるべきだ。あなたなら成功する。」


それからしばらくして、賀川は労働者を中心に神戸購買組合を立ち上げた。同じ頃、那須は住吉村に灘購買組合を創った。神戸購買組合と灘購買組合が同時に生まれたのだった。

大正十年に活動を始めた二つの組合は、成り立ちに大きな違いがあった。

第一次世界大戦に巨万の富を得た那須善治が実業界を引退し、平生釟三郎の勧めに応じて、市民のために生活協同組合の活動に全力を注いでみようと考え、設立されたのが灘購買組合である。神戸購買組合は労働者の生活をより良くするために賀川豊彦が作った購買組合だった。

それぞれの組合は独自の理念に基づき発展していく。

川崎造船所、三菱造船所の労働者のために作られた神戸購買組合は、労使紛争のあおりを受け組合員の募集や利用高の低迷が続き、大正十三年有限責任購買組合神戸消費組合と名前を変えて、労働者層中心の活動から、一般層への活動基盤変更を図ることになった。

その後、周辺地域において生活協同組合設立の要望が高まり、神戸消費組合と姉妹関係を持った西宮消費組合が昭和八年に誕生した。同時期、灘購買組合も西宮地区の甲陽消費者組合を支援した。甲陽消費者組合は灘購買組合の西宮出張所を基に設立されたが、灘購買組合の西宮での活動許可が下りなかったため、昭和九年に灘購買組合の支援の下、独自に発足したのである。

しかし、西宮地区で甲陽消費組合と西宮消費組合が競合することになり、協同組合運動に好ましくない状況を生んでしまった。事業境界を定め、共存共栄を図ったが、最終的に甲陽消費組合と西宮消費組合は合併することで、組合員総数千九百人の大規模消費組合として活動することになった。

神戸消費組合、灘購買組合、そして甲陽消費組合はさらに良好な関係で、それぞれが支部を作り、様々な販売方法を構築していくことになった。

そんな時、第二次世界大戦が勃発した。そして神戸は大空襲による被害を受けた。

神戸消費組合、灘購買組合、甲陽消費組合も本部や支部が焼失し、甚大な被害を受けることになった。そんな中、神戸消費組合と灘購買組合がいち早く復興に向けて再始動を始めた。

第二次世界大戦を生き延びた協同組合は、神戸消費組合と灘購買組合の他には福島消費組合だけであった。

昭和二十三年七月、消費生活協同組合法が成立した。これに伴い、神戸消費組合は神戸生活協同組合。灘購買組合は、灘生活協同組合と改名した。この頃の組合員には、今でも生協さんと呼ぶ人が多くいる。

模索を繰り返しながら、生活協同組合はスーパーマーケット式の店舗を開設し始めていた。くみあいマーケットである。しかし昭和二十七年頃、主婦の店ダイエーが開店。量販・安売りスーパーの時代に突入していった。

そして、神戸生活協同組合と灘生活協同組合が昭和三十七年四月に合併して、神戸生活協同組合が生まれた。さらに平成に入り、生活協同組合コープこうべと改称されて現在に至っている。今の若い人にはコープさんの名前で呼ばれている。少し年配の人は生協さんや購買さんと、どの時代にも消費者から親しまれる組織である。

設立当時、神戸購買組合は労働運動の組合員が主体で、すでに組織の母体が完成していた。しかし、灘購買組合は組合員集めから始めることになる。一軒一軒を回り、組合の意味から説明してまわるのだった。

その頃の住吉村は小売店が好きなように売値を決め、正当ではない価格で物品を販売していた。地域による値段の格差が、当然のように繰り広げられていたのである。

灘購買組合の加入者は順調にその数を伸ばしていた。

「那須さん、今日は九人の方が加入してくれました。当初組合という言葉に政治的な団体と勘違いする人もいたのですが、ご近所の組合員が私以上に組合の良さを話してくれるのです。」

「僕も勧誘に回っていて、待っていたよと言って迎え入れてくれます。組合の良さをすでに理解してくれていますよ。」

「そうですか。皆さん喜んでくれていますか。」

那須は組合活動の必要性を実感し始めていた。

「那須さん、今日組合員の人から新鮮な牛乳や生鮮食品を届けてもらえないかといわれました。」

組合活動は住吉、御影、魚崎、本山の四町村から、約三百人の会員で始まった。従業員は六名である。

「私は新鮮な果物はないかと言われました。」

当初の灘購買組合は、工場やメーカーから大量の商品を購入することで安価に仕入れていた。既製品を購入するのである。

「野菜や果物はどこかの農家と専属契約を結ぶ必要があるな。」

実業家による経営は、経営基盤がしっかりしていた。そして必要とするものを提供するためにどうするかを、那須は日々検討していた。

翌年精米所を設け、生活必需品の米や麦、調味料や石炭、石鹸などを扱う事になった。

「それから、組合員の家に寄せてもらった時、芦屋の方が来ていて、芦屋にもエリアを広げてほしいと言われました。住吉にこんな組織があるのは素晴らしいと。」

「事業の拡大は慎重に進める必要がありますね。でも、避けては通れない道です。」

営業から戻った者たちが報告する話を、那須は事細かくノートに書いていた。そして必要と感じた時には、灘購買組合として工場を作ってもいいと考えていた。那須はやみくもに作るのではなく、検討を繰り返して実業家としての手腕を発揮していた。

組合員は日に日に増えていった。

そんなある日、一般の商店から打倒灘購買組合の運動が起きたのだった。

慌てて事務所に飛び込んできた田中が、窓を指さして那須に報告した。

田中俊介は那須の郷里、西宇和の町から呼び寄せた若者である。

「那須さん、玄関に灘商業振興会のメンバーが押し寄せています。すごい勢いで代表に会わせろと。」

「田中君、慌てなくていいよ。話せば分かることだ。落ち着きなさい。」

那須の横に腰かけていた釟三郎がたしなめた。釟三郎は理事に就任していた。

釟三郎は立ち上がって窓から外を見つめた。街の至る所に購買組合反対の垂れ幕が吊られている。その時玄関でガラスの割れる音がした。

那須は賀川から言われた言葉を思い出していた。

「組合を始めると必ず反対を受ける。しかしやる以上は、それが社会のためになるのであれば、どんな障害があっても命を投げ出してやり遂げる覚悟を持つべきです。仏説に言う心、不惜身命です。」

打倒運動は日に日に激しさを増していた。灘商業振興会は御影から六甲までの小売業者二千人余りで組織されていた。

「那須さん。私が相手をしてきますよ。一度皆さんに説明会を開く必要がありますね。田中君、どこか会場を用意してください。じっくり話さないといつまでもこの運動は収束しない。小売店の人にも納得してもらわなければ、消費者の皆さんにとっても迷惑だな。」

そう言って釟三郎は階段を下りていった。

玄関には数十人の人であふれていた。年配の老夫婦も混ざっている。小さな子供を抱えた母親も立っていた。

釟三郎の姿を見た群衆は、次々に罵声を浴びせ始めた。

「俺たちの生活を脅かして、どうするつもりだ!!」

「なんで普通に生活しているのに、私たちを虐めるようなことをするの!?あなたたちのおかげで売り上げが落ちてしまった。私たちに首を吊れと言っているのですか!!」

その時、後ろの方から小石が釟三郎に向かって飛んできた。その石は釟三郎の顔をかすめて建物の壁にあたり、足元に落ちた。

「この石を投げたのは誰だ?振興会の者か、それとも行きずりの暴徒か?振興会は何を目的に作った会か!?」

そう言って釟三郎は群衆を睨みつけた。

その恫喝に集まった人々からざわめく声が消えていった。

「君たちは自分の生活をよくする目的で結成したのでしょう。灘購買組合は人々の生活を豊かにする目的で結成されたのです。あなた方の生活を脅かすために組織したのではない。」

「しかし、我々の売り上げは落ちている。これは灘購買組合に客を取られた結果だ。我々の生活を脅かしているのはお前たちだ。」

「小売業の経営難は、この一市六町村の人口六万人の地域に二千以上の小売店がひしめいていることにある。」

「確かに店が急に増えて、散髪屋が三軒、軒を連ねている。食堂も増えている。だが昔売れていた金額で買う人がいなくなった。」

「それは適正価格ではなかったのだ。この地域では神戸や大阪で買える値段を一割も二割も高く付けて店頭に並べていたのではないか？」

「それは買ってくれる客がいたから。」

「それを暴利だというのだ。高く売れて喜んでいるのでは、これから灘購買組合のような組織が出てくると太刀打ちできないのが当たり前だ。君たちは客の立場で物事を考えたことはあるか？」

みんなは隣にいる人を見た。お互いに顔を見合わせている。

そこに数人の女性たちが通りかかった。地域の奥様方である。

「皆さんどうされました。物々しい雰囲気ですね。」

殺伐とした集会の中を、物おじもしないで掻き分けてやって来る。

「魚屋さんに八百屋さん。皆さん顔が怖いですよ。」

「あぁ、奥さん。」

「私たちは購買さんも利用するけど、皆さんの店も好きですよ。物の種類や専門的な物は購買さんと品数が違う。それにお店の人の説明はとっても参考になるのよ。どちらも私は大切です。」

「しかし、このままでは我々は廃業しなければならない。」

静まっていく群衆を見て、釟三郎は静かに話し始めた。

「商売はどんな大企業でもお客さんの利便性を高め、親切と誠実で接するものです。今の皆さんに顧客がついているのは、それまでのお付き合いが上手くやってこられたからです。それができなければ、すでに潰れていることでしょう。」

「私たちも皆さんのお店と、これからも末永くお付き合いをしたいと願っていますよ。」

地域の奥様方も微笑みながら喋った。

「でも、今の苦境をどうすれば打開できるのでしょうか?」

「売値が不安定だと買い手に不信感を持たれる。決められた金額をどの店も徹底し、仕入れ金額も共同購入することで安定します。一度皆さんと会合を持って話し合いをしたいと考えています。よろしければぜひご参加ください。」

それから反対運動は下火となっていった。

この後神戸購買組合と灘購買組合は、協力関係を保ちながら独自に発展を続けて行った。

****

「生活協同組合が出来たね、生活協同組合コープこうべの第一歩。」

「佐由美さんは知っている？コープこうべの事業区域って兵庫県だけではないのよ。淀川より北の大阪府や京都の京丹後市にまで及んでいるの。京都の親戚がコープこうべのチラシ見ていて驚いていた。」

「静代さんの親戚は京都にいるの。」

「そうよ、畑がいっぱいの田舎だけど。」

「京都にはコープはないの？」

「たぶんあると思うけど、よく知らない。いろんな生協があるからね。」

「そうだ、神戸や灘の購買組合も生活協同組合と名前を変えていたよ。昭和二十三年頃。」

飯村がコープこうべの年表を見ながら言った。

「そう言えば、お母さんは生協さんと呼んでいた。おばあちゃんは購買さんだったけど。」

「私たちはコープさんだね。」

「それより年表を見て思ったのだけど、第二次世界大戦を生き残った組合は福島消費組合と神戸購買組合、灘購買組合の三つだけだね。戦前にはたくさんあったはずなのに。経営基盤とか組合員の団結もしっかりしていたと思うな。」

嬉しそうに佐由美が言った。

「そして二つの生協はひとつになって灘神戸生活協同組合ができるのね。昭和三十七年。」

「みなさん。灘購買組合の設立資金は観音林倶楽部のメンバーと、大阪倶楽部のメンバーが出し合っているのですよ。スペイン風邪の不況下の中で。凄いでしょう。」

笑って頷いていた前田が言った。

その言葉にみんなは怪訝な顔をした。

「那須さんの資金で創立したのではないのですか?その頃は事業から手を引いて、手に入れた財産を使って灘購買組合の設立に奔走したと思っていたのですが。」

「資金調達のために、また株に手を出していたのかな?それで不況の波を被ることになるのかもしれない。そうなると観音林倶楽部に助けを求めてもおかしくないな。平生釟三郎としても絶対に成功させたい事業だろうから。」

「でも、観音林倶楽部は分かるけど、どうして大阪倶楽部が関係あるのかなぁ。」

「大阪倶楽部なら大阪の購買組合を援助するが筋だと思う。大阪をほっておいて灘購買組合を援助するなんて。」

少し考えていた飯村が言った。

「大阪倶楽部もメンバーはほとんど同じだと前田さんが言っていたよ。だから観音林倶楽部が出資したなら、大阪倶楽部が出しているのも同じということじゃないかな。」

「そうか、どちらからも出資されたことになるね。」

「ところで、賀川豊彦も幼稚園を作っているよ。昭和四年に東京の世田谷に松沢幼稚園を設立している。キリスト教に基づいた教育だって。みんな教育に熱心だ。」

インターネットを開いていた工藤が言った。

「ねぇ、賀川豊彦は敬虔なクリスチャンでしょう。那須善治は日蓮上人を信仰している。外国なら宗教戦争が起きそう。どうしてうまく協力しあえたのだろうね?」

「日本人の不思議だ。宗教よりも目的が優先している。」

「日蓮の法華経は他の宗派を否定していたのではなかったかな。蒙古襲来の頃だよね。」

「キリスト教はどうなの。」

「古くは十字軍の遠征とか、宗教戦争はあったけど、日本に伝来してからの宗教にややこしい戒律はなかったかな?賀川のように深く傾倒していた人はたくさんいたと思うけど。」

「じゃあ、宗教で二人がいがみ合う事はないね。」

「この資料に平生釟三郎も日蓮上人を敬っていたと書いているよ。」

工藤の差し出した資料を見た。何の説明もなく唐突に一行、日蓮上人を崇拝していると書かれていた。別の資料には那須と共に働く田中俊介は熱心なクリスチャンだと書いていた。

「結核で余命僅かと言われる時にどう感じていたのだろう?もうすぐ死ぬと言われて、社会奉仕に身をゆだねる決心はすごいよ。キリスト教に傾倒していく上でかなり重要な要素だね。」

「でも、七十一歳まで天寿を全うできたよ。」

「使命感がそこまで命を長らえたのだと思う。」

「那須善治に説明する時に、仏教の不惜身命を使ったのが面白い。キリスト教徒なら、聖書の言葉を引用しそうだけど。」

「きっと那須も驚いて、それ以降は頭に残っていた事でしょうね。賀川の計算だったのかな？」

「こっちの資料には、那須善治は熱心なクリスチャンだったと書かれている。私はこの方が信用できるのだけど。」

「そうかもしれないね。」

「賀川の神戸購買組合は、労働者たちのために作ったのよね。悪徳商人から、適正価格で生活物資を組合員が購入するために。でも、経営者と販売業者と交渉しながらの組合運営は大変だったのでしょうね。それだけに那須には労働組合ではなく市民生活での組合を成功してほしかった。購買組合の形がどこでもいいから成功することを願っていたのだと思う。」

「どこかで成功すれば、その芽はきっと全国に広がるか。」

「大局的に自分が失敗しても、那須が成功すれば賀川の考えが実践される。」

賀川は協同組合の中に、消費生活の向上と相互扶助の精神を求めていた。当時、貧困層は富裕層の乳幼児を預かり、その子供にミルクを与えずに養育費を酒代に充ててしま、子供は栄養失調で亡くなってしまうこともあった。

そんな経験から賀川は購買組合で酒類の販売を禁じていた。

「賀川の思いはよく分かる。現実にスラム街でも見たのでしょう。」

「悲しかったでしょうね。」

「でも労働者にとって、その日のつかれを癒すために飲まずにはおられない。すごい矛盾を賀川も抱えていたのだろう。」

「現代を考えたら、賀川も那須も当初の思いは達成できたね。〝一人は万人のために、万人は一人のために〟」

「寄付を集めて困っている人を助けるのではなく、組合費を払うことで知らない間に他の人を助けているなんて素敵ですね。」

「東日本大震災の時、何かしなければと思っていたら、友達が経済ボランティアも大切だと教えてくれたの。三陸に行って家の片付けを手伝わなければと思っていた時だった。少しのお金を街頭の募金箱に入れて、少し満足していたけれど。でも無理をするのではなく、地産のものを買うことで援助しているのだった。」

「いい言葉だね。〝一人は万人のために、万人は一人のために〟。一人では何もできないけど、みんなが集まれば無理せずに助けられる。」

「少し意味は違うけど、よく分かるね。」

みんなは笑い転げた。

「ラグビーの格言のようなものね。イギリスのラガーマンたちが試合中に口にしている。」

「話は変わるけど。コロナウイルスの流行なのだけど。」

みんなを見廻しながら佐野が話し始めた。

みんなの顔は様々なマスクで覆われている。女性たちは手作りのカラフルな柄である。昔なら避けて通りたい黒のマスクを飯村と工藤がしている。

佐由美の家の玄関には、アルコール消毒のボトルがみんなを迎えていた。

世間ではコロナウイルスが多くの死者を出している。日本における感染者は、令和二年十一月末現在で約十五万八千人となり、死者も二千人近く出ていた。一時は四月の終わりから五月の初旬をピークに減少傾向を示したが、七月ごろから再び増加傾向に転じ十一月にはさらに多くの感染者を出すこととなっていた。

三カ月にも及ぶ外出自粛の期間は、経済活動を停滞させた。

大学も休校の措置が取られ、学生たちの研究活動も自粛の渦中で何もできなかった。商店街は軒並みシャッターが下ろされ、旅行代理店のツアーも中止になった。

自粛を解除して、国が旅行を推奨するキャンペーンを打ち出すと、人々は待ちわびたように動き始めた。しかし、その途端に感染者の数は急激に増加の傾向を示し、コロナウイルスの第二波・第三波に襲われた。

毎日の新聞には感染者の増加を示す数が表示されている。

世界でも六千万人を超える感染者と百四十万人ほどの死者を報じている。世界は今も増加傾向を示しているのだ。そして世界の企業が疲弊して株価も下がり不況の波が押し寄せようとしていた。

「第一次大戦の後、日本の企業も不況に見舞われたよね。那須善治も財産を失ってしまうところだった世界恐慌。軍事需要が低迷しただけではないのだと思う。」

「スペイン風邪ですね。」

横で聞いていた前田が口を開いた。

「コーチ、さっきから話題に出ていたけど、スペイン風邪って何ですか?」

「第一次世界大戦が終結した大正七年に起きた流行性感冒の事です。大正七年から九年ごろまで世界に蔓延した病気です。世界中で五億人が感染したそうですよ。世界人口の四分の一にあたります。死者の数も千七百万人から五千万人と推計されています。」

「そんな病気がはやっていたのか。」

「私、小さい頃におばあちゃんから流感が怖いからマスクをして出掛けなさいって言われた。おばあちゃんも小さい頃言われていたと思う。」

「流行性感冒ってインフルエンザの事でしょう?」

「そうです。ウイルス性の風邪に対する総称です。」

「本来戦争で勝った国は戦勝景気で盛り上がるはず。」

「そうだ。戦争が終わって不景気な世界になるのはおかしい。スペイン風邪で人々が疲弊してしまって、不景気になってしまったのか。」

「日本には、スペイン風邪は三波に分かれてやってきました。総患者数が約二千四百万人。死者は約三十九万人です。日本経済を傾けてしまうには十分な被害ですね。」

「世界恐慌が大正九年だ。」

「平生釟三郎たちは一番大変な時に高校設立に動いていたのか。良く挫折しなかったと思う。」

「そうね。一時保留と考えてもおかしくない。本当に信念が動かしていたのでしょうね。凄い人だわ。」

「久原房之助の久原財閥も倒産し、東京海上火災も経営が思わしくなくなっているよね。」

「他の出資者も同じだろう。」

「本当によく学校運営から手を引かなかったものだ。」

「余談だけど、今のコロナウイルスとスペイン風邪には類似点が多いそうだよ。不況という社会情勢もだけど。コロナウイルスの対策法はスペイン風邪の時に実施していた対策だって。マスクの着用や三密を避ける事。患者の囲い込みも、当時のマニュアルに書かれている。」

佐野が一呼吸をいて話し始めた。

「第一次世界大戦の戦勝国が法外な補償金をドイツに課して、立ち直れないように仕向けたのだけど、その時にスペイン風邪がドイツにも蔓延してドイツ経済は完全に崩壊してしまった。それが第二次世界大戦の引き金になったそうだ。今、世界各国でコロナウイルスが蔓延しているが、このコロナによって経済の破たんをきたす国が出てくると、いつ紛争が起きてもおかしくない。」

「戦争の引き金になるということか。」

「日本もたくさんの人が亡くなっているけどけど、まだ外国に比べて踏みとどまっている。日本が崩壊しそうな国に対して援助していかなければ。」

「自国だけが良くてもだめですよね。平生釟三郎もそう考えると思う。共働互助の精神だ。」

「そうだ、争いを未然に防ぐためにも、自国だけの利益に走ってはいけないな。」

「それから。」

「佐野、まだあるのか。」

「これは老婆心。関東大震災が大正十二年に起きるのだけど。スペイン風邪の終息後だよね。今、関東では大きな地震が多発している。地底からガスが噴き出しているというし、すごい類似点があるように思う。」

「パンデミックが起きると大震災が発生するのか。」

「私も新聞で読んだ。もう来月に地震が起きてもおかしくないと書いていた。怖いなぁ。」

【うつ病が襲ってくる】

釟三郎は東京海上保険の仕事が負担になってきていた。学校創立に携わったことも影響しているのだろうが、精神疾患に悩んで病院通いを続けていたのだった。

部下の報告をうわの空で聞いてしまい、時には何を話したのか覚えていない事がある。そしてかみ合わない会話をして、部下からどうしたのかといぶかしがられる事もあった。

医者に夜に眠れないと話すと、うつ病の症状が出ていると注意を受けた。

釟三郎自身は多忙とはいえ、学校運営は楽しんでやっていると思っている。発起人たちとの会話も、苦痛に感じることはない。むしろ釟三郎自身の思いを打ち明ける発散場所だった。拾芳会の運営も、東京海上保険の役員報酬を充当する事で、順調に育英活動は進んでいる。支援する学生たちも、のびのびと生活している。彼らを眺める時、釟三郎はおおらかな気持ちになっていた。

東京海上保険は各務鎌吉と平生釟三郎の二人がけん引している。しかし、二人の性格は対照的な営業理念を持っていた。そのため、意見の対立が起こって、言葉を荒げて議論することもあった。会社の利益を最優先するのか、釟三郎は会社の方針に対していつも自問自答していた。

それでも釟三郎は各務の事は認めていた。各務も釟三郎に対して全幅の信頼を寄せており、何事も釟三郎に相談していた。いろいろと難問の多い経営環境の中で、各務はただ一人釟三郎の存在を頼りにしていたのだ。

しかし釟三郎には学校運営に携わった時、東京海上保険を離れて学生たちのために活動を集中するべきだと感じていた。

「各務君、私は精神的な疲れから神経衰弱を患っている。今、会社にいても君の足を引っ張ることになりかねない。この際勇退して後進に道を譲りたいと思う。了承してくれないか?」

「何を言うのです。今あなたが居なくなる事は、この会社にとって大変な損失です。話し合う余地のない議論です。辞任は認められません。」

強い口調で各務は釟三郎の言葉を遮った。

「平生さんはまだやり残したことがあります。後進の指導です。まだ平生さんを超える人材が育っていない。これは平生さんの責務です。」

「いや、優秀な人がたくさん育っていますよ。彼らがいるから今の東京海上は回っています。その人たちに道を譲りますよ。」

「それは平生さんの甘い目で見ての判断だと思う。私にはまだまだ半人前だ。平生さんの域に達している者はいないのです。だからあなたの辞職は認められない。」

「何か無理を言っていませんか？」

「いえ、私は正論を言っています。ぜひ、若い人を育ててください。辞職するのはもう少し待ってください。」

釟三郎は各務の言葉に従う他なかった。

旧制甲南高校は大正十二年に開校された。灘購買組合ができて二年後の事である。釟三郎の構想通り、七年制の中高教育一貫学校だった。これに伴い中学校は廃止され、旧制甲南高校に吸収されることになった。


旧制甲南高校が開校した年の秋、九月一日に関東大震災が東京を襲った。人口密集地を襲った地震は十四万人の死者を出し、現在の価値で三百二十兆円という甚大な被害をもたらした。

関東大震災は本震と同じ規模の地震が、五分の間に三回も襲ったといわれる。神奈川県西部に始まり、東京湾北部、そして山梨県東部を震源として関東を襲ったのである。

地震による津波も発生し、熱海の十二メートルを始め千葉や神奈川でも津波の被害を出した。地震後は東京の百三十二か所から出火した。当時能登半島沖には台風が停滞しており、関東地方に強い風が吹いていたために、火災はまたたく間に燃え広がった。火災は九月三日の昼過ぎになってやっと鎮火した。この結果六十三万八千棟建っていた建物は、四十万棟ほどが全焼してしまった。千九百万人が罹災し、十万五千人以上の死者、行方不明者を出した。

東京海上保険の東京本社も甚大な被害を受け、その機能は麻痺していた。

交通・通信手段はすべて遮断され、新聞ラジオの報道も大阪には届いてこない。大阪支店の事務所で状況把握に努める釟三郎は、時折伝わってくる情報に、事態の異常さを感じて驚愕していた。

日がたつにつれて、機能を失った東京本社には人々が押し寄せていた。保険の支払いを求めて、瓦礫と化した町中から人々が押し寄せて来る。押し留めようとする東京海上保険の社員に対し、幾重にも重なった群衆の波が罵声を浴びせながら詰め寄っていた。

東京海上保険の主張は、約款により地震による被害は免責であると、支払い要求を拒否していた。

地震による崩壊なのか、火事による消失なのかも判断がつかない。

本社の周りも戦争の爆撃を受けたように、見渡す限り焼け野が原となっていた。本社だけの社員では対応が困難だった。いつ暴徒化しけが人が出てもおかしくない。

しばらくすると大阪支店にも罹災者がやって来ていた。

「今日もあのおばあさんが来ています。火災保険証書を大事そうに抱えて、玄関に座っていますよ。」

大阪支店の開設当時から釟三郎の下で働いている上野が、辛そうに報告した。その周りに数人の社員が集まっている。

「私のところには子供を連れたお母さんです。衣服は煤で真っ黒になって、痛々しいです。平生専務、何とかならないですか？」

「もう約款を盾に門前払いで事を進めるのは辛いです。少しでも支払っていただけないですか？今はみんなで助け合う時だと思います。」

そう言って上野は額に掛けられた共働互助の文字を見た。その目が涙ぐんでいるのに釟三郎は気付いた。

押し寄せる罹災者の対応には、誰もが毅然と要求を突っぱねている。しかし、非情になり切れていない内面を見たことで釟三郎は嬉しかった。三人の部下と共に開いた大阪支店で、いつも口にしていた共働互助の気持ちが生きていると感じたのだ。

ここにいるみんなは、相手の気持ちになって働いてくれている。自分の考えを理解してくれている。

何とかしなければと、釟三郎は各務に書簡を送った。

各務はその時伊香保にいて、静養中の身であった。この頃、各務は火災保険協会を取り纏める会長を務めていた。それは保険会社を代表して国とも折衝する立場だ。

《この問題は今まで経験したことのない難題だ。無論約款により、保険会社は支払い責務を負わないが、契約者はその事を深く理解していません。世間は罹災者に同情し、支払い要求を求めてきます。この支払いに応じた場合、本来の正当な支払事由に対して責任を履行できなくなる事も理解していますが、ここで何もしないことは、保険会社そのものの信頼を失うのではないかと危惧致します。社会問題となる前に、いかに対処すべきかをご検討いただきたい。≫

釟三郎は各務に対して決断を迫った。約款だけを盾にとってもこの事態は解決しない。何らかの自発的な見舞金の支給を検討するよう促したのだった。

しばらくしてこの問題は政府を巻き込む社会問題となった。支払いを求めた被災者たちが保険会社や協会に押しかけ、玄関先で罵声を浴びせながら暴徒化していったのだ。

保険会社に勤める社員たちは、毎日が犯罪者のような気持ちで、針のむしろに座っているようだった。

「今日も泥棒呼ばわりされました。契約金を支払っているのに、家がつぶれても金を払わないのは詐欺だと言って・・・。」

岸本は涙目になっていた。

対応する被災者たちは、口々に社員を罵倒する。

「泥棒猫。この非常時に、お前たちだけ甘い汁を吸うな！」

「お願いです、助けてください!!」

「もうどうしようもないのです!!」

「私たちだけが路頭に迷って、あなたたちは何の苦労もしないのか!?」

事務をしている女性がたまらなくなって口を挟んだ。

「私、お店で買い物をしている時、おばさんからすごく冷たい目で睨まれたのです。」

「でもその人はきれいな服を着て、高そうなお肉を買っているのです。どう見ても被災されている人には見えないの。」

「自分は正義の味方とか思っているのだろう。結局、弱い者いじめの典型なのだよ。自分は安全な所にいて、泥にまみれている人たちをせせら笑っているのだよ。」

上野が吐き捨てるように言った。

「カウンターに詰めかけた人たちとは違う。そのくせ救済ができるとなった時には真っ先にやって来て、必要もないのに横取りしていくのだよね。そのせいで受け取れない人が出ることなんかお構いなしだ。」

岸本が上野の言葉を引き継ぐように言った。

「私にはその人のケバケバしい化粧が悪魔に見えました。」

被災者たちの対応を担当した社員の心は疲弊していた。

「平生専務、今日も一人体調を壊したと言って休みを伝えてきた者がいます。北田君です。彼で八人目です。」

「各務君は動いてくれているのかな。」

釟三郎は机に置かれた手紙に目を落とした。

各務からの返事である。

《現状を鑑み政府と折衝中である。国からの援助を受け、すべての保険会社が見舞金として被災者に分配したい。しかし、内閣総理大臣が震災八日前に急死したことにより、山本権兵衛が震災翌日の九月二日に就任したばかりであり、混乱状態にある。今後も政府に働きかけるので、しばらく待って欲しい。》

というものだった。

それから六カ月余りの騒動の後、各務の決断により火災保険協会は保険金の一割を見舞い金の名目で支払うことになった。

それを聞いた罹災者たちは、涙を流して東京海上保険の社員の手を握りしめていた。

それ以上に社員は嬉しそうだった。

東京の街は少しずつ復興の兆しを見せ始めた。

東京を離れていた者達も戻りはじめ、新しい建物の中では、震災前にはなかった様々な文化が生まれようとしていた。それは地方に移住していた職人が、その地で見た生活様式や文化を、新しい東京に運んできたのだ。

同時に地方では東京の文化人や職人が移り住んで、新しい文化を根付かせていた。

東京の江戸前天ぷらが日本中に広まったことや、関東と関西の料理人が交流することで、関西風のおでん種が関東に伝わり、客と対面するカウンター文化が関東にも広まっていった。

関東大震災における保険会社の役割もようやく切りが付いたころ、釟三郎は各務の勧めもあって半年ほどの海外漫遊の旅に出た。ヨーロッパ、アメリカ、ブラジルを巡ることで、気分転換をしてほしいと各務は考えていた。

長い船旅の日々は少し退屈でもあった。これから向かう目的地でも特に懸案となる事項はない。デッキの椅子でのんびりと海を眺めながら、十四歳で岐阜の港から希望を胸に船出した日が思い出される。

釟三郎は船中で六十歳を迎えた。

幼い頃の初めての航海。潮風の向うには何があるのかと眺めた海。

今思うと、それがすべての始まりだった。加納村の田舎から単身横浜に降り立ち、明日の糧もままならないで東京を歩きまわった日々。

横浜のレストランで世話になった林夫婦。周徳舎や東京外国語学校の仲間達。

長谷川辰之助が腕を組んで机に向かっている。まだ小説を書いているのかと釟三郎は考えた。

矢野校長の顔が浮かんだ。矢野校長は微笑みながら小さく頷いている。よく頑張ったと褒めているようにも思う。

神戸商業の学生たち。

多くの人に支えられて今日があると、釟三郎は感じていた。

これからの先の潮風の向うには、何を求めていくことになるのか。

釟三郎は船中であり余る時間を空想の世界で過ごしていた。

その時見知らぬ老人が声を掛けてきた。

「退屈されているようですね。良ければこの本を読まれますか。雑誌編集者だったエドワード・

ボックの本ですが、面白い考え方の人です。」

「ありがとうございます。少し退屈していました。」

その書物は印刷業で富を成したエドワード・ボックの自伝であった。その本は釟三郎の心に響いた。長い航海の間、釟三郎は何度も読み返して自分の人生と照らし合わせていた。

釟三郎は事業と社会活動に身を置きながら、心にひっかかるものを感じていた。企業の人間として利潤を追求しながら、一方で教育者はどんな無駄なことにも挑まなければならない。どこまでも思考の転換が求められる。

もう若くない。それに頭の切り替えは得意でないのかもしれない。もう奉仕の世界だけに身を置くべきだ。だから精神疾患などという病名を告げられた理由かもしれない。

エドワード・ボックが自己の事業から離れてと言ったのは、精神の安定を求めると言う事ではないだろうか。エドワード・ボックの言う人生三分論における最終期に入ったと感じた。自己の事業より離れて、他人のために尽力する。

釟三郎はその本を目にした時、おぼろげに感じていた人生訓を具体的に感じることが出来たのだ。貪欲に勉強に励み、がむしゃらに働き、そして心の満足を求める。きっとそうだ、この三つの区切りはそれぞれの精神を示していると思う。

自分のために過ごす一期、二期は苦悩する中でもがいてしまう。しかし三期は他のために奉仕することだ。もう何事にも縛られてはいけない。

「よし。」

釟三郎は船の操舵室に飛び込んだ。

「東京に電報を打ちたい。」

その日のうちに電報は各務の手元に届いた。

「また平生さんが辞めると言ってきた。もう何回目だ？」

「平生専務は今海外視察の途中じゃないですか？」

「その船の上から打ったようだ。戻るのが待てなかったのだろう。」

「専務は思い立ったらすぐに実行されますから。」

「笑い事ではないよ。東京海上保険に平生釟三郎は必要な人材だ。彼がいなくては、私は困る。私が困るのですよ。」

誰に言うともなく各務は独り言を繰り返した。

「しかし・・・。」

そう言って各務は腕を組んで考え込んだ。

釟三郎は大正十四年、東京海上保険の専務職を正式に辞任した。ただ釟三郎は、その後も東京海上保険に昭和十一年まで在籍することになる。これは各務の強い要望で無任所の取締役になったのだった。釟三郎の功績をたたえる措置である。

晴れて自由の身となった釟三郎は、甲南学園の二代目理事長となった。

****

「神経衰弱ってトランプゲームの事だと思った。」

「神経衰弱という言葉は、アメリカの医師ジョージ・ピアードが名付けた病名で、疲労感、不安、抑うつ、頭痛、神経痛の症状を特徴とする状態の診断名だそうだよ。」

「今は精神疾患かな。精神的努力の後の疲労を、持続的に訴えたりすることを言ったそうだよ。生活のストレスによる中枢神経系エネルギーの枯渇。よく意味が分からないな。主に過労が原因だそうだ。二十世紀初頭には、この概念が世界的に受け入れられた。でも平生釟三郎が川崎造船所の社長になる頃には、あまり使われなくなっている。」

パソコンを見ながら、佐野がみんなに読んで聞かせた。

「生理学の授業で聞いた事があるね。自律神経失調症や慢性疲労症候群。今はノイローゼだよね。」

「医者からは精神疾患と言われたけれど、各務に説明するのに、最もインパクトのある死語となった神経衰弱を使って、理解を求めたのだと思うよ。」

「平生釟三郎の神経衰弱。言葉はともかく、分かる気がする。この激動の中を過ごして、精神的に参るのは当たり前だよ。」

その言葉に御蔵が沈んだ声で話し始めた。

「うつ病でしょう。友達の先輩にも病院に通っている人がいたよ。福島から引っ越してきて、神戸の設計会社で働いているのだけれど。」

「東日本大震災か。」

「そう。津波で家族を失って、神戸に引っ越したと言っていた。元気に笑っているなと思ったら、急に壁際に行って俯いているのよ。別人のように変わってしまう。時々涙も流しているの。」

「ＰＴＳＤか。津波がトラウマになっているのだろうね。」

「うん。福島にいた時は高校三年生だった。そしてクラス委員長をする活発な学生で、みんなの世話を喜んでしていたそうです。弱い者には全力で助けてあげる。震災の時も小さな子供を津波から救って、避難所の人たちの世話を率先して働いていたのです。そして間違っていると思ったら、先生であっても正義を貫くのです。」

「平生釟三郎の子供の頃のようだ。」

「そうね、私もそう思う。」

「先輩は真面目すぎると思うの。助けられなかった子供の事や、家族の事がいつも頭によぎると言っていた。可哀想。心の休まる時を持てるといいのだけど。神戸で安らぐことはないのかな。」

「大丈夫。志摩子さんはその先輩の事を気に掛けている。たぶん周りの友達も先輩を心配している。思ってくれる人がいると、人は立ち直れるよ。頑張れ。」

「ありがとう。でも平生釟三郎の心の休まる時期ってあったのかな？」

その言葉にみんなは年表に目を落として、順番に指で追って行った。

「佐由美さん、その年表に平生釟三郎の感情起伏をグラフにしてみて。」

「分かった。まず、小学校時代は五段階の三かな。後半は二になるね。横浜に着いてからは一だ。」

時系列に従って赤鉛筆が折れ線グラフを描いていく。

「学生時代は上がったり下がったりだね。」

「仁川や神戸商業では、苦労しているけど、やりがいもあったと思う。」

「東京海上保険の苦労はロンドンの閉鎖。各務鎌吉との口論は精神的にきつかったと思うね。」

「関東大震災の対応も、部下たちが苦しんでいるのを見ているから、きっと辛かったと思う。」

「甲南学園関係も感情の起伏が大きいよ。創設した時は喜びを感じて、五段階の五。ロンドンでパブリックスクールを経験したのは五だな。でも発起人が抜けていくのは二かな。二人の奥さんが無くなった時は一だな。」

みんなは赤い折れ線グラフを見つめた。

「苦労しているね。」

「うつ病というのは、真面目に一生懸命働いている人がなるそうだよ。無理をするぐらい頑張って、倒れそうな時にもうひと頑張りして。そして一息入れた時に、ふと空白の瞬間を感じる。聞いた話では大きな球体の中に閉じ込められて、球体の内側の壁に張り付いているような感じだそうだ。」

「飯村の親父さんは医者だったな。よく知っている。」

「それから似非うつ病。見極めないとだめだと親父は話していた。能力のない者が仕事をさぼる口実に使う事があると。」

「私、とてもいい本を知っている。『連絡橋に落ちた壺』というのだけど、うつ病とその人を取り巻く人々の物語。とても感動したよ。」

「私も知っている。御蔵さんと同じ名前の女性が、献身的にうつ病を患った高浜さんを守ろうとするのよね。」

「うん、上司の人もとても素敵だけど、威張っていた御曹司の息子が人間的に成長していく姿も嬉しかった。何度も涙を流したよ。」

「でも、あの最後は悲しいよね。立ち直ってきたのに。高浜さんが未来の希望を持った時に、どうしてそんな豪雨が降るの。川で遊んでいた子供が流されて来るの。」

佐由美も涙を流していた。

「佐由美さん、どうして作者の人は高浜さんや子供を殺してしまう必要があったの？川から救い上げて、よかったね。でいいと思うのに。御蔵さんの気持ちになってしまって、私は枕に抱きついて泣いてしまったよ。」

「私も。読み終わった時、ボーっとしてしまった。放心状態になって壁を見つめていたの。」

本を知らない佐野は、キョトンとして二人を眺めている。飯村もどうしていいか分からず、手元の資料を触っていた。

「あっ、ごめんね。先を続けなきゃ。」

そう言って御蔵が釦三郎の年表を手に取った。

「関東大震災も神経を使っただろうな。被災者も部下も疲弊している。そんな時に責任者なんて、僕なら真っ先に逃げ出すよ。どう判断しても最良なんか分からない。」

飯村がため息をつきながら言った。

築山の手には関東大震災の資料と共に、参考に用意した阪神淡路大震災の記録が握られている。写真には焼死した母親の遺骨を拾う子供の姿が写されていた。昨日と違う風景に呆然と立ち尽くす人々の姿が、生々しく記録されている。人々の悲しみがどのページからも伝わってくる。

「可哀想だよ。何もかも瓦礫となり、火災ですべて焼失してしまったのだから。明日を生きる気力もなくなる。」

築山は少し被災者の気持ちに感情移入していた。

「建物だけでなく、家族や愛する人を失って、これから生きる事に悲観して自殺した人も。」

そこまで言って、佐由美は口を閉ざした。

「そんな時に一割でも見舞金が支払われると聞いて、被災者はどれだけ救われたか。」

築山の実家は阪神淡路大震災で倒壊し、祖父母と兄を亡くしていた。両親はしばらく仮設住宅に暮らし、亡くなった祖父母の遺体を探したと話していた。兄は家具の下敷きになった。

築山にとっては記憶にない世界だが、時折悲しそうに話す両親の話を耳に残していた。両親は今でも一月十七日になると、朝早く起きて慰霊祭の行われる三宮の東遊園地に向かう。

「神戸の震災はボランティア元年というのだね。全国から救援物資が送られ、義援金もたくさん集まっていたよ。」

「そう言えばおばあちゃんが話してくれたのだけど、和歌山港から物資を運ぶ船に、たくさんのおにぎりを届けてくれた人もいたそうですよ。温かいものをすぐに食べてもらいたいと言って、握りたてのおにぎりを。」

「知っている。私も聞いた事があるよ。その人、まるでお隣に届けるように、いつもの事だから当たり前だという顔をしていたそうです。テレビがインタビューをしても、何を聞いているのという感じ。まだ若い人だったと、おばあさんも感激していた。」

「警察や消防もいろんなところから来ていたから、町中のパトロールは兵庫県警の人より他府県名の安全チョッキで巡回する人が多くて、道を聞いても分からない事も多かったらしいね。震災の影響で、神戸の人もいつもの道とは違う所を歩くし、地方から応援に駆け付けた人も道が分からないから、分からない同士で地図を睨めっこしていたって。」

みんなは笑った。

当時を思い出すように前田が口を開いた。

「でも、そんな善意の中にあった震災当時も、ひどい話はあったそうです。平生釟三郎の事務所で語られたことと同じようなことが。」

「おむつや牛乳を十倍以上の金額で売っていたとかですか？」

「その事もだけど、仮設住宅に必要のない人が入居して、物置代わりに使っていたのです。自分の家で生活しながら。そのために入居できなかった人がいるのに。」

「どうしても闇はあるのですね。」

「神戸の震災でも、保険会社が約款を盾に保険金を支払わなかったと聞いたよ。それからは地震保険を進められたとおばあちゃんが言っていた。」

「地震国だから地震による損害は免責だなんて、理不尽な気がする。」

「でも弱り切ったときに見舞金を貰った人たちは喜んだでしょうね。平生釟三郎の思いを受け止めて、実現に邁進した責任者の各務鎌吉もすごいと思うよ。かなり苦労した事だろうね。」

「会社がつぶれるかもしれない瀬戸際なだけにね。」

「今なら義援金が集まるけど、当時の頼りは国しかない。その国と折衝した各務鎌吉は称賛されてもいいと思うよ。」


【甲南病院の建設に向けて】

釟三郎は東京海上火災保険と名前を変えた後も、業務を離れた自由な身として席を置いていた。そして富国火災保険、大正海上火災保険、明治火災保険などの役員も務めていた。

それでも、釟三郎は激務から解放され、甲南学園の理事長として学生たちと過ごす毎日が楽しく過ごせた。

学校運営が軌道に乗り運営資金に余裕が生まれた時、パブリックスクールの食事風景が脳裏に過っていた。大食堂で生徒たちと共に教師が揃って食事をする姿だ。

「そうだ、大食堂を建設しよう。学生と教師を越えて、談笑する食堂を。」

それが甲南学園理事長となっての最初の仕事だった。

「できるだけ天井は高くして。そうだ教会の礼拝堂のような作りがいいな。」

釟三郎は近くにあったメモ用紙に図面を描き始めた。長テーブルをいくつも並べ、それが何列も置かれている。

「そうか、厨房も必要だ。全学年が同時に食事をするのだから、三百五十人分の料理を作らなければ。かなり大規模な厨房が必要だな。」

釟三郎は図面の下側に厨房室を書き込んだ。

平面図を書き込んだ後、立体図を別の紙に書いてみた。

「うん、いい雰囲気だ。」

そこに田邉貞吉が訪ねてきた。初代の甲南学園理事長だ。

「平生さん元気にされていますか。今までの激務、ご苦労様でした。これからはのんびり学生たちを見守ってください。」

「ありがとう。こんなに落ち着いている自分を感じるなんて、東京海上では味わったことがない。」

「かなり精神的に苦労されたと聞いています。大丈夫ですか。」

田邉は釟三郎の病気の事を知っていた。それだけに理事長職で苦労をさせたくなかった。

「平生さん。この部屋に油絵の道具でも運び込んで、絵画を始めるのもいいですよ。ここからの景色は題材にもってこいだ。何なら海岸にでも足を伸ばせばいい。」

釟三郎はその言葉に笑いながら頷いた。

「私には絵画の才能はないですよ。仕事一途だっただけに、無芸この上なしだ。」

「おや、机に鉛筆画が置いてなかったですか。どこかの建物を描いたのでしょ。ヨーロッパの教会のようでしたが。」

釟三郎は思わずそのメモ用紙を隠した。

「小学校時代に図画の授業があったことを思い出して、ちょっと手慰みですよ。」

「ははは、ちょっと見せてくださいね。」

そう言って田邉は釟三郎の手からメモ用紙を引き抜いた。一枚目の絵を見ながら、田邉はうまいと褒めた。しかし二枚目を開いた時、釟三郎の顔を見つめた。

「平生さん、この図面は何ですか?」

「いや、それは・・・。」

「また何か企んでいるのですね。」

釟三郎は返事に困った。

「いいですよ、お聞きしますよ。平生さんがじっとしている訳がないか。この建物は何ですか?」

「実は大食堂を作りたいと考えたのです。パブリックスクールで見た、学生と教師が一緒に食卓を囲む大食堂です。七学年の学生全員が座れるスペースを作りたいのですよ。」

「平生さん・・・。」

あきれ返って田邉は釟三郎を見た。

「あなたはじっとしていられない人ですね。」

「ははは、ちょっと思いついたので。」

「給食は各教室で食べているではありませんか。クラス毎に。それでは満足できないのですか?」

誰も不自由を感じているとは思えない。給食制度は滞りなく進められていた。

「これは学校を作るように、認可を求めたりするものではないので、理事の皆さんの了解を取れたなら、私は自費で建てたいと思ったのですよ。単なる娯楽施設の寄付です。」

「平生さんが提案すれば、反対する理事はいないでしょうが。」

田邉はもう一度その図面に目を落とした。

「今ある講堂ではだめなのですね。」

そう言うと田邉は赤鉛筆を取り出し、図面に寸法を書き入れ始めた。

「天井は二階までの吹き抜けにして、窓は大きくしましょう。」

「出入り口は左右に四か所と正面に大きな扉を一つ。厨房からの出入り口は二か所。」

「照明はどうします?いっそのことシャンデリアを配置しましょう。」

「おいおい、私のお金で建てるのだぞ。」

「いいじゃないですか。足りなければ私も援助しますよ。」

二人は楽しそうに図面を赤く染めていった。

それから一年後、イギリスの学校を思わせる食堂棟が完成した。ウキウキした気持ちで、釟三郎と田邉は建物を見上げていた。

「できましたね。立派な食堂だ。」

「田邉さんが賛成してくれたおかげです。今日から私もここで食事をとります。」

「先生方も学生と一緒に食べることになりますね。本当にイギリスの学校のようだ。」

「でも平生さん、のんびりしているはずが、いろんなお役目を仰せつかっているようですね。」

その頃、東京海上火災の業務を離れたと聞き、様々な所から力を貸してほしいとの声が聞こえてきていた。兵庫県教育会会頭、大阪自由通商協会常任理事、そして文政審議会委員。

「名前だけでいいと言って依頼されたのですが、承諾した途端に山のような資料を置いて行かれました。断ればよかったと後悔しているのですが、引き受けた以上は仕方がないですね。」

「甲南学園でのんびりしてもらおうと思っていたのですか、世間が許してくれないのですね。無理をしないでくださいよ。」

「ありがとう、この学校のおかげで英気を養う事ができました。頑張りますよ。とはいっても、これまでのような無理はできないと思っています。」

校庭には学生たちがクラス毎に列を作って食堂に行進していった。口々に歓声を上げながら、建物を見上げている。

「大きな窓だなぁ。」

「扉も大きい。部屋の中はシャンデリアがついている。」

学生たちが吸い込まれるように食堂に入って行く。

「私たちも入りましょうか。」

「この食堂に名前を付けなければいけませんね。」

その時、門から大声を出して駆け寄ってくる二人の学生がいた。釟三郎と一緒に暮らす拾芳会の学生だ。食堂に入ろうとする学生たちをかき分けるように走って来る。

「どうした、慌てて？」

「大変です！小坂が大怪我をして病院に運ばれました。頭からも血を流していて、意識がないのです。」

「小坂君は今どこにいるのだ？」

「病院です。戸板に乗せて、みんなで病院に運びました。」

「田邉さん、ちょっと失礼する。」

「行ってください。私もあとから顔を出します。病院には私が理事長の頃から、学生たちがお世話になっている。」

釟三郎は頷いて走り出した。その後ろを二人の学生が追いかける。開業医と呼ばれる町医者があるだけで、病院という大きなものは、神戸市内か大阪に行かなければならなかった。ほとんどが内科医だが、ケガや骨折も同じ病院に運び込まれる。手術が必要な場合には神戸の病院に転送されていた。

病室に飛び込んだ釟三郎は、ベッドに横たわる小坂の顔を覗き込んだ。

「小坂君、大丈夫か?私の声は聞こえるか?」

小坂の頭には痛々しく包帯が巻かれていた。見ると右手にも肩から指先まで包帯が見える。

「あなた、大丈夫です。脳震盪を起こして気絶してしまったのです。腕も打撲のところに湿布を張っているだけ。だからもう心配はないですよ。」

慌てる釟三郎に対して、すずが落ち着いて説明をした。

「住吉川の土手に珍しい蝶々がいて・・・。」

「ジャコウアゲハです。僕も昆虫図鑑で小坂から教えてもらいました。」

小坂と仲の良い弓削が言った。

「そう、ジャコウアゲハね。小坂君は虫取り網を持っていなかったので、手で採取して調べると言っていたそうです。」

「小坂は今、神戸の昆虫を調べていたのです。特に蝶々に興味を持っていました。もう一年になります。」

釟三郎はほっとしていた。預かった学生にけがをさせては、親御さんに申し訳ない。そう考えながら走っていたのだった。

「神戸のファーブル君、あんまり心配させてくれるな。私も若くないから驚いて心臓が止まってしまうよ。」

「申し訳ありません。不注意でした。以後このような事がないよう、注意して昆虫採取をします。」

小坂はベッドの上に正座して頭を下げた。

「おい、昆虫採集を辞めるのではないのか？」

「それは。ご容赦ください。」

みんなはその言葉に声を出して笑った。

「それにしても大事にならなくてよかった。私は医者に挨拶をしてくるよ。世話になったお礼だけ言ってくる。」

そう言って釟三郎は受付の方に向かった。支払窓口には老夫婦が窓口の女性と話をしている。

「あなたたちは前の支払いもまだでしょ？それなのに診察を受けるなんて図々しい。前の支払いをすましてから来てください。」

「でも今主人は苦しがっています。昨夜も布団の上で苦しそうで。」

「だから、薬代を払ってください。」

「薬代はお支払いしたじゃないですか。」

「医者にかかるなら治療費と謝礼も払ってください。それが常識ですよ。それができないなら、病院には来ないでください。」

女は鼻を突き上げて喋った。

「主人は仕事ができなくなっているのです。だからお金もなくて、薬代が精いっぱいなのです。

お願いします。」

この当時まだ健康保険はなかった。そのために医療費は医者の言いなりに支払われていた。

横で聞いていた釟三郎の顔が、赤くなっていた。

「そこの女、それはこの病院の考え方か？それとも謝礼をよこせと言うのはお前の一存か？」

「もちろん先生の指示ですよ。どこの病院でも同じです。文句があるなら来なければいいでしょ。私たちも商売です。」

釟三郎の声がどんどん大きくなっていく。

「貧しいというだけで診察も受け付けないとは、なんという傲慢だ！謝礼というものは感謝の気持ちで渡すものだ。それを要求するなど言語道断。病人の診察ができないなら即刻病院の看板を外せ！！」

釟三郎は持っていた財布から札を掴んで投げつけた。

そこに田邉がやって来た。窓口の騒ぎに驚いて近寄って来る。

「平生さんどうしたのですか、興奮して。」

「あら、田邉理事長さん。ご無沙汰しています。お元気ですか。」

窓口の女性は急に優しい声で田邉に挨拶をした。

「私はもう理事長じゃないですよ。今の理事長はここにいる平生さんです。後任の方ですよ。」

女性は一瞬たじろいで後ずさりした。

「治療費はこれで満足だろう。私は帰る。」

そう言って、釟三郎は玄関へと歩き出した。

釟三郎は、大正十一年に拾芳会の学生が、福岡の大学病院で診察を受けたことを思い出していた。それは多額の診療費を事もなく要求された事である。一般人には払えない金額を当然のように請求され、国のお金で運営した病院が国民の病気を治せないとはおかしい。この時、釟三郎の心に病院建設の夢が生まれた。

そして医者の処置の拙さが、亡き妻の命を落とさせることになったと聞かされたことで、病院への不信感は釟三郎の胸にとげのように突き刺さっていた。

外に出た時、田邉が追いついてきた。

「平生さんどうしたのですか、血相を変えて。」

「これが医療の現実なのか？貧乏な人は医療を拒まれるのが当然だと考えている医療が。」

田邉は少し頭を掻いた。

「この病院には甲南の学生たちが見てもらっているのです。何が起きるか分からない子供たちに対して、便宜を図ってもらう目的で幾ばくかの謝礼を毎年払っていました。」

「そうですか。」

釟三郎は亡くなった妻たちの顔を思い出していた。

「田邉さんのやっていた事が間違いだとは思いません。むしろ学生たちを考えての行動だと理解できます。しかし、それが払えない人は診察しないというのは如何なものでしょう。」

釟三郎はそう言って考え込んだ。命の価値はみんな平等なはずだ。今の医療制度は間違っている。

「田邉さん、私は病院を作りたい。誰もが安心して受けられる医療。そして平等に高度な医療を提供する病院を。」

「平生さん。」

田邉は首をうな垂れた。

病院作りは学校以上に困難な壁が待ち受けていた。

病院建設に係る法的な手続を始め、必要な衛生面での施設を揃えなければならない。薬品や医療器具の数々。

それ以上に人材の育成が釟三郎の頭をよぎっていた。福岡の大学病院を見た時に感じたのは、どんな立派な施設を作っても、そこで働く者の質がよくなくてはどうにもならない。

釟三郎の考えに共感する医者はいるのか？医療技術は日々進歩を続けているのに、その技術がどれほど人々に行き届いているのか？

釟三郎は拾芳会にいる医学志望の学生を、海外留学に送りだすことを決めた。海外の医療技術を学ばせるためだ。そして必要であれば大学院にも進級させる事にした。

釟三郎にとって志を同じくする医学生は、何物にも代えがたい宝物だ。

当初は、その学生たちが一人前となり社会で活躍するようになった時、病院建設に乗り出す夢を持っていた。心配だったのは、社会に出て活躍するようになった時、世間の風潮に流されてしまうことだった。しかし、釟三郎の計画は時間のかかるものだった。名医と評価されるまでには長い時間がかかる。

釟三郎は自分の元気な間に病院建設できるか、不安を持っていた。

そんな時、思いがけない話が持ち込まれてきた。釟三郎とは別のところで病院建設の計画が進められていたのだ。

甲南学園の理事長室を訪ねてきたのは、山下汽船の取締役だった白城定一と、山下汽船鉱山部から独立して北海道鉱業の社長を務める鋳谷正輔の二人だった。鋳谷正輔はのちに釟三郎の後を継いで川崎造船所の社長となる。

「私たちは、京都帝国大学医学部の外科医長と総合病院創設を相談していたのです。」

鋳谷は外科医長の理想と、今の医学界の問題点を話し始めた。今の大学病院は自分たちの名誉のためで、患者のためには何もしない。緒方洪庵の名前を出して、人々のための医療と釟三郎に話した。

「この計画は神戸の富豪の方の賛同も得ました。」

そう言って二人は病院計画の概要を示した図面を広げた。うさん臭くもあり、釟三郎は話半分に聞こうと思った。

「しかし、この計画を推し進めるにあたり、核となっていただく人が必要になったのです。そこで、甲南学園を完成された平生さんにお願いできないかとお伺いした次第です。」

「どうしてあなたが中心にならないのですか？見せていただくと、かなり計画も詳細に練られています。」

「私たちは平生さんと面識がないので、すぐに賛同していただけるとは思っていません。本当は資金面での寄付集めに、平生さんのお力をお貸しいただけないかと思っています。住吉村での平生さんの存在は大きなものです。大阪の実業家の人からも言われました。」

その時、扉を開けて那須が入ってきた。

「お客さんでしたか、失礼しました。また出直します。」

そう言って部屋を出ようとして、那須は白城の顔を見た。

「山下汽船の白城君か。久し振りだね。元気ですか。」

那須は白城の手を取って握手をした。その手を握ったまま釟三郎に向かって話し始めた。

「平生さん、彼は郷里の後輩ですよ。二十年くらい後輩ですがね。」

「那須さん、お噂は伺っています。ご活躍ですね。」

「那須さんはご存知なのですか？白城さんを。」

「最近、大阪に愛媛県の県人会が発足して、話をする機会があったのです。以前の仕事に絡んで山下汽船についてもよく調べましたよ。おかげで儲けさせてもらいました。」

那須は嬉しそうに大阪の相場師時代の事を話した。

「平生さん、彼は若いが山下汽船を支えた男です。斬新な考えを持っていて、信用に足る人物だと思いますよ。」

「実は病院建設のお話しを伺っていたのです。話をお聞きするところ、京都帝国大学の外科医長が発案者のようです。」

「京都帝国大学付属病院ですね。辻廣先生かなぁ」

釟三郎にとっては、完成の目途も立っていなかった病院建設の話が舞い込んできた。

その後発案者の医師とも面談し、釟三郎の大学病院の医療体制に対する不信感は、理想の病院作りと変わっていくのを感じた。

とは言え資金集めは容易でなかった。観音林倶楽部に集まる富豪たちからもいい返事を受けることがなく、三菱の岩崎財閥も釟三郎の申し入れを断っていた。川崎財閥は神戸の医師会に対する配慮から、賛成できないと伝えてきた。

釟三郎は大きな病院の建設を諦めて、当初の計画通り小規模な病院を作り、拾芳会の門下生による開業を考えた。

そんな時、大阪の財界人も病院を作る動きがあった。その話を伝えてきたのは伊藤忠兵衛だった。しかし、この時は大阪の財界人との意見の相違があり、釟三郎は断る他なかった。

それでも伊藤と理想の病院について議論をしたことで、再び釟三郎の胸に病院建設の意欲が湧いてきた。

鋳谷正輔と釟三郎は二人で発起人となり、病院建設に動き始めた。しかしなかなか進まない。募金活動は重点的に三井、三菱、住友の財閥と神戸の川崎家が対象となっていた。

釟三郎は東京海上火災保険での経営に、尽力したという自負があった。その結果岩崎家に多大な利益をもたらしたと思っている。それだけに三菱の募金拒否は、釟三郎にとっては遺憾なことだった。

それでも粘り強く岩崎家を訪れた。

何度も依頼することで、折れるように岩崎家から寄付金の承諾を受けることが出来たのだった。資金についても目途が立った。

当初本山村を予定していたが、近隣住民からの反対運動が起こり、用地買収が進まなかった。しかし、住吉村村議会が借地として貸し出していた聖心女学校の跡地を紹介され、住吉村から一定期間無償で借り受けることができるようになった。

これで病院建設の道筋ができたのだ

そこで釟三郎は、昭和五年に住吉村の関係者を集めて発起人会を立ち上げ、甲南病院の名前を披露した。発起人には鋳谷正輔と釟三郎の他、小曽根財閥の二代目で、阪神タイガースの二代目オーナーとなる小曽根貞松、東洋紡績の取締役庄司乙吉、鐘淵紡績の社長となった長尾良吉がいた。

だが、そこに病院建設反対の声が上がった。建設予定地の御影町に住む住人からである。

「我々はあの場所に病院ができては困る。病院から排出される水には汚水が含まれ、南に住む我々はいつ病原菌に侵されてもおかしくない。発起人の平生さん、その点を如何お考えか?」

反対運動の先頭に立っているのは、病院の南側に広大な敷地を持つ富豪だった。観音林倶楽部でも顔合わせる人だ。

「病院からの排水はすべて敷地内でろ過を行い、外部に汚染水を出すことはない。」

「そんなことわからない。流されてからでは遅いぞ。」

「それに病人が集まって来るのだろう。地域の住民に病気をうつされたら、たまったものではない。」

後ろの方からも怒号が飛ぶ。

「下水の処理には敷地内に水槽を設ける。飲料水の浄化と同じくらいです。安全な水で流します。病院で使用するものはすべて焼却処分をするので、病原菌を放出することはない。病院の建物も民家と違って密閉性が高い。排水だけではなく、排気に対しても配慮している。」

釟三郎は毅然として言い放った。

「以前に提示した代替地の案はいかがか？」

「あなたも分かっていたと思うが、いくつか提案して頂いた所は敷地が狭い。小さな町の診療所ならそれでもいい。しかし総合病院としては用を足さない。」

「六甲の山奥はどうだ？自然にも恵まれている。病院にはもってこいの場所だっただろう。」

「お示しいただいた場所は、保養所としては申し分ない。しかし急病人は一刻を争う。我々が示した場所は交通の便もよく、入院した患者を見舞う人にとっても負担が少ない。ぜひご理解いただきたい。」

釟三郎はゆっくりと群衆を見廻した。反対者はごく一部の住民のようだった。病院の必要性はみんなが理解していた。

反対運動が起きたことで警察も治安維持のために動いた。そして、地域選出の代議士も加わることで、問題はさらに混迷することとなった。

御影町役場も更なる代替地を探して奔走していた。

何度かの会合を持ったのち、釟三郎は反対運動の代表者が考えていることを感知した。

「地下水に汚水が混じっては酒造りに支障が出ると言う事ですか？天下の名水があってこそ、名酒が生まれる。」

「そうです。お分かりいただけましたか。」

「病院は確かに多くの水を使う。そしてその水は放出しなければならない。その処理方法によっては、酒造会社としては死活問題となる。反対理由は理解しました。汚水の処理については以前にも申し上げた様に万全を期すつもりです。その上で処理した水は石屋川若しくは大阪湾まで運ぶことにします。地下水に混入することは絶対にしません。」

「大阪湾まで直接運ぶのか。」

「そうです。皆さんの心配されている事態にはならないと確信しています。」

釟三郎は大きく頷いた。

「少し考えさせてほしい。」

そう言って男は立ち去った。

この後反対運動は下火となった。

その年の八月に財団法人の設立許可を申請し、その年の年末には認可されることになった。

この認可に対して、当時の内務大臣が病院計画に賛同し、社会政策上歓迎するものとして、部下に認可を急がせたと言われている。

病院の完成が間近になった頃、釟三郎の理念に賛同した医師たちが集まってきた。そして釟三郎は看護師の養成にも取り掛かった。

これまでのように医者の補助ではなく、患者のために働く看護師が必要と考えたからである。完全看護を実現するために。


****

「平生釟三郎にとって思いもしない反対運動だったでしょうね。コープこうべの反対運動は、地元商店から起きる可能性を想像していたけど。医療体制が整うのは歓迎すべきことで、喜ばれると思っていたと思う。」

「ただ病原菌がばらまかれると思うと、やっぱり反対運動は起きるよ。ごみ焼却施設を誘致すると、反対運動は必ず起きる。」

「いいものを考えても、どこかで弊害が生まれて、嫌がる人はいるものだ。」

「確かに。隣に結核病棟ができる話が出たら、僕も反対だな。必要なものであっても、それはどこか遠くに作ってほしいと考えるのが一番素直な思いだよ。」

「よく説得出来たものね。」

「たぶん政治の力だ。内務大臣のお声がかり。少し嫌な気はする。」

「うん。」

みんなは暗い気持ちになって、黙ってしまった。

「でも平生釟三郎が病院を作りたいと考えていたときに、別のところで鋳谷正輔たちも計画していたし、後から伊藤忠兵衛からも話が来る。病院の必要性をみんなが認識し始めていたのだ。」

「その風潮に乗って政治家が動いたわけか。」

「まあ、そんな紆余曲折があったとしても、今ある甲南病院が完成したのはすごいと思うよ。いろんな反対に対して立ち向かった平生釟三郎は、やっぱり称賛されて当然でしょう。」

「看護学校ができて、優秀な看護師さんが患者さんと向き合うようになったことは素晴らしいよ。」

「病院が出来た後に作られた看護学校は、たぶん甲南学園の食堂を作るのと同じレベルで作ることができたよね。学校を作るのは大変だけど、そこに付帯する施設の建設は容易だったと思うよ。それと同じじゃないかな。」

「平生釟三郎にとっては、それほどの苦労はないと言う事。」

「資金集めに苦労したのは、アメリカから始まった大恐慌のためかな? 不況の波が日本にも押し寄せて、実業家たちは不安になっていたはずだ。」

「昭和二年頃だね。」

「最初に相談を持ち掛けられた時は、詐欺を心配したでしょうね。知らない人間が知らない大学の先生の名前を出して。」

「確かに。実業家の平生釟三郎が、安直に話に乗るのはおかしいな。どこかで自分が病院を作ろうとしている話を聞き、利用しようと考える輩はいるだろうと構えるのが当たり前だ。」

「実業家が騙されたら、恥になるものね。」

「ここで調べただけでは、鋳谷正輔が騙すつもりだったかは分からないけど、最後の建設時には発起人にもなっているから、本当に建設する目的だったとしておくべきだね。」

「平生さんは、住吉村を理想の村にしようと、村会議員になって活動するのですよ。道路や上水道などのインフラの整備にもかかわるのです。それは所得税の七パーセントを地方に交付するという付加税制度があったのですが、住吉村の富豪たちが納める所得税が莫大な金額で、住吉村は潤っていたのです。それだけに村独自でインフラ整備が出来たのです。」

前田は嬉しそうに住吉村振興論という一冊の本を取り出した。百十五頁を越える本である。巻末の資料には神戸市勢調査と住吉村村勢調査が載せられ、神戸市と住吉村との経済的関係が書かれている。

「この本は住吉村が神戸市と合併する必要のないことを、様々な観点から検証しているのです。」

そう言って結論の書かれた頁を開いた。

「難しい言葉で書いているね。よく分からない。」

佐由美はそーっと住吉村振興論の本を机に置いた。

その本を飯村が受け取った。

住吉村は、行政区域に関する臨時調査委員九名を置き調査することになった。臨時調査委員には平生釟三郎の名前もある。

住吉村振興論は、大阪市住吉区の区長をしていた武岡充忠が平生釟三郎の依頼を受けて、住吉村が神戸市と合併することに対して調査した結果をまとめた資料である。この資料を基に村域、村人口、資金調達手段となる財政等を検討した結果、住吉村は理想的で神戸市との合併の必要はないと結論付けられた。

武岡充忠は、大正十四年に大阪市と合併した大阪府東成郡天王寺村の、最後の村長である。大阪市住吉区は天王寺村が合併した結果生まれた区である。この時も様々な検討がなされ、町村所有の財産の取り扱いや上下水道、道路軌道、衛生上の施設や文化的事業についても議論された。その時の経験が住吉村振興論に記載されている。

「天王寺村は大阪市と合併したのだね。合併する際の要望事項を細かく記載している。施設のことなども。」

「住吉村はそのまま村として存続するか、神戸市に編入するかの選択だとね。」

「それと御影町や魚崎町と合併して新たな市政を引くかだ。住吉村振興論にも書いている。神戸市は小さな村落が合併して誕生したのだから、住吉村も市政を引くことは可能だったはずだ。」

「住吉村は大都市になってもいいことがないと結論を出した。学校や衛生施設がないのであれば、神戸市の財力を借りるべきだが、住吉村の財力は神戸市に頼ることはない。上水道、下水道の敷設が必要であっても、それが神戸市と合併しなければならない理由にはならないとしている。」

「でも武岡充忠は、結論にはもう少し研究が必要としている。」

前田は上水道及び下水道と書かれたコピーを取り出した。

「住吉村には財政的な基盤が備わっていたのです。だから独自で開発して行くことが可能だと考えていたと思います。上水道などのインフラ整備や病院、学校。そして埋葬所や火葬所も整備されました。上水道は住吉村が昭和二年から整備をスタートさせて、病院の完成と共に完成したのです。すべてを自分たちの理想に沿って進められると。」

「学校も病院も独自で作り上げたのだから、自信はあったでしょうね。神戸市や他の自治体からの助けなんていらないと。すべてが住吉村で賄えると考えていた。」

「理想郷って、どんな村を作ろうとしていたのだろう?平生釟三郎は。」

コピーを覗き込みながら飯村が呟いた。

「山奥の桃源郷かな?俗世界と隔絶した村を想像してしまう。」

築山は仙人の住む山を想像していた。

「平生さんは、世界中のどの町にも負けない近代的な村、世界に誇れる文化水準の高い村を想像していたと思いますよ。それが住吉村ならできると考えたのです。財政面でも実現できると。」

「東富士に作るトヨタの町のイメージかな。街のインフラを地下に設置して、室内ロボットなどの新技術を検証するの。人工知能が人々の健康チェックを自動で診断するそうだよ。生活の質を向上させるいろんな技術が町の中で生かされる。」

「未来都市だね。手塚治虫ワールド。でもそれは実験都市だよ。」

「平生釟三郎は生活水準を上げる努力をしただけだと思う。経済面で投資をすれば、住みよい街になる。それなら、理想的な生活環境を持つ街作りを検討すべきだと。」

「なるほど。未来都市ではなく、今できる最善を住吉村の中に生み出していくのか。」

「それを実現するためには、あまり規模を広げるのは得策でない。住吉村くらいが丁度いいと考えたのか。神戸市全域を対象にしては、いくら平生釟三郎でも手が回らない。手が届かないところに行ってしまう。」

「でも特別な地区というのは、周りの町との軋轢を生むよね。」

「隣町に駅ができたら、自分たちの地区にも作ってほしい。新快速をここにも止めろ。そう言い出すね。」

「隣が良くなれば、俺たちの町もって考える。」

「平生釟三郎ならそんなことは考えにあったと思うよ。いい状況を作れば、他の街も生活水準の向上に努力するだろうと。」

「深いな、工藤の読みは。」

「住吉村振興論って、昭和四年頃に発行されたのですね。神戸市に武庫郡の西郷町、西灘村、六甲村が編入されて灘区の出来た年だ。」

飯村が、パソコンで神戸市の行政区域変遷を開いた。

神戸市は市政制度により、それまでの神戸区に葺合村、荒田町を合併して、明治二十二年に誕生した。

「その後、昭和六年に区制を施行して葺合区、神戸区、湊東区、湊西区、港区、林田区と須磨区が出来たのだ。中川さんの塩屋はもともと明石郡垂水町だったけど、昭和十六年に須磨区に編入されているよ。」

それを聞いて、佐由美はパソコンを覗き込んだ。

「いろいろ編入を繰り返して神戸が出来上がるのね。垂水が明石の一部だとは思わなかった。」

「それを防ぐために平生釟三郎は住吉振興論を作ったわけだ。」

「隣の六甲村や西灘が神戸市に編入されたから、住吉村振興論の作成は急を要しただろうね。」

「そんなに嫌だったのかなぁ。合併することが。都市整備を進めるのに合併は最良の方法だと思うけど。」

「今の明石市も、住民投票で神戸市との合併を否決したのだよね。」

「住吉村の生活環境は他の地区より進んでいると考えて、独自の発展を望んだのだろうね。」

「そうです。」

前田が嬉しそうに話し始めた。

「例えば上水道ですが、当初は住吉川の水を村内各地に溝を掘って飲用に供されていました。しかし衛生面から、明治末期に阿部元太郎が住宅地を建設するにあたり、飲用水に適した井戸の試掘を始めました。その為の調査が大正十四年から始められます。上水道に対する意識も高かったのですね。」

六甲山のふもとに位置する神戸は、昔から良質の湧水が豊富に取れ、海洋を行く海外の船舶がその水を積み込んでいた。その水は長期間の船旅でも腐ることのない水として世界に知られ、神戸ウオーターと呼ばれて重宝されていた。

西は漁師たちが水汲み場としていた垂水の塩屋浜から、西宮浜までの六甲山のふもとはどこを掘っても良質の水にめぐまれていた。そして灘、西宮ではその良質な水を使って酒造会社が多く作られたのだった。

住吉村も上水道整備に井戸水の試掘は最良の方法だったのである。

「でも神戸の外人居留区には、レンガ作りの水道配管が整備されていますよね。その遺構が残っている。日本人も建設に携わっているから、神戸にはその技術があったのではないですか？明治三十三年には貯水場や浄水場も完備して、日本で七番目の水道が完成している。」

「昭和十一年には淀川水系から水を供給する、阪神上水道市町村組合が作られているのよ。」

「それを住吉村だけで完成するのですよ。」

前田は嬉しそうに喋った。

「それでも太平洋戦争が終結した後、戦災復興などの資金が必要となりました。その上、超インフレが進み、どの市町村も財政は破たん寸前の自治運営となったのです。そして住吉村も神戸市との合併問題が浮上してきました。敗戦後は住吉村も借金経営を余儀なくされ、合併が現実味を帯びてきたのです。」

「その頃、神戸も焼野原になっていたよね。どうして合併しようとしたのかなぁ。そのまま住吉村の方が自分たちの復興を進められたのに。」

「平生釟三郎も亡くなっている。」

「ところでひとつ分からないのだけど、平生釟三郎はいくつかの保険会社で取締役を務めるけど、そんなことが可能なのかな?商売敵だよ。」

「僕もそう思った。平生釟三郎の名前が一つのブランドだったのかな。保険会社の中で、神様のような存在になっていたかもしれない。」

「それぞれの保険会社が経営不振に陥った時、助け合いのようなことがあったとすると、その調整役のような存在が必要だったのだと思う。」

「調整役か。」

「保険会社というのは再保険を掛けるのだから、商売敵と言うより協力会社の集まりと考えた方がすっきりするよ。」


【川崎造船所の再建】


アメリカで起きた大恐慌は、甲南病院設立に奔走する釟三郎も巻き込もうとしていた。

神戸で最も大きな企業である川崎造船所は、三菱造船所と並ぶ二大造船会社だった。第一次世界大戦において業績を伸ばし、造船の他に製造業としても日本最大の企業に発展していた。

しかし、第一次世界大戦終結後の海運不況が川崎造船所の経営を圧迫していた。そして、昭和二年にメインバンクだった十五銀行が破たんするのと同時に、経営は行き詰まりとなった。追い打ちをかけるように昭和恐慌が川崎造船所を襲ったのだ。

川崎造船所は神戸地方裁判所に和議申請を提出した。

昭和六年に裁判所は、川崎造船所の規模が大きく通常の法律家による調停は困難と考え、実業家である平生釟三郎に依頼したのだった。

しかし、釟三郎は甲南病院の設立時期であり、整理委員への就任を固辞した。

それでも整理委員への就任を求める声は、絶える事無く釟三郎の元に押し寄せてきていた。そんなある日、川崎造船所の社長を務める松方幸次郎が重役の四本真二を伴って、釟三郎の自宅を訪れた。

「松方さん、初めてですね。お会いするのは。」

「平生さんのご活躍は、大阪の実業家の皆さんからもよくお聞きしております。東京海上火災の命運を左右する判断は、敬服するばかりです。」

「いいえ、信頼できる仲間がいたお陰で出来たのです。私一人では絵空事で終わっていたでしょう。いい仲間に恵まれたお陰だと思っていますよ。」

「あなたの人徳ですね。甲南学園も今作られている病院も、一人では作れるものでない。人望のある平生さんだからこそ、いろんな方が協力してくれるのでしょうね。実は組合活動を指導していた賀川さんからも、平生さんの事を聞かされました。」

釟三郎は思わぬ名前に驚いた。

「賀川さんとは労使関係で敵対する間柄ではないのですか？賃上げを要求している時のあの人は、手に負えなかったのではないのですか？」

釟三郎は賀川がスラム街の掘っ立て小屋で、労働者たちを鼓舞する姿を目に浮かべた。

「賀川さんは出来た人です。大規模なデモを実施するときも、無抵抗、非暴力を実践していました。武力を振るってくれたらすぐに警察に連絡するのですが、あの人の行動が一番怖かったです。労使交渉をする時も、あの人は理路整然と訴えてくる。一部のやからが騒いでくれたので、あの時は我々に勝機を見出だすことが出来たのですよ。」

その賀川は東京で医療利用購買組合を設立する活動中だった。その事は那須から何度も聞かされていた。

「平生さん。今の川崎造船所は、大正末期の不況の時に銀行から多額の借り入れをしました。そして大量の社債を発行したのです。そして複数の金融機関から救済融資を受けました。」

四本が社長に代わって実情を話し始めた。

「その為、昭和四年に作られた整理計画はすべて金融機関側に有利な内容だったのです。」

四本はテーブルに様々な資料を並べていった。

「昭和の恐慌は大きな原因です。でも本当は金融機関からの整理計画と、債券確保に動いた銀行が最大の原因なのです。」

「我々経営者も損害を押さえようとして、和議による債務切り捨てを図ったのですが。」

松方が苦しそうに話した。

「株主の多くも、未払込株の支払いを逃れようとしています。」

釟三郎は未払込株の意味がよく分からなかった。支払われていないのに株主になるのが不思議だった。

「お話しいただいたことはよく分かりました。しかし即答するだけの自信がありません。もう少し時間をください。」

「よろしくお願いします。ご連絡をお待ちしています。」

そう言って二人は席を立った。

淡路島に沈む夕日が庭の松を赤く染め始めている。


それから三日後、今度は神戸市長の鹿島房次郎が自宅の門をたたいた。

「平生さん、川崎造船所の事をもう一度お願いしたくて参りました。お願いです。この通りです。」

挨拶も終わらないうちに、鹿島は玄関先で深々と頭を下げた。

慌てて釟三郎は応接室へ招き入れた。

鹿島はソファーに腰を下ろすなり、川崎造船所の従業員がどれほど苦境に立っているか、その従業員が神戸市内には何万人もいて、その生活が崩壊すると、市内に浮浪者が溢れる事を切々と話した。

「神戸が死の町になってしまいます。それだけは避けたい。」

「市政が混乱してしまうということですね。市長としては。」

「いや、市民生活の異常な事態を避けたいのです。」

「しかし、私は六十歳を過ぎた身ですよ。それに今は病院設立で四苦八苦している。学校経営にも理事長として働いているのです。これ以上の仕事は無理ですよ。分かってください。」

「そこをまげてお願いします。今、川崎造船所の倒産は絶対に避けなければいけない事態なのです。ぜひ!!」

釥三郎は困ってしまった。

「実は私は、二期務めた神戸市長を今年で辞めます。そして、川崎造船所の再建を手伝おうと思っています。私ごときにどれほどの事ができるか分からないのですが、神戸市民の生活を守るために働くつもりです。」

「市長のお話しはよく分かりました。少し時間をください。」

釥三郎は松方に言った言葉と同じように、鹿島市長にも話した。

庭から見える大阪湾には大型船が行き交っている。大型貨物船が白い航跡を残し、西の方に消えていくのを見ながら、船舶輸送の必要性を感じていた。釥三郎にはこの船が無くなるとは考えられない。

もし物資輸送がすべて陸路で行うことになると、どれほど経済におよぼす影響があるのだろうか。大型荷物を運ぶことは不可能になる。海外との貿易はすべて相手国任せとなる。

「東京海上火災などの保険会社も潰れてしまうかもしれないな。」

釧三郎は頭を抱えた。暗頓とした日が釧三郎を襲っていた。

いつものように甲南学園の理事長室に顔を出すと、部屋のソファーに一人の男が座っていた。

「久しぶりですね平生さん。勝手に入れてもらいましたよ。」

「あれ、賀川さんは今、東京ではないのですか?東京で医療利用購買組合を設立していると聞きましたよ。」

「ははは、よくご存知ですね。那須さんからか。実は私も平生さんに習って、去年御殿場に農民福音学校を作りましたよ。信者さんたちの寄付によるものですが。農業の基礎を学校で教えようと思っています。一人一人が自分のやり方で農作物を作っていたのですが、その為に人によって収穫量が違っているのです。出来た野菜のランクも違う。」

「農業の指導学校か。思いつきもしなかった。さすが賀川さんだ。」

「今年は松沢幼稚園を作ります。これは平生さんの考えと同じです。」

「本当にご活躍ですね。感服しますよ。」

「そんなことより、平生さんが川崎造船所の救済に乗り出すと聞いて寄せてもらったのです。川崎造船所を潰すことだけは絶対に避けなければいけません。神戸市の労働者の大半が路頭に迷うことになる。必ず助けてください。」

「その事ですか。社長さんや神戸市長が押し寄せて大変です。松方さんは賀川さんから紹介されたと言っていましたよ。困りますね。」

「松方さんが言ったのですか？覚えがないな。松方さんと話すのは労使紛争の時ぐらいだけど。」

「そう、その時に私の名を聞いたと言っていた。」

「また古い話を松方さんは覚えていたのですね。確かに紛争のテーブルで平生さんの名前を出した事があったなぁ。」

「おいおい。」

「いや、申し訳ないです。当時は平生さんの事を信用に足る人だと認識していたので。交渉の合間に、世間話で口から出てしまったようです。」

「おやおや。〝当時は〟ですか。今はどうです。」

「重ね重ね失言です。申し訳ない。しかし、今の川崎造船所は平生さんしか救えないように思います。誠実で粘り強く相手の感情をくみ取りながら交渉できるのは。」

「持ち上げますね。」

「今日寄せてもらったのは、松方社長や神戸市長に頼まれたのではなく、そこで働いている労働者の救済が目的です。当初は労働者の中に飛び込み、活動しようと思ったのですが、どうもそれでは埒が開かないことを知りました。これは経営者と銀行や投資家との戦いのようです。今必要なのは私ではなく平生さんです。」

「分かった。今決心しましたよ。私にできるかは分かりませんが、頑張ってみることにします。賀川さん、ありがとう。」

その日のうちに釟三郎は裁判所に連絡を入れた。

和議案の作成にあたり、釟三郎は利害関係の複雑さに困惑した。川崎造船所は海軍の艦艇を始め、陸軍の軍用機の開発、製造にも関与している。川崎造船所の存在が国防上重要な意味を持っていた。複数の金融機関が絡み、自社の利益を守るために様々な注文を付けてくる。債権者は国家事業を請け負う企業が債権者を蔑ろにするなと叫び、この期に乗じて詐欺まがいの債権者も現れてくる。そして人件費削減も大きな問題だった。

釟三郎は観音林倶楽部のメンバーと相談しながら、実行すべき優先順位を検討した。

そして、十五銀行が閉鎖されたことによる、取引銀行の煩雑さの解消から始めることにした。それぞれの銀行が、自分たちに有利な契約で進められた取引を、解決しなければ前に進まない。その為に銀行の持つ債権を一部は放棄させ、残る債権を代表する銀行に一括保有させたのだ。そして債権取り立て者のランクを明確にし、不当な取り立てに対しては断固拒否を実行した。そして借金の一部は切り捨て、残りは二十五年間で完済するという調停案が可決されたのだった。

これによって、債権者による切崩しに会う事はなくなった。

調停案は成立したが、川崎造船所の経営が良くなったわけではない。根本的な問題が山積された中での再出発である。

「平生さん。本当にありがとうございました。おかげで川崎造船所は救われました。」

「いえ松方さん、これからですよ。ここからの経営手腕が一番求められると思います。十万人の労働者のために頑張ってください。」

「いや。」

松方は口籠った。

「どうかされたのですか?歯切れが悪いですね。何か会社に問題があったのですか。」

釟三郎の頭に嫌な予感が走った。

「川崎造船所は再生の道に航路を切ったのですが。ご存知の通り、鹿島房次郎社長が急死してしまって。斬新な考えを持った船長が必要です。誰もが従う優秀な人です。」

松方の目は、射るように釟三郎を見つめている。

「松方さんが務めたらいいですよ。」

「残念ながら、私は前回の調停で引責辞任しています。会社の立て直しに、私は適任者ではない。やはり外部から社長を招いて立て直す他はないのです。」

釟三郎もそれは分かっていた。和議調停を行って、社長がそのままと言うのは聞いた事がない。その為に松方は辞任したのだ。しかし、松方以外の取締役が誰も退陣しないことが不思議だった。

「川崎造船所さんなら人材も豊富でしょう。それに外部の人に依頼するにしても、適任者はいるでしょう。」

「平生さん、先回りをしないでください。」

松方はソファーから立ち上がり、大きく頭を下げた。

「お願いです。どうか平生さんのお力で川崎造船所を立て直してください。今一番頼れるのは平生さんしかいません。あの和議調停の手際の良さは、誰にもまねはできません。どうかご受諾ください。十万人の従業員のために。これは十万人の従業員の願いなのです。」

「弱い所を突いてきますね。役員の人たちの願いと言われたら、知らぬ振りを決め込んだのに。十万人の従業員と言われると辛いなぁ。」

釟三郎は十月に甲南高等学校の校長に就任する予定である。

「分かりました。お受けしましょう。二年間、二年で目途を立てたいと思います。調停委員の時に感じていた改革を実践したら、私は身を引くようにします。」

昭和八年三月、釟三郎の姿が川崎造船所の役員室にあった。

新社長として承認を受けた後、しばらくは事前活動に時間を割き、役員に示す条件を作成した。そして役員室に出向いたのだった。

釟三郎は自らが断行する施策を成功させるために、金融機関の後ろ盾を確立した。それは今後日本銀行を主に、日本銀行が指定する金融機関のみと川崎造船所は取引するものである。

これまではそれぞれの役員によって、勝手に銀行との取引を成立させていた。自分に都合のいい銀行を選び、私利私欲に走っていたのだ。その事は調停委員会での調停案策定に支障をきたした。

釟三郎は銀行との関係を社長に一本化し、参入のために役員に取り入ろうとする金融機関を排除することにした。そして銀行との関係を親密にすることで、社内での発言権を強固にする狙いがあった。

人事に対する決定権は、釟三郎と創業家の川崎芳熊に一任するとした。昭和二年に経営が行き詰まって社長が退陣した時、そのまま残っている役員を一掃する狙いがあった。本来、社長の退陣と同様に責任を取るべき役員たちだった。この残った役員たちは、金融機関と共に和議調停の妨げになったこともあり、釟三郎にとっては信用できる相手ではなかった。

釟三郎が役員室の席に着き、最初に切り出したのは経営陣の刷新であった。現業部門の一部取締役を除き、すべてを入れ替えたのである。そして新しい役員として、甲南病院設立に協力してくれた鋳谷正輔を抜擢した。釟三郎は後任社長として、彼に後を託したいと考えていたのだった。

組織的にも問題を抱えており、それが川崎造船所の利益獲得に弊害をもたらしていた。組織改革は、無駄をなくすための予算制度や内部監査制度の強化を目的として実施した。

そして釟三郎にとっては最もつらい決議が残った。労働者に対しての人件費削減という問題である。

不退転の決意で釟三郎は労働者たちの待つ会議室に向かった。

「諸君、今日は労使交渉ではない。この死に体となった川崎造船所を立て直すために、皆さんと話し合おうと思います。」

「我々の首を切る相談ですか。」

「必要とあれば、それも考えます。」

会場がざわめいた。労働者たちは会社が和議調停を始めることで、今まである川崎造船所が無くなると考えていた。閉山の決まった炭鉱で働く炭鉱夫のように、出口の見えない交渉に参加している気持ちだった。

「もう、俺たちの居場所はここにはないと言う事ですか。」

最前列に座る男が声を掛けた。労働者たちのリーダーのようである。

「あなたは？」

「私は労働組合の代表を務めている加藤と言います。賀川さんからあなたの事は伺っています。」

釟三郎も、賀川から加藤秀樹という人物は頭の切れる男だと聞いている。労働者を守るために自分を犠牲にできる、それだけに誠心誠意話を進めるなら、彼は必ず良い味方になってくれるだろうと話していた。

「そうならない方法はないかと討議をしているのです。現在の負債を考えると、いつ消滅してもおかしくない会社です。何もしなければハゲワシのような債権者たちに、骨の髄まで食い散らかされます。」

そう言って、釟三郎はもう一度会場内を見渡した。

「そうなってからでは何もできません。今何ができるのか、何をしなければいけないかをみんなで考えましょう。」

「それは前の経営者たちが食い散らかしたために、今の状態に陥ったのでしょう。責任はその経営陣にある。我々にその責任を転嫁することは認められない。」

加藤が責任の所在を突いてくる。正論である。釟三郎も同感であった。釟三郎は心の中で喜んでいた。

「おっしゃる通り。最も責任を取るべきは会社を暗礁に乗り上げさせた首脳陣です。本来役員はこの場に立ち、皆さんに頭を下げるべきだ。しかし、それはできなくなりました。」

「なぜです？ここで土下座すべきだ。」

「彼らはすでに川崎造船所を追い出されました。今の状態を起こした責めを負ったのです。」

「平生さん。いや、平生社長が追い出してくれたのですか。」

加藤は嬉しそうに聞いた。

「そうなります。」

会場はしばらくざわついた。

「それでも、新しい重役が高給を取ってふんぞり返るのだろう。それなら今までと変わらないだろう。」

後ろの席から男が立ち上がって言った。

すると加藤が立ち上がって、その男に向かって手を挙げた。

「待ちなさい。平生社長は無給です。交通費や宿泊を伴う出張には、我々と同程度の手当ては出るが、報酬は一切受け取っていない。新しい役員たちも今までの高額な手当ては支払われていない。この事はすでに私も確認している。」

その言葉に会場は静まり返った。

「加藤さん、ありがとう。」

「私も事前の調査には力を注ぎます。どんな理不尽なことにも目を背けることはしません。」

釟三郎は小さく頷いてほほ笑んだ。

「さて、役員には身を切る努力をしていただきました。次に労働者諸氏に負担を強いることになります。」

「やはり首切りか。結局は誰がやっても、しわ寄せは俺たちにくるのだ。」

「そうです、誰がやっても人員削減は避けては通れません。現在のままでは会社を維持するために半数以上の方が解雇となってしまいます。現在の受注量から算出した結果です。」

加藤は席に座ったまま腕組みをしている。本来なら組合と意見調整を実施した後に発表するものである。その加藤を見ながら釟三郎は言葉を続けた。

「事前に組合と議論を重ねることですが、今回の事は密室で話すのではなく、みなさんに聞いていただきたくて話しました。」

「分かりました。今の会社再建に賭ける平生社長の意気込みを感じ取ることができました。しかし具体的な話は組合と交渉していただけますか。今ここでこれ以上の議論は、先には進まないでしょう。後日、お互いに再建案を持ち寄り話し合いましょう。」

「加藤さん、それではよろしくお願いします。」

それからの毎日は、釟三郎にとって会社の規模を縮小するのか、分割していくつかの会社とすべきかと考えていた。それでも、時間の許す限り大企業に出向き、造船の営業を繰り返していた。

加藤たち組合との折衝で人員削減は三二六〇人とし、現在の八時間労働は三十分の延長で合意した。人員削減の対象は、高齢職人で家族に川崎造船所の労働者の息子がいる者を選んだ。

丁度その頃満州事変を境にして、軍需の増大を背景に、重工業を取り巻く環境が急速に好転し始めていた。その波に乗り川崎造船所の経営も、予想以上の速さで回復していくこととなった。

****

「川崎造船所って大きな会社なのね。」

「川崎財閥というのもすごいよ。松方幸次郎のお父さんは第四代と第六代の内閣総理大臣だった松方正義だし、阪神タイガースの初代オーナーは弟の松方正雄。」

「二代目が甲南病院の発起人だった小曽根貞吉だね。」

「飯村と御蔵さんは阪神ファンだったね。さすが良く知っている。」

「ちなみに今のオーナーは藤原崇起さん。」

そう言って御蔵はトラッキーのボールペンを差し出した。

「ははは、さすがだ。ところで休業に追い込まれた十五銀行の頭取は松方巌だ。松方幸次郎のお兄さんだよ。」

「そうなんだ。」

「松方コレクションの展示会に行った時、そこで買った画集の後半に、川崎造船所の事が書いてあったよ。取ってくるね。」

そう言って佐由美は二階に駆け上って行った。

「佐由美さんは絵が好きだね。展示会があると大阪でも姫路でも、どこでも一人で行ってしまう。すごいわ。」

松方幸次郎は川崎造船所が隆盛を誇った第一次世界大戦時に、日本における本格的な西洋美術館を建設するために、ヨーロッパ各地で絵画、彫刻、そして日本から流出した浮世絵などを買い求めた。いわゆる松方コレクションである。西洋美術の一部は国立西洋美術館の母体となっている。また浮世絵は東京国立博物館に所蔵されている。

佐由美が階段を響かせながら降りてきた。

「これ。この画集に載っているよ。」

画集を受け取った築山がページをめくっていく。

「すごいなぁ、これを個人で集めたなんて。家具もあるよ。ルイ一六世の椅子だって。細かい刺繍が入っている。」

「それより、ここを見て。」

佐由美は画集を取り上げ、後ろの方をめくった。

「川崎正蔵も美術品集めをしていたのね。神戸市立博物館の元を作っていたのよ。最初は川崎美術館と呼んでいる。」

「川崎造船所に絡んだ人が二人も美術品収集に力を入れていたんだ。」

「美術品なら嘉納治兵衛が作った白鶴美術館がありますよ。東洋美術品を収めていますよ。仏教美術品や中国の青銅器、銀器陶磁器などが保管されているのです。」

前田コーチが話し始めた。

「香雪美術館は、朝日新聞の村山龍平が収集していた刀剣武具や仏教美術、茶道具が展示されています。」

「いろいろあるのね。実業家の作った美術館って。」

「さらに、倉敷の大原美術館はご存知ですね。住吉村に住んでいた大原孫三郎さんの収集した美術品です。倉敷紡績の社長で近代西洋絵画をたくさん展示しています。京都の野村美術館は野村証券を作った野村徳七の収集品を展示しています。茶器や能に造詣が深く、その関係のものや日本画が多く所蔵されているのですね。野村さんも住吉村の住人だったのですよ。」

その時佐野が首をひねりながら言った。

「川崎造船所の美術品収集は本当に個人の趣味だったのかな?ちょっと趣味の域を超えて、規模が大きすぎると思う。松方コレクションや大原美術館は西洋画が大半だよね。購入する資金は莫大なものだったと思う。国内の美術品なら茶器にしろ、浮世絵にしろ相場は分かっていたと思うけど、西洋画は相手の言いなりになるのじゃないかな。」

「どういう事?」

「想像の世界だけど、国家ぐるみの外国美術品収集じゃないのかと思っただけ。国力誇示のために。」

「飛躍しすぎだよ。」

佐由美が笑いながら手を横に振った。そして話題を変えるように飯村が真剣な顔で行った。

「それより平生釟三郎はよく川崎造船所の社長を引き受けたと思う。新聞でも毎日のように川崎造船所の問題を取り上げていたはずだし、容易なこととは思えなかったはずだよね。第一次世界大戦の時に船を増産して、ストックしてあった船が売れなくなったのだろう。在庫は船だよ。絶対につぶれると思うよ。」

飯村は首をひねりながら、これまでの教育者としての平生釟三郎の姿が変わっていくのを感じていた。

「そうよね、造船ドックはストックの船で一杯なはずだし、身動きが取れない。」

「でも引き受けてしまった。何か勝算がないと受けることなんてできないと思うよ。」

「うん。軍国主義に走る日本のおかげだと思う。川崎造船所は軍部の後ろ盾があったから立ち直ったとすると、平生釟三郎は軍部とも繋がりを持っていたのじゃないかな。」

「軍部の影を想像しているのだな。飯村は。」

「資料を見ると、和議調停を始めた頃に師団長の寺内寿一や、後宮淳参謀長と知り合っている。寺内寿一は後の広田内閣で陸軍大臣を務める人だ。この頃から付き合いが始まっているのかな。」

ノートに書きだした年表を見ながら、佐由美がその部分を読み上げた、

「金融機関との調停もだけど、組合との話し合いも順調すぎる。軍部の介入があったはずだ。軍部の圧力で押し切った部分も。」

「軍の協力があって平生釟三郎は成功したという事なの？」

嫌なものを見たような顔をして、御蔵は顔を伏せた。

「軍部にとって川崎造船所は軍事機密の最たるものだよ。軍部が介入しないはずがないよ。」

「和議調停の時にもその事を知っていて、調停委員に参加したかもしれないな。軍部にとってもつぶせない会社だし。川崎造船所や三菱造船が無くなると、戦争なんかできないよ。」

「この時、平生釟三郎の思想に変化が生まれたと思うよ。」

「そうね。調停が成立した次の年、平生釟三郎は軍人内閣を求めて、その時の陸軍大臣だった荒木貞夫に接触したと資料に書いていた。」

築山が付箋の付けられたページを開いて喋った。

「五・一五事件の後だね。」

「当時の実業家にとって軍部との繋がりは、多かれ少なかれないとやっていけない。現実に戦争によって利益を上げるためには、実業家は軍部との繋がりを持とうとしたと思うよ。」

「佐野はそれで絵画の買いあさりを国の指示と考えたのか。軍の命令で民間人である松方幸次郎に白羽の矢が立った。」

「あり得るね。」

「ドイツから潜水艦の図面を手に入れるのが目的だったという話を聞いた事があるよ。有名な絵画と交換に。」

「わー、なんか生臭い話。」

「でも、ここからの平生釟三郎は政治に身を置いていく。」

【ブラジルとの友好の架け橋】

釟三郎は川崎造船所が軌道に乗っていくのを感じ、自らの使命が終わったことを悟った。労働者のために医療施設を完備させ、給食制度の確立も順調に進んでいる。そして、企業内の労働者に向けた学校が出来たことにより、釟三郎の思いはすべて完了したのだった。

後任の鋳谷正輔への引き継ぎも終わっている。あとはすべてを任せて身を引くだけだった。

そんな時に、外務大臣だった広田弘毅から、訪伯経済使節団の団長を依頼された。広田は後に首相となるが、その時には釟三郎を文部大臣に指名している。

この時、釟三郎は海外移住組合連合会の理事長を務めていた。

その頃日本では、食べることに困る人が多くいた。生活が苦しく、また維新後の武士階級には商売や農業になじめないで、職場を求めて海外への移民を望む人たちもいた。

そして移民先に選んだのはブラジルだった。

明治二十一年にブラジルでは奴隷が解放され、ブラジルは労働力を求めて移民誘致を始めていた。

しかし昭和五年、ジェトゥリオ・ヴァルガスの革命により成立した新政府下で大恐慌が起こり、ブラジル国内で大量の失業者が生まれた。職を求める群衆の間にナショナリズムが起こり、国民の間では外国人排斥の声が高まった。その為、ブラジル政府は外国人移民の制限を発表したのだ。ただ、この時は日本人移民に対しては免除された。

だが昭和六年の満州事変以降、日本の行動に対する反感が生まれた。そして昭和八年には日本の軍部が、ブラジル行きの移民を満州に振り替えようとしているとして、親日派のブラジル人を落胆させ、排日派からはブラジルに移民を送り込むのは侵略的意図があると叫ばれた。

ブラジルの新憲法は人種による移民制限が提出された。そして移民は二パーセントに制限されたのだった。二分制限法の成立である。

日本政府は二分制限法の成立に対して、それまでの日本にはブラジルとの間に学術、芸術、スポーツ、宗教、そして経済等を通じた民間外交がなかったことに気付いた。

そこで、政府はブラジルとの親善と貿易促進を目的に、日本商工会議所から訪伯経済使節団を派遣することとなったのだ。

「平生さん、はじめてお目にかかります。外務大臣をやっている広田弘毅と言います。」

「平生です。私ごとき者に大役のご指名いただき恐悦至極です。」

「お願いするには、海外移住組合連合会の理事長をされている平生さん以外には考えられませんでした。事情も一番理解しておられる。」

広田はそう言って釟三郎を見た。

「今、日系移民の人たちが苦境に立たされています。地元民との間にも軋轢が生まれ、道を歩いていても石を投げられる事もある。」

「そんなに緊迫した状態なのですか。」

「昭和九年に排日派のミゲル・コート教授が提案した二分制限法によって、移民の制限がされています。しかしブラジル人は、日系移民によって仕事を奪われ、自分たちが困窮しているのは日本人のためだと考えているのです。」

ブラジル移民政策は、明治二十八年に日伯修好通商航海条約が調印され、明治四十年に皇国植民会社とサンパウロ州農務局の間で日本人移民の導入契約が調印されたことに始まる。

そして明治四十一年、ブラジルのコーヒー農園には金のなる木がある、そう信じた七百八十一人の日本人が、神戸港から笠戸丸に乗船してブラジルに向かったのが始まりである。

「明治四十一年といえば私が神戸に移住した頃です。庭から笠戸丸の出港を見送っていたかもしれないですね。」

「何かの縁かもしれませんね。」

「東京海上火災保険にいる時、一度ブラジルを訪れています。その時、日本の過剰人口をどうすべきかを考えました。狭い日本に比べブラジルは広大です。そこに日本人の移住は可能だと思いました。」

「なるほど。今は明治維新の頃に比べ、倍近くの人口となっています。平生さんは現地法人とも繋がりを持っていらっしゃるのでしたね。私が説明をするのは釈迦に説法だ。失礼しました。」

「いえいえ。でもただ移民を送るだけでなく、国家が経済的な支援を行うべきですね。用地を国が購入し、入植移民の活動を応援する。小作人としてではなく、地主として農業に従事するのです。」

「コーヒー園で働く日本人は、奴隷のような扱いを受けているとも聞いています。その人たちに自分の土地を用意すれば、生活環境を向上させることも可能だ。でも、ブラジル人からは侵略ととられないかな。」

「だから対話が重要になるのです。」

すでに自ら土地を購入して、綿の栽培を始めた日本人も多くいた。過酷なコーヒー農園から逃げ出した移民たちは、資金を出し合って共同の農地を取得し、日系農業組合として日伯産業組合を設立している。

「日伯経済使節団の団長を受けさせていただきます。そこで今回の使節団は民間外交の使節としてください。ブラジル側に日本の実業家が日伯通商に重きを置いていることを知ってもらいます。また、使節団には実業界を代表する人物が必要です。特に紡績界の人がいいです。そして貿易に関する取り決めの約束を一任してほしいのです。」

釟三郎には観音林倶楽部のメンバーが頭に浮かんでいた。

「貿易に関する条約締結の全権をゆだねると言う事ですか。」

広田は腕を組んで考え込んだ。条約締結の全権を民間使節団に委ねることなど前例がない。条約内容によっては国家を存亡の危機に陥れることになるのだ。

「貿易の不均衡はブラジル側に不満を抱かせてしまう。ブラジルとの国際交流は経済関係がないと基盤がぜい弱です。移民関係だけでは成り立ちません。」

釟三郎は黙っている広田に対して熱く語った。国際貿易の基本はお互いの国が豊かになることだ。どちらかの国だけが利益を得る取引は破たんをきたすことになる。

「二分制限法に対してはブラジル国内の内政問題ですから、我々が抗議するわけにはいきません。でも交流を親密にすることで、移民問題を解決することはできます。親善の第一歩は、何を買うかの調査とその選択が大事だと考えます。」

広田は黙って釟三郎の話を聞いていた。植民地を持つ諸外国は、その国を搾取することで自国を潤す政策を取っている。

しばらく広田は釟三郎の目を見つめていた。

「平生さんのご意見、了解しました。すべてをお任せします。あなたは国益に反することはしないでしょう。そして相手国に対しても十分に配慮される方だ。よろしくお願いします。」

二人は立ち上がって握手をした。

昭和十年、ブラジル経済使節団団長として、釟三郎はブラジルを訪問することとなった。四月八日に出港し、リオについたのは五月十六日である。

訪伯経済使節団には大日本紡績連合会代表で東洋紡績役員の関桂三を副団長とし、日本綿花同業会代表で伊藤忠商事専務の伊藤竹之助。大阪商船取締役の渥美育郎。三井物産と三菱商事から岩井尊人と奥野勁が選ばれた。そして事務長として元領事の山崎荘重、団医に大阪帝国大学医学部の山口寿が同行した。ほとんどが観音林倶楽部での旧知の仲間だった。その為渡伯までの間、毎日のように観音林倶楽部で話し合いが持たれた。

この団員構成は、新しい綿花の輸入元を探る指示を、国から受けていたためだった。

この頃、綿花の輸入先はアメリカが圧倒的に多かった。しかし、日米関係は日を追うごとに悪化の一途をたどっている。その為に日本は、アメリカ以外の綿花輸入国を開拓する必要があった。

ブラジルに到着したその日、釟三郎は早速使節団の皆に各地の調査を命じた。移民の生活状況や日本との交易が可能な農作物などについても調べられた。

綿花の輸入については前年日本綿織物振興会の代表が、すでに研究を始めていたが、日伯経済使節団によって、日本移民の栽培する綿花の買い付けと輸入の道が開かれようとしていた。

「関さん、ブラジルの綿花はいかがでしたか？」

調査を終えて戻ってきた関に、釟三郎は一番気に係ることを聞いた。

部屋には調査から戻ったみんなが顔を揃えていた。テーブルにはブラジル産のコーヒーが並べられている。

「平生団長、綿花の増産や品質の改良に労働者たちは努力していますよ。かなり頑張っているようです。」

「輸入対象として認められると言う事ですか。」

関は首を少し傾けて唸った。テーブルに置かれたコーヒーを手に取り、口元に運ぶと心地よい香りが漂っている。

「まだ国際商品としては摘採、選別、格付け、繰綿のやり方に問題があります。いろんな面で改善の余地がたくさんありますね。」

「だめだと言う事ですか。」

釖三郎は落胆の表情を浮かべた。

それを見て関は少しおかしかった。同じ表情を浮かべた綿農家の代表を思い出したのだった。

「ははは。平生団長。関係者の人たちもがっくりしていました。でも、私が起案したブラジル綿花の輸出体制についての意見書を渡してきました。十数項目ですが、ブラジル政府高官も熱心に目を通していましたよ。」

「前向きだと言う事ですね。それはいい。」

「ただ、今年の輸入はあまりお勧めできない。しかし来年か遅くとも再来年には、国際水準の商品ができると思います。」

関は嬉しそうに説明した。

「それにしても、ここに来る途中に立ち寄ったアメリカでの記者会見で言われた事、痛快でした。日本が綿花を五千万ドル輸入しているのに、それに対してアメリカは綿布を百万か二百万ドル増えたことに対して排斥運動がおこるとは何事だ。日本は対米輸入過剰国である。かかる不当な政策を続けるのであれば、自衛上バーター貿易をする国として選ばなければならない。あれは良かった。記者連中が驚いていましたよ。」

関が釖三郎の口真似をして笑った。

「それでニューヨークの総領事が広田外務大臣に、アメリカに対する報復措置として、米綿花輸入をブラジルに切り替えてはどうか。と伝えていますね。」

山崎元領事が話した。釟三郎は考えている以上に綿花の輸入問題が急務だと思った。

「関さん、差し当たり本年度にいくらかの輸入はできないですか。実績として。伊藤さんいかがですか。」

「当初は品質のいいものだけを選別して輸入するのはいいと思います。ブラジル側もいいものなら売れるという思いを感じることでしょう。貿易を始めるという前提で付き合うことで、生産国側の生産意欲を高めると思います。」

「私も賛成です。輸入に際してブラジル側に生産地である山奥から港までの運送路を整備し、港までの運送を改善してもらいます。我々は航路を短縮してコストを下げる工夫をします。」

「渥美さんは、もう輸送手段を考えてくれているのですね。」

「重要なのは奥地からの道路網です。もっと道路を整備しないと、埃だらけの道を運んでは商品を傷めることになる。必ずこれをブラジル政府に実行していただきたい。」

釟三郎は綿花輸入についての道筋が付いたことを確信した。

農産物はコーヒー栽培が主流のブラジルに対して、コーヒーを飲む習慣のない日本は、日系人が栽培する綿花は格好の輸入品となる。これにより日系人を保護すると共に、ブラジルに対して製品の輸出が容易になるのだった。

日本がブラジルと対等な貿易国となることを釟三郎は喜んだ。工業国の日本と農業国のブラジルがその間で物資交換が行われないはずがない。

「我々はこのブラジルという国と、うまく付き合っていかなければならないのです。その為には移民政策の改善、経済関係と貿易拡大、そして相互理解を推進し、交流を深めなければなりません。その為の第一歩が今開かれたように思います。明日からの調査では、それを頭において行動してください。」

みんなはその言葉に頷いた。

次の日、釟三郎はブラジル拓殖組合を訪れた。

昭和三年設立のブラジル拓殖組合は、海外移住地建設や自営開拓農民推進のために、昭和二年に作られた海外移住組合連合会の現地社会法人である。

海外移住組合連合会は設立後まもなく経営が行き詰まり、移民希望者も激減したことから、釟三郎に再建の依頼が来たのだ。

釟三郎は受諾にあたって、現地法人のブラジル拓殖組合の最高責任者に宮坂國人を指名した。

宮坂國人は、拾芳会門下生である。

「宮坂君、ご苦労さま。頑張っていますね。」

「平生先生、よくお越しいただきました。リオ中央放送局のラジオ演説、拝聴しました。入植されている方たちも、手を叩いて喜んだと言っていますよ。」

「連合会の買い上げた植民地に、多くの人が入植しているようですね。おかげで綿花の買い付けもうまくいきそうです。」

「良かったです。現地からも連絡が来ています。働き甲斐が出てきたとみんな大喜びです。我々は入植者の満足を得ることが一番ですから。」

宮坂は嬉しそうに話した。

「しかし、皆さんはかなり苦労されているようですね。」

「シェトリオ・ヴァルカス政権ですか。世界大恐慌でブラジルも多くの失業者を出しています。その為に外国人排斥が浸透していったのです。日本人に対する風当たりも強くなりました。でも日本人に対する制限はされませんでした。」

「ヴァルカス大統領とはアルゼンチンに訪問される時にお会いできました。その他の政府要人とも会談出来たことはよかった。」

「さすが平生先生だ。我々現地にいる者にとって、今の政権がどう考えているのか不安で仕方がないです。今年サンパウロの教育庁が学校を視察した際に、日本人児童のポルトガル語の習得状況が不満だと言って、日本語学校を閉鎖しようと考えているようです。」

釟三郎はその言葉に腕を組んで考え込んでしまった。

「ブラジルの人に日本という国を、もっと理解してもらわなければだめですね。日本に一度来てもらうのがいいかもしれない。近いうちにブラジルからの経済使節団を派遣して貰うように交渉してみる。」

「お願いします。日系人がブラジル人と仲良くできることが、一番重要なのです。」

帰国後の共同報告書に、釟三郎はブラジル経済使節団訪日の要望を織り込んだ。この要望は両国間で採用され、翌年ブラジル経済使節団が国賓として来日することとなったのだ。

通商協議を行う傍ら、ブラジル経済使節団は日本国内を見て回った。各地の名所、文化施設、そして軍事機密である軍艦造船所にも案内されたことはブラジル経済使節団を驚かせ、信頼関係を感じさせることとなった。この出来事は両国の新聞が連日報道した。

ブラジル経済使節団は日本の近代化工業力に驚くと共に、高潔な精神と高い文化水準に目を見張った。連日の報道にブラジル国民の理解も深まっていった。

新聞には東京の風景を伝えるコラムが載せられている。時間通りに来る電車や、労働者階級においても知的で礼儀正しいことを褒め称えていた。

その後本格的な文化交流が始まり、ブラジルにおいて日本に対する関心が高まった。リオ州のブラジル小学校では日本を紹介する授業まで取り入れられていた。

これによって、ブラジル経済使節団は日本が近代工業国であり、日本商品は良質で廉価であることを理解した。そして綿花の消費国として輸出に適していることを認識したのだった。

そして通商協議においては、昭和十一年以降日本の輸入が急増することとなった。また日本製品も三倍の輸出が可能となったのだ。

釟三郎が望んだとおり、ブラジル経済使節団は両国間の信頼関係を構築する役割を担った。

そして排日運動のリーダーだったアルバート・トレース氏の長女エロイザが、日本外務省文化使節としてブラジルを訪れた鳥居龍蔵博士に対し、ブラジル考古学会での講演を斡旋し便宜を払っていた。

この時、日本人排斥問題は終わったと考えられる。

****

「この頃から平生釟三郎は神戸の人でなくなっちゃうね。」

築山が寂しそうに呟いた。築山の手にはこれまでの調査結果が書き込まれた佐由美のノートが握られていた。

「甲南の名前が平生釟三郎の代名詞だったのに、いつの間にか政府の平生釟三郎だ。なんか遠くなってしまったよ。」

御蔵の声も沈んでいる。

「第三期は自己の事業より離れて他人のために尽力する時代か。」

「大阪や神戸を舞台に働いている時は、まだ社会で働く時代だったわけだ。だから思い切り豹変した姿を見せてくれるのだと思う。」

言い切るように飯村が言った。移民の推移を書いたグラフが机に広げられた。大正九年まで大農園に雇われる小作人として、ブラジルに渡っていた事が分かる。

「訪伯経済使節団のメンバーはほとんどが観音林倶楽部から選ばれているのです。」

そう言って訪伯経済使節団のリストを前田は広げた。

「やはり平生釟三郎も、一番気心の知れたメンバーを選んだのでしょうね。意志の疎通を重視していたのだと思う。」

「少人数でブラジルの視察をこなすのだから、事前の打合せも観音林倶楽部で練られていたのか。」

「いつも顔を合わせる仲間だから出来たことでしょうね。東京や名古屋の人をメンバーに選ぶと、打合せのたびに大事になるよ。」

「移民の事、広田から言われるまでに、平生釟三郎はかなりのめり込んでいる。海外移住組合連合会に請われた時、信頼できる宮坂をブラジルに送り込んだのは、これからもっと関係すると考えていたのだろうね。」

佐野は年譜を広げて、釟三郎がヨーロッパからの帰りに、ブラジルに渡った事を思い浮かべてみた。大正十二年の事である。この時、ブラジルでは移民規制法が施行された。

「平生釟三郎にとっては、用意周到なブラジル渡伯だったということか。」

「観音林倶楽部に繊維関係の専門家が多くいたことも幸いしている。もし鉄鋼関係の人ばかりなら、ブラジルから鉱物資源の輸入を考えたかな。」

「東京海上火災保険の時にブラジルに渡って、まだ植民地に入植できていない人や小作人として働いている移民を見たかもしれない。学校も病院もない奴隷同然の生活者に対して、平生釟三郎は何とかしたかったのだろう。」

「学校と病院か。平生釟三郎はきっと考えると思う。」

「でも国内と違って、ブラジルに作るのはどうすればいいか分からないよね。法律も分からない。学校法人の扱いも日本とは違うだろうから、きっと悩んだでしょうね。」

「そのために宮坂國人を送りこんだのかもしれないな。」

「宮坂國人は平生釟三郎が思う以上に、植民地内の設備を整えている。ブラジル拓殖組合は拓殖地開拓運営事業に加えて、商業部や銀行、鉱業部、綿花部技術部などの事業部を新設している。銀行部門はその後日系銀行として南米銀行になっているよ。」

「宮坂國人が平生釟三郎に銀行設立を相談した時、〝銀行は社会性を帯びた経済機関である。失敗した時には社会に対して大変な損失を与えることになる。その認識と覚悟があるなら進めてよい。〟と言われたようだ。」

「それでも宮坂國人は設立したのか。」

「訪伯経済使節団の六人では何もできないと思う。その意味で、宮坂國人とその組織の活躍が大きかったでしょうね。それこそ日系人のネットワークのようなものが。だからヴァルカス首相の動きが分かって会見できたのだろう。」

「いろんな情報を集めることは移民者にとっては重要だからね。死活問題につながる。」

「スパイ映画だね。」

工藤が銃を撃つマネをした。

「メリケン波止場に日本移民の碑があるよ。」

「知っている。でも意識したことはなかった。笠戸丸が出港したことを記念しているけど。今日移民の事を調べるまでは何も考えなかったよ。」

「移民の人たちって、何を思って船に乗ったのかなぁ。新天地に希望を持っていたかなぁ。」

「維新の時に会津とか幕府に味方した藩の武士は、北海道に流されてしまう。その時の心境と同じじゃないかな。稲田藩のお登勢の話。故郷を追われて行くのだよ。」

飯村が悲しそうな顔をして言った。

「寺田屋のお登勢の事なの。」

「違うよ。船山馨の小説。淡路の稲田藩で起きた庚午事変の話で、徳島の蜂須賀家による策略で、お登勢たちは北海道に流されるのだ。淡路を後にして和歌山沖を行く、稲田藩の侍たちを思ってしまった。」

「私も読んだよ。淡路島が徳島から切り離されて、兵庫に帰属するきっかけになった事件を書いていた。ほとんどが北海道開拓の話だけど、そのきっかけになった話だね。明治三年だから平生釟三郎は五歳くらいか。」

「中川さんは本当に読書家だね。いろんなジャンルを読んでいるよ。徳島藩は佐幕派だったけど、蜂須賀家の客分だった稲田藩は尊皇派についていたのだ。客分ということで虐げられていたが、官軍が勝ったことで、徳島から独立して稲田藩が立藩できると考えていた。」

「浅葱色の着物しか、稲田藩士は着ることを許されなかった。かなり虐げられていたようね。でも小説には書かれていないけど、稲田藩の祖先は淡路に流された天皇家と繋がっていると聞いたよ。

だから蜂須賀家も客分として迎え入れられていた。白河という名前だったかな?あまり覚えていないけど。」

「そうか、中川さんの祖先は淡路の出だと言っていたね。」

「昔は実家に坂本龍馬の書付もあったと、おばあちゃんが話していた。」

嬉しそうに佐由美は胸を張った。

「話を戻すと、稲田藩の行動に怒った徳島藩の一部過激派分子が、稲田藩の屋敷を襲い屋敷を焼き討ちにした。二十五棟が焼かれ数十人の死傷者を出し、三百人余りが投獄されたが稲田藩は一切無抵抗だった。」

「新政府が稲田藩を助けてくれると思っていたのでしょうね。」

「ところがまだ政情不安な頃であり、幕府軍に味方した藩を簡単に罰することができなかった。そこで新政府から下された処分は、徳島藩の一部過激派武士が起こした事件として、首謀者に対して切腹を言い渡した。日本法制史上、最後の切腹だ。」

「切腹した蓮花寺は徳島市住吉だって。」

「住吉繋がりか。その他二十七人が八丈島に終身流刑、八十数名が禁固刑となった。徳島藩の取り潰しはなかったが、淡路島はこの時兵庫県に編入された。そして稲田藩は、北海道の静内と色丹島の配地を与えるという名目で、移民開拓を命じられた。荒野の広がる北の大地へと旅立った姿が、僕にはブラジル移民の人たちと少しダブったよ。」

「悲しいな。故郷を追われて行くのか。」

「でもブラジルへの移民は、本当に希望を抱いて旅立った人もたくさんいたと思う。」

みんなの顔には複雑な感情が浮かんでいた。


【政治に身を置く】


昭和十一年二月、陸軍皇道派の青年将校二十二名が、兵士千四百名と共に起こした二・二六事件。二十九日に反乱軍は鎮圧されたが、これによって岡田啓介内閣は倒れ、軍部の統制派が実権を握ることとなった。

釟三郎は二・二六事件の原因よりも、無知純真な青年将校を煽りクーデターまがいの軍事政権の樹立を図った、陸軍皇道派の真崎新三郎に対して怒りを覚えていた。

岡田啓介の後を引き継ぐ内閣候補は、なかなかなり手が見つからなかった。そんな中、背広組である文官の広田弘毅に指名がかかった。

閣僚人事に取り掛かる広田に対し、軍部は様々な圧力をかけ、組閣の人選に干渉を加えてきた。当時の陸軍大臣、海軍大臣は軍人であることが決められている。組閣が気に入らなければ、それぞれの大臣を出さないと言う。すべてが軍の言いなりとなるのだ。

そんな状態の中、広田内閣は船出することになった。

広田内閣は軍部の圧力に抗しきれず、六月には帝国国防方針による陸海軍拡大計画を認め、八月には陸軍の大陸進出と海軍の南方進出が承認されることとなる。そして、十一月には日独防共協定が締結された。

軍属支配の閣僚の中で、兼任となっている文部大臣の就任依頼が釟三郎に回ってきた。広田にとって釟三郎は、日伯経済使節団の団長を依頼した仲である。当初、経済人としての実績のある釟三郎に商工大臣を要請したのだが、釟三郎はこれを固辞して文部大臣なら受けると快諾した。

三月九日に組閣が発表されてから、遅れて釟三郎は三月二十五日に文部大臣として入閣することになった。当時としては珍しい民間の経済出身者の登用である。

「無理を言って済まない。外務大臣には吉田茂さんを予定したのだが、米国と繋がりがあると言って反対されました。他にも下村宏さんや川崎卓吉さんなど、誰を入れても軍部は反対する。川崎造船所は海軍にとって重要な企業だけに、平生さんなら認めるだろうと考えました。」

「いや広田さんの心中お察しします。私でよければ手伝わせてもらいます。この局面を打ち破らなければ。」

「感謝します。平生さんは去年、貴族院議員の勅任を受けておられますね。人物としても申し分ないと考えます。」

「はい、政友会の床次さんや民政党の川崎卓吉さん、町田忠治さんや岡田啓介内閣の推薦をいただきました。これで帝国議会においても発言機会を得ました。正論を口にする機会を得たのです。これは正義のために天から賜った奉公と考えています。」

「軍部の方とはお付き合いがあるのですか？あなたを入閣させたいと言ったら、誰も反対しないですんなり認めたのです。少し不思議な気がしたものですから。」

首を傾げる広田に対し、釟三郎は川崎造船所での軍部との繋がりを細かく説明した。

「はい。川崎造船所の和議申し立てをする時、大阪の第四師団長の寺内寿一さんや、後宮淳参謀長と話す機会がありました。軍需産業の側面を持つ川崎造船所は、陸海軍との結びつきも大きいのです。潰すことのできない会社だけに関心も大きく、側面からも協力してもらいました。」

「なるほど、それはいいですね。心強い。この内閣においても陸軍大臣は寺内寿一さんが指名されます。」

「私は、民政党時代は軍縮促進会を組織して、軍縮運動を支持していました。でも、満州事変後は軍事的占領も必要かと考えるようになりました。」

「軍縮支持派だとお聞きしていました。」

「しかし、自由通商ができないのであれば、資源の少ない日本は領土拡張政策を実施しなければ破たんします。現在の日本を取り巻く環境を考えると、どこに活路を見つけるのかは難しい問題です。侵略戦争は否定したいが経済人として考える時、満州事変は肯定してしまうのです。」

広田は黙って聞いていた。釟三郎の話を聞きながら、日本の進む道はどこにあるのか思案していた。軍縮を叫んで日本のためになるか？軍部の言いなりとなって政治は守られるのか？

目を閉じた広田は、腕を組んで考え込んでしまった。

陸軍に対して物申せる剛腕の持ち主として、広田は釟三郎を評価していたのだ。

目を開けた広田は、気持ちを切り替えるように釟三郎に笑いかけた。

「平生さん、文部大臣を希望されましたが、何かやりたいことがあったのですか。教育者としての平生さんには。」

「はい。これは以前から考えていた事です。義務教育を二年延長したいと思います。六年では短い。まだ幼い年齢の子供たちが、本当の学問に触れるためには八年は必要だと思います。ぜひ、議会で審議していただきたいと思っています。」

「そうですか。教育制度の改革ですね。私も賛成です。早速草案を作っていただき次の議会で審議しましょう。」

釟三郎は草案をまとめ、議会に教育制度の改革案として提出した。

「小学校の六年間だけを教育機関とするのは、幼い子供たちに本当の学問を覚えさせるには短すぎる。最低あと二年の義務教育を受けさせるべきである。諸外国の教育水準に遅れを取ってしまう。」

釟三郎の説明を聞こうともせず、寺内陸軍大臣が口を挟んだ。

「何を言っておる。戦地では一刻も早く若い兵隊を欲している。小学校を卒業した後は、軍隊で教育を実施する。健全な体を作るのは我々に任せてもらおう。」

「軍事教練の事か。毎日走らせて、確かに体は健康になり、たくましい青年に育つだろう。しかし、知識が備わらなければ、人としての成長はない。だから二・二六事件が起きるのだ。」

「兵士は上官の命令に従えばいいのだ。口答えをする兵士がいると、戦争には勝てない。」

「教育は兵士を育てるものではない。人を育てるのだ。諸外国に負けない人材を育てることが富国強兵の第一歩である。これを怠る国に未来はない。先進国に負けてしまう。幸い我が国には儒教の教えをみんなが持っている。親を敬い、師を尊び、年長者を大切にする。こんな考えが根底にある国はどこにもない。この事は大切にすべきであろう。その上に知識を植え付けることが大切である。如何か？」

「優秀な人材を作るために幼年学校がある。」

「その特殊な学校も廃止すべきだ。陸軍大臣を輩出している学校だからといって、それは一部の人間だけの学校である。すべての国民に平等に学ばせる必要がある。その為に義務教育が必要と思わないのか？教育を受けさせることで、それまで気付かなかった優秀な人材を見つけることができる。ひいては新しい武器を考案する者が出るかもしれない。寺内陸軍大臣はそれを損失とは思わないのか？戦争に勝つための貴方の大切な責務であろう。」

そこまで言って釟三郎は広田首相を見た。

前日首相との会談で、国策決定組織の五相会議に対し、軍の専制体制に抵抗する商工相、鉄道相、農林相、文部相からなる民生四相会議の結成構想を持ち掛けたが、広田首相は軍部の圧力に屈し実現することはなかった。五相会議とは首相、陸軍相、海軍相、大蔵相、外務相である。

軍部に弱腰と思われがちな広田首相への、釟三郎なりのエールだったのかもしれない。当時は政治家や財界人の暗殺が横行している時代だった。

そして義務教育を六年から八年に延長する法案は、反対する閣僚を押し切って通過することになった。

しかし、閣議では教育問題と引き換えに、軍事予算を前年の三倍とし、戦艦大和の建設着工を認めることとなる。

広田が心を砕いたのは軍部との関わりだった。内閣は何もやらないとのそしりを受けながら、自分が軍と対峙する事で、より好戦的な内閣が成立することを押さえていた。軍事政権が誕生することを危惧していたのだ。彼は軍の考える様々な政策の実施を引き延ばす事が使命と考えていた。しかし、軍の横暴は国家予算の半分近くを軍事費として要求するまでになっていた。

釟三郎の文部大臣としての課題には、東京高等商業学校の学位請求論文にまつわる紛争問題と帝国美術院の改組織問題が、岡田内閣からの引き継ぎとしてあった。

東京高等商業学校は釟三郎の母校である。その東京高等商業学校が、明治四十一年に文部省との間に起こした紛争事件に端を発している。申酉事件と呼ばれる学校騒動である。

東京高等商業学校は大学への昇格を目指して専攻部を設置したが、これに対して文部省は東京帝国大学法科大学に経済・商業二学科を新設し、東京高等商業学校の専攻部を吸収する方針を打ち出したのだ。それは東京高等商業学校の大学昇格を否定するものだった。学生たちは反発し、総退学の意志を表明するに至った。この時は渋沢栄一が調停に乗り出したことで、文部省側が折れることとなり、東京高等商業学校の大学への昇格への道が開かれたのだった。そして専攻部の設立と共に、修業年限の延長や卒業生への商業学士が授与されることになった。これが学位請求論文にまつわる紛争問題である。

しかし、東京高等商業学校が東京商大昇格後、再び文部省と対立することになる。昭和六年、文部省は文教費削減のため大蔵省の主張に基づいて、単科大学に予科は不要であり、専門学校があるなら専門部も不要であると通達した。これに対して教授、学生、同窓会組織の如水会が一致団結して抗議行動を行ったのだった。学生たちは一ツ橋校舎に籠城し、街頭デモを繰り返した。後に籠城事件と呼ばれる。

釟三郎はこの問題に対し、大学自体の自治を尊重し学長の解決策を承認。文部省はこの問題に関与しないと伝えた。これにより政府は商大予科および専門部の廃止を取りやめることとなった。

一方、帝国美術院の改組織問題は、明治時代に国内美術界に多大な影響を与えた文展だったが、審査員任命方法や受賞に際しての批判があり、また政府の美術に対する行政として、美術展覧会のみを開催することに不満の声が高くなった。そして昭和十年に前文部大臣である松田源治の指示で、在野の美術団体の代表を組み込んだ、美術家たちによる全員体制を目指したのだった。

しかしこの改革にも不満が起こり、釟三郎によって再度の改組が行われることとなった。

釟三郎は、官営の展示会を廃止し、新たに無監査展示会と有監査展示会に分けた。無監査展示会は帝国美術院が主催し、監査を必要としない技術を有する者に制作発表の機会を与える招待展示会とした。有監査展示会は新人の登竜門として、審査委員を帝国美術院会員と無監査展示会の招待者に委託する。これにより大御所作家には帝国美術院、既成作家には現代美術館、そして新人には文部省展示会と分けるようになった。そして昭和十二年には、芸術全般に関わる重要事項の審議やそれに伴う事業を行うために、文部大臣に意見陳述が可能な芸術専門機関として帝国芸術院が設立された。

一年後広田内閣は、陸軍の突き上げによって閣内不一致として総辞職を表明した。

昭和十二年一月、議会で寺内寿一と議員の浜田国松が言い争いとなった。言った、言ってはいない、の言い争いから、責任を取って腹を切れという割腹問答となった。

寺内は衆議院の解散を、声を荒げて叫びながら広田に詰め寄った。

その時広田は閣内不一致総辞職と一言言って目を閉じた。

場内は静まり返り、寺内も口を開けたまま広田を見つめた。

広田は控室に戻り、ソファーに腰を下ろした。その後から釟三郎が入ってきた。他の閣僚はまだ議会場に残っているのだろう。

「広田さん、お疲れさまでした。支えきれなかったこと、申し訳なく思っています。できる限り矢面に立とうと考えていたのですが。」

「何を言われる。平生さんがどれ程体を張ってくれたか。十二分に感じ取っていますよ。寺内陸相とあそこまで渡り合ってくれたことは、本当に感謝しています。」

「寺内さんとは旧知の間柄だったので、他の人に比べて意見が言いやすかっただけです。」

「でも寺内陸相の後ろには軍隊が隠れていた。いや、陰ではない。表に出てきていたな。このご時世、政財界の目障りな者に対して軍の若者が血気にはやることもあった。そんな中でよく頑張ってくれました。本当にありがとう。」

そう言って広田は、腰を浮かしながら頭を下げた。

「平生さんの望んでいた義務教育期間の延長は、議会を通過したのに実現できなかった。残念でなりません。しかし、軍部の予算請求を審議未了で先延ばしに出来たことは何よりです。」

「義務教育の延長はすぐに復活しますよ。世界に対抗できる国を作るために必要です。必ず実現します。」

そう言って釟三郎は微笑んだ。それを見て広田も笑った。

「それでも地方財政調整交付金制度や、電力の安定供給のための発電事業国営化、それに母子保護法の法案化が可決出来たことはよかったですよ。それに軍人だけだった勲章を文人にも付与する、文化勲章の進言はよかった。」

「ただ、ドイツと日独防共協定を締結したのは残念です。」

当時、アメリカの露骨な東洋圧迫が日本を苦境に立たせており、残された道はドイツとの協定だったかもしれない。

「ところで、平生さんは面白い考えをお持ちですね。漢字廃止論ですか。どこかの雑誌で拝見しましたよ。」

「漢字の弊害が欧米との格差を生んでいると感じたのですよ。アルファベットを覚えるだけで読み書きができる欧米の子供は、日本の子供より語学にかける時間が少なくて済む。漢字を覚えるのにどれほど時間を割かなければいけないか、と言う事なのです。」

「確かに難解な漢字が多い。小学生にそれほどの漢字を詰め込む必要があるのかは疑問ですね。」

「それに地名や人の名前についても、同じ漢字から様々な読み方が派生しています。神戸と書いても多様な読み方があります。こうべ、かんべ。」

「なるほど。すべてを表音文字にすれば、読み間違いも無くなる。」

「漢字が無くなれば子供たちも学習時間が短縮され、他の授業に集中できるのです。表意文字は今や日本と中国ぐらいでしょう。」

そう言って釩三郎は笑った。


【エピローグ】


「平生釩三郎は漢字廃止論を口にしていたのか。」

「文学に生きた長谷川が聞いたらどう思うだろう。俳句や短歌のような雅な文学が消えるかな。掛け言葉はもうなくなるな。」

「でも地名は読みにくいものがたくさんあるね。特に大阪や奈良。」

「十三《じゅうそう》や青木《おおぎ》、放出《はなてん》も。」

「太秦《うずまさ》や祝園《ほうその》。」

「東京の人に板宿《いたやど》を見せると、いたじゅくって呼んでいたよ。」

「確かに読みにくい。でも北海道は漢字を表音文字としてつけられた名前が多いよ。意味を考えると読めないけれど。アイヌ語に漢字を当てはめただけだから読める。倶知安《くっちゃん》や音威子府《おといねっぷ》なんかだね。」

「でも、カタカナが並んだ文章って電文みたいで読みにくいよ。意味も分からなくて意思が伝わらないと思う。」

「今のパソコン時代なら変換の必要もないかな。アルファベットだけなら昔のタイプライターで用が足りそうだ。いろはだけのキーボードがあれば済んじゃう。」

「漢字を覚えるのは、確かに大変だった。だからクイズ番組で漢字の読みが問題になるのだ。」

「どんな外来語でも当て字があるから驚くね。」

「それにしても平生釟三郎の印象がすごく変わってしまったよ。軍隊と繋がっていたなんて。嫌だなぁ。」

みんなの前には満州事変以降の資料が積み上げられていた。歴代内閣の一覧表が開かれ、釟三郎の年表と重ねられている。

「五・一五事件で犬養毅が殺された時、平生釟三郎は政治経済の混乱は軍が収集すべきだと、当時の荒木貞夫陸軍大臣に接触している。その時に軍人内閣を作ればいいと進言している。」

「軍人に国の進路を決めさせるのか。本当に軍国主義者になったのだろうか？考えたくないな。」

佐野が口を尖らせていった。

「平生釟三郎の考えの中に、理想の君主による専制君主国家があった。その指導者像を東条英機に見出していたかもしれない。」

「理想の君主ってなんだ？矛盾を作らない人なんていないよ。神様ならともかく人間では無理だよ。だから合議制は必要なのだと思う。」

「戦時下において官民一体の国家を作るには、企業家が公益優先の体制を作らなければならない。その為に強力な指導者を求めたのだと思う。」

「どんな名君でもすべての人を見ることはできないよ。一人一人の不満を見抜けない。その為に手足となる人が必要になる。その人が私利私欲に走る人だと、名君を利用しておかしな道に進んでしまう。」

「私は憲兵という組織が嫌だな。国民を守る軍隊が国民を監視するなんておかしいよ。」

「平家の赤袴の稚児だな。」

「政治と軍事が乖離した二重政府状態は日本のためにならないと考えていたのだろうね。それなら軍人が政治を掌握すれば解消できると。」

「飯村君は、平生釟三郎が戦争肯定していたと思うの？」

御蔵が真顔になって飯村に聞いた。

「分からない。本人から聞いてみたいと思うけど。」

「あんなに子供や若者の事を考えていた人だよ。」

「同時に日本の事を考えていた。日本の将来をどうするべきか、そのかじ取りをだれに託すのがいいのか。文官と武官の意見が合わずに、意地を張り合う政治がこの国を救うとは考えられなかった。」

「経済人としての平生釟三郎は、戦争を是と考えていたということはあるのかな?」

佐野も首をひねりながら言った。

「いや、軍事産業で軍部から利益を得ようとは考えていないと思う。世界との平等な貿易だと思う。仁川での平生釟三郎を見ると、そう思えるよ。」

「それなら否定していたと言う事?戦争反対よね。」

佐由美は飯村が同意するのを期待した。

飯村はその言葉に腕を組んで考え込んだ。

「佐野はどう思う?」

「平生釟三郎は、日本をまとめる指導者が欲しかった。いつの時代にも国をまとめる英雄がいたと思う。織田信長やナポレオンもそうだ。国を一つにまとめ上げた統率力だよ。人民の心をまとめ上げた指導力。」

「佐野のバスケット部も統率力のある選手が、みんなを引っ張っていくから一糸乱れぬ攻撃ができるのだろう。ばらばらに攻撃するチームが強いわけがない。」

「平生釟三郎は強い指導者を求めたのか。」

「平生釟三郎が大政翼賛会総務や翼賛政治会顧問になったのも、東条英機を首相にするための支援を行うためだったそうだよ。」

日中戦争が泥沼化する頃、昭和十五年に近衛文麿を中心とする新体制運動が起こって、翼賛体制は解散することとなった。そして第二次近衛内閣が成立する時に大政翼賛会の形となる。

「広田内閣が倒れた後、平生釟三郎は陸軍省の事務嘱託になっている。軍部との繋がりがどこまでも続くのだ。その後も北京などに経済協議会で出かけているけど、これも軍からの依頼だろうね。」

「太平洋戦争は昭和十六年に始まって昭和二十年に終戦だけど、平生釟三郎は終戦の年に亡くなっている。八月に終戦を迎えその三か月後の十一月に永眠するのだけど、なぜ亡くなったのかな。病気か？それとも・・・。」

「飯村君、変な想像しているでしょ。終戦直後、東京裁判で多くの政治家や軍人が裁かれる時だから。」

「本当に平生釟三郎に会って、この時代の思いを聞きたい。きっとすごい葛藤の中で過ごしたと思う。ここにある資料からは読み解けない苦悩も。」

みんなはしばらく黙ってしまった。

何を調べると言う事もなく、山積みとなったになった資料を手に取り、ページをめくっていく。

腰を下ろしているみんなの周りにも、資料が散乱していた。開かれたパソコンの画面には東京裁判のページが映し出されていた。

みんなの意見をまとめたノートを見ながら、佐由美が口を開いた。

「本当は何が目的だったのかなぁ。間違いなく道半ばだよね。」

「世界経済だと思う。自由貿易を確立したかった。占領下であっても、その国とブロック間相互の通商自由貿易を進めようとして、北京や韓国に行ったと思うよ。」

「実業家、経済人としての理想の国の形を追い求めていたのだろう。」

みんなは疲れたというように、大きく息を吐いた。

「平生さんは世界に目を向けると同時に、住吉村にも深い愛着を持っていたのです。それは先ほど話した住吉村振興論の先を見据えた考えでした。」

前田は釟三郎が住吉村に対して、どれほど思い入れを持っていたかを話し始めた。

住吉村振興論で独立した村の自治を提唱し、独自に上水施設を完備することが可能な自治体であり、その中で教育や医療を完備させた。経済面では那須と共に生活協同組合を作り、豊かな生活水準を維持することができた。資金的にも恵まれた住吉村は、他の自治体と比べても引けはとらない。むしろ住吉村が一番理想的な集落であると考えていた。

「しかし、敗戦後は住吉村も借金経営に陥ったのです。その為に神戸市との合併問題が再び浮上しました。」

「合併って、どちらから提案したのですか?神戸市ですか?それとも住吉村ですか?神戸市には敗戦後進駐軍が来ていますよ。そんな自治体と合併を望んだのかなあ。」

「神戸市と合併する昭和二十五年には、進駐軍はもう撤退しているよ。朝鮮戦争が始まってそれどころでなくなっている。」

年表を見ながら佐野が言った。

「おばあちゃんが生まれるころだから、神戸は平静を取り戻していたと思うよ。」

「そうか。神戸も戦後の混乱から抜け出しているのか。」

「どちらから合併話を持ち掛けたかは、私は知らないのですが、平生さん達は神戸市と合併になった場合についても検討していました。村の財産をどのように扱うか、将来を見据えて最良の方法はどうするべきか。」

そう言って、前田はみんなを見廻した。

「村有財産は膨大な山林が主体です。所有者が不明になった土地が官有地となったことがありましたが、村の幹部たちが地主の証明である地券を探し出し、村有地としたこともありました。」

「執念ですね。」

「それでたとえ神戸市に編入されても、村有財産は旧村民の発展と福祉向上に活用するのが最適であると考えたのです。」

「なるほど。自分たちの財産を自分たちのために利用したい。分かる気がする。でも自治体が変わると村有財産は、そのまま次の自治体に移管されてしまいますよね。」

「そこで住吉村は、村有財産を住吉学園に移管することを考えたのです。法人組織に移すことで財産権が住吉村の自治から離れます。」

「住吉学園って、河内研太郎さんが奥さんの考えに沿って作った睦実践女学校でしょう。さっき話に出ていたよね。」

「そうです。睦実践女学校は二十年あまり運営されたのですが、経営不振に陥ったのです。それで住吉村に譲渡されることになります。住吉村は昭和十九年二月に、睦実践女学校の受け皿として財団法人住吉学園を設立します。住吉学園は住吉女子商業学校を開校し、学校運営事業にあたるのですが、昭和二十三年に住吉女子商業学校は廃校となります。それ以降不動産の資産運用を行う財団法人となっていきました。」

「学校法人ではなく財団法人だったのですね。それに住吉女子商業学校は実質四年間の経営だったのですか？」

不満そうに築山が呟いた。その言葉に腕を組んでいた工藤が、首を傾げながら口を開いた。

「戦時中だから生徒も集まらないし、終戦後はもっと人集めは困難だっただろうね。だから廃校もしかたなかったのかなぁ。」

「住吉学園の設立は、神戸市との合併を睨んだ周到な計画によるものだったのです。」

そう言って前田は数枚の資料をみんなの前に出した。そこには住吉学園の真の狙いと書かれていた。

「住吉村はかねてより、神戸市と合併になった時、村有財産をどのように扱うかを検討していたのは説明しましたが、主体が山林の不動産です。美術品や宝石などと違って隠蔽することは困難です。その為に様々な方法を考えました。住吉村村民のためにどうすれば有効に使えるのか。それを自由に利用するためにはどうすればいいのか。すべてを神戸市に没収されては困る。そこで村有地を法人の所有物に移管し、公有地はないものにしようと考えたのです。公有地は自治体が変わればその所有権も移ってしまう。法人所有ならその法人が所有権を持つことができる。」

前田は一息入れて資料に目をやった。

「住吉学園は、その後植林事業や文化事業を実施します。平成十三年には住吉歴史資料館を開館し、平成二十五年には住吉だんじり資料館を開館しました。今も御影や住吉地区には住吉学園所有地の借地が多くあります。」

「今の話を聞いて徳川埋蔵金伝説を思い出した。新政府に取られないように、勘定奉行だった小栗忠順が赤城山中に隠したという埋蔵金。幕府の将来を憂慮した大老の井伊直弼によって計画されたという。」

「聞いた事がある。テレビでも特集を組んでいたね。おばあちゃんとかじりついて見ていたよ。でも何も出て来なかったので、がっかりしたのを覚えている。」

「官軍には奪われたくなかったのだろうね。今でも存在が分からないのだから、かなり綿密な計画が施されていたのだろう。」

「埋蔵に際して中国兵法の八門遁甲が施されているといわれた。用意周到に隠蔽されたのだよ。本当に徳川埋蔵金があるとすると。大政奉還以前から隠密裏に進められたのだろうね。」

「平生釟三郎が絡んでいるとすれば、住吉村の村有財産移管は綿密な計画を練った作業だったと思う。」

「資料によると、住吉村村有財産の移管は、昭和十九年に始まり昭和二十二年までの間に合計四回行われている。住吉女子商業学校は隠れ蓑として使われたことは間違いないと思う。」

「平生釟三郎は、住吉女子商業学校が廃校になることを見越していたのか。でも、昭和二十年に亡くなるよ。亡くなる頃は東京に住んでいる。そんな計画をたてられるのかな？」

「前田さんの資料では、神戸市との合併に際して村の財産の取り置きに関する考え方を、平生釟三郎と村長三人との了解事項としていたと思われるとしている。」

「了解事項か。誰かの進言かな？」

「平生釟三郎の提案ではないのか？」

「でも、昭和二年に臨時調査委員になった時は、間違いなく合併反対の立場だった。それでも、もし合併するならというのは考えていたと思う。」

「財産を取られないように隠すというのは、昔の村で夜盗から村の食料を隠すために、地下に隠したことがあるね。ナチスドイツから美術品を守ったという映画を見たことがある。隠した人たちは英雄として描かれている。」

「ナチスから奪われた財宝を奪還する映画もあったよ。ミケランジェロ・プロジェクトだったかな。」

「ナチスや夜盗と同レベルに見られたら、神戸市の立場はないね。」

「住吉村振興論で武岡充忠も合併を否定していないし。終戦後の住吉村の復興を考えると、神戸市との合併は最良の選択になると思う。」

「戦後進駐軍、ＧＨＱによって財閥の解体や大企業に様々な圧力がかかったのだから、住吉村の高額納税者も大変だったのでしょう。そうすると住吉村の財政は、他の自治体以上に窮地に陥ったはずだよ。」

「財産として残るのは不動産だ。」

「美術工芸品は基本個人所蔵だから、ＧＨＱの要請がなければ個人が所有権を持つ。もし没収されてもいつかは個人に返却される。価値の下がった現金については、あの時代での財産的な価値は希薄だと思う。そうなると住吉村の財産として価値のあるものは、不動産と言う事になったはずだ。」

「確かに。前田さんの資料を見ても、村有財産を山林などの不動産についてだけ書いている。ただその敷地は膨大なものだったのでしょうね。」

「コーチは昔からの住吉の住人なのですか？」

工藤が前田に声を掛けた。

「私の実家は、昔は水車小屋を営んでいたようです。阿部元太郎さんが住宅開発をするより以前からの住人です。菜種油の精製などでかなり潤っていたと聞いていますよ。」

「凄い。それなら古くからの住吉村の住人だったのですね。」

「なるほど。住吉の古い話をよくご存知なわけですね。」

前田が広げた資料を見ながら、飯村は頷くように前田を見た。

「住吉村は大地主と多くの小作人で構成されていたのですよね。それなら村有地というよりも大地主の所有地が多かったのではないのですか？神戸市と合併するにしても、問題がなかったようにも思います。」

「多くは山林部分です。今では宅地開発で山の中腹まで宅地になっていますが、住吉村は林業も盛んだったのです。その人たちの生計を立てるための山林です。その山はすべて村有林と言う事になります。」

前田の示す地図には森林を示す記号で埋められている。

「資料には平生釟三郎が学校を作った時も、病院を作る時にも住吉村から土地の提供を受けていましたね。確かに住吉村には土地が多くあったのがわかります。」

「土地を所有するのは大変だよね。税金とか土地のメンテナンスに係る費用は膨大だと思うけど。」

「確かに。維持費はどうしていたのかなぁ。」

「借地料を充当していたのだろうね。」

「学校や病院は借地料を支払ったのかな。それなら維持費の捻出は可能だよね。」

「そうすると、敗戦で不景気になったとしても。実業家からの税収入が少なくなっても、住吉村の収入は確保できていたのじゃないかな。」

「大きな財産だね。」

「それなら、官有地にするより民地として残すのがいいと考えるよ。」

「さすが平生釟三郎だ。」

「となると、住吉村は頑張って独立していればよかったのにね。近隣の村を束ねて住吉市を作ればよかったと思う。」

「時代の流れと近代化は、住吉村が考えるより進んでいたのでしょう。上水道の整備や下水道、下水道事業は昭和二十六年からか。神戸市における自治体組織の近代化は、住吉村を含め近隣住民の生活に大きく影響してきている。そんな時代だ。」

神戸市の年表を見ながら佐野が言った。

「昭和二十二年には、六甲山の北側にある山田村や有馬町、有野町など十の町村が編入されて、神戸市は巨大化している。伊川谷や玉津も神戸市になっていく。」

「垂水ってもともとは明石だったのね。私、佐由美さんと同じ明石市民だった可能性があったのか。二人で同じ席に座って、成人式を明石市民会館で祝ってもらっていたのよね。」

「御蔵さんは明石の住人だね。僕の一番上の兄も明石の中学に行っていた。明石郡はよく独自の自治を守ったものだと思うよ。古い豪商も多く、酒蔵や醤油蔵があって豊かだったよ。」

「そうだ、佐野君のお兄さんは明石の付属中学だ。」

「そうだよ。今はもうなくなったけど、もともと女子師範学校の付属中学だった学校だよ。平成二十三年に閉校になったけどね。」

「佐野君は行かなかったの？」

「よく分からなかった。組織変更で中等部が住吉に移ったりしていたから。住吉だと通学も遠いし。中等部が住吉に行ったことで気持ちも離れてしまった。他人の学校のような気がして。」

それを聞いて前田が声を上げた。

「これは奇遇です。私も師範学校の付属中学出身です。ただし住吉の元男子師範学校ですが。よく様々なスポーツで明石中学と定期戦が行われました。」

「そうなのですか。明石中学はあまり強くなかったと兄は言っていました。でも、今は小学校までが明石にあり、中学からは住吉に移っているそうですね。兄も残念がっていました。なんとなく、今話している神戸市との合併問題と似ている気がします。兄の同窓生たちは、住吉に乗っ取られたような気持ちだと話していました。」

「そうですか。」

「兄たちの気持ちなんて考えてくれなかったのでしょうね。組織的にどう合理化するかを考えていたのでしょうから。」

そして呟くように佐野が言った。

「もし明石に付属中学があれば僕も行ったと思う。兄の事が好きだったから。それに祖父も付属中学だった。」

そう言って佐野は窓に目をやった。

「祖父は十八回生だと威張っていた。神戸大学教育学部付属明石中学校。長い名前だね、履歴書に書くのも大変だ。普通なら僕も同じ道を歩んだよ。本当に残念だと思っている。明石の同窓生たちは梯子を外されてもがいているようだった。兄の先輩たちが学校と話し合った時、学校側から今ある同窓会はこれから設立される中等部とは無関係であると宣言されたそうだよ。すごく悔しがっていた。同窓生の意見など聞かぬと取り付く島もなかったと、同窓会の総会で報告があったそうだ。」

「お兄さんたち、可哀想。」

「どの学年の卒業生も頻繁にクラス会や同期会を開いているよ。まるで消えてしまった学校を惜しむように開かれて、忘れ去られて行く校歌を大声で歌うそうだ。ひと学年の人数が少ないから、結束もしていた。」

「ダムに沈んだ小学校を懐かしんでいるのと同じだね。」

「ダムは必要。でも、それで思い出を水の底に沈められてしまう人の感情を、忘れてはだめだね。」

「その意味で明石市の神戸市との合併には、市民の意見が反映されているね。」

「明石と神戸の合併問題が起こり、昭和三十年に住民による投票が行われ、合併は白紙撤回されているのだから。私もおばあちゃんから聞いた事があるよ。昭和の大合併とか言われていた。」

「前田先輩。住吉村の村民の意志はどうだったのですか。」

「村議会の話し合いで決めて行ったと思います。一般の住民はあまり合併の事を考えていなかった。」

前田はぼそっと言った。

みんなは一瞬顔を見合わせた。

「村議会は選挙で選ばれたのですか。」

「この頃は、高額納税者の中で選ばれていたのじゃなかったかな。」

「そうなのですね。」

みんなはしばらく黙った。

「神戸市には昭和二十三年に神戸市警察局と消防局が発足しているのだけど、それまでの駐在とは違う組織だよね。住吉村では睦学園が出来た時に、駐在さんが名前を連ねていたけど。GHQが指導して近代化している。」

「昭和五年には神戸市営バスが運行を開始して、市民の生活水準は飛躍的に発展したのだから、住吉村にとっては魅力的なインフラ整備が進んでいたのだろうね。」

「平生釟三郎が存命の頃は、自分たちで交通機関も整備しようと考えてもおかしくないよ。ロンドンで市民の足となっている二階建てバスを見ているだろうから。」

「やはり戦後の復興期は、住吉村にとって大きな転換期になったと思う。平生釟三郎の死もあるが、歴代の住吉村村長の決断も見事だったのでしょうね。」

「そして時代の流れは合併に流れて行ったのね。」

「いろんな紆余曲折はあったと思うけど、巨大都市神戸市の一部となった。お金を出さなくても、神戸市の予算でインフラなどの整備もできたのだから、住吉村としては最良の合併が出来たと思う。」

「裏で赤い舌を出してほくそ笑んでいたかもしれないね。」

「そうすると明石市は苦労したのかなぁ。可哀想。」

「これで東灘区が生まれた。」

「どうして東灘区という区名称になったのかなぁ。普通に考えると東区だよ。灘の東なんて付け足しに感じる。」

「いろんな嫌がらせもあったかもしれないね。でもお登勢の世界とは違うよ。スムーズに合併は行われたのではないかな。特に資料もないし。」

「ねえ、平生釟三郎は甲南大学設立にどんな役割をはたしたのかなあ。」

「忘れていた。私たちの大学との関わりはどうなのだろう。あまり大学設立の時に平生釟三郎の名前は出て来ないな。」

ノートを持ち上げながら、佐由美が呟いた。

「甲南大学は教育制度の改革で、その流れに乗って創設されたのだろうと思う。その制度の中で七年制の甲南高等学校の尋常科が甲南中等学校になり、今の甲南高等学校に名前を変えた。そして高等科が甲南大学になったのだ。それが昭和二十六年だね。創設に係る苦労はなかったと思うよ。」

少し体を仰け反らせながら飯村が言った。

「昭和二十年十一月に亡くなった平生釟三郎は大学の開校を見ることがなかった。それに晩年は政治家だったと思うけど。」

「でも文部大臣を辞任して、その一か月後に甲南高等学校の校長になっている。内閣に入る前も校長だった。時々抜けるけど昭和十九年まで甲南高校校長を務めている。」

反論するように佐由美が言った

「教育制度の改革には、当然校長として関わっているはずだよ。でも、幼稚園や小学校の時のような障害はなく、流れに沿って生まれたのだよ。七年制の高等学校を作った時には大学の構想を持っていたから、平生釟三郎もニコニコしながら推移を見守っていただろうね。」

「平生釟三郎の役目は、七年制の甲南高等学校設立で道筋は完了していたのか。」

「昭和二十年に軽井沢に疎開するまで神戸の住人だよね。」

「当然、大学設立の先頭に立っていたでしょうね。」

「それに阪神大水害の時、大連から平生釟三郎は急いで戻っている。七月十三日だから、被害が出て一週間後には神戸にいたことになるよ。学校や神戸の事が好きだったから、急いで戻ったのかもしれない。」

「〝常ニ備ヘヨ〟の石碑が大学にもあるね。」

「大学の石碑は阪神淡路大震災の時に建立されたんだ。阪神大水害の時は甲南小学校にある石碑だよ。」

阪神大水害は、昭和十三年七月三日から五日までの三日間で、神戸や阪神間の河川を決壊させた豪雨である。三日間に降った雨は四〇〇ミリを超え、年間降水量の三分の一に相当するものだった。神戸海洋気象台では四六一・八ミリを記録している。

六甲山の南斜面は急峻な地形であり、濁流は一気に海へと流れ出し、芦屋川や住吉川、石屋川などの河川流域で決壊が相次ぎ、建物への浸水や土石流による土砂災害が人々を襲った。

交通や通信網も寸断され、橋梁の損失は一三〇橋に及んだ。都市機能が完全にマヒしたのだ。

死者・行方不明者は七一五人。流失した家屋は五七三二家屋あり浸水家屋は一〇九三七〇戸あった。

江戸時代から経済活動が活発だった地域のため、六甲山の森林は建材や燃料として利用されていたことから、当時ははげ山となっていた。

神戸の自然災害としては、阪神淡路大震災と並び語り継がれる大災害であった。

「昭和十三年は関東でも集中豪雨で各地の河川が決壊して、甚大な被害が出たようだ。那珂川や桜川、利根川、江戸川。印旛沼が決壊している。ひと月後の七月末には東海地方や四国にも集中豪雨が発生して、那賀川が決壊している。」

「異常気象か。」

「明日、みんなで石碑を見に行こうよ。平生釟三郎の気持ちになれるかもしれない。」

部屋の外は少し暗くなっている。時計の針は六時を回っていた。

扉が開いて良枝が入ってきた。お盆の上にはカレーライスが乗っている。

「佐由美さん、手伝って。皆さん虫押さえに食べてください。」

「おばあちゃんありがとう。お腹が空いてきたところだった。」

「ごちそうになります。ありがとうございます。」

「前に寄せてもらった時も、私はごちそうになったのよ。おばあさんのカレー、私大好き。」

そう言ってみんなは机に広げられた資料を片付け始めた。

佐由美のノートは、もう半分以上書き込まれている。

「みんな。今日はこれくらいにしましょう。かなりまとまったよ。」

佐由美がカレーライスを配りながら言った。

「骨子は出来た。あとは肉付けだ。でもまだ知らない資料が出てくると思うから、加筆していかないと。」

満足そうに佐野がノートを眺めている。

「そうだね。次の機会だけど、もっと平生釟三郎の心の中を掘り下げたい。阪神大水害の時にどんなことを思っていたのか。それに、昭和十七年に甲南高等学校で出陣学徒の壮行会が挙行された時の感情も。」

飯村はもっと釟三郎の内面を掘り下げたいと思った。激動の時代となった晩年。平穏な時代とは違う、教育者としての葛藤があったと思う。神戸では教育者、大阪では経済人、そして東京では政治家の顔を見せていた。

どの部分を掘り下げるかで、平生釟三郎は様々な顔を見せる。

それだけに、見る方向を変えると、英雄も悪人になってしまう。

飯村はその事が頭の中で渦巻いていた。

「私は二人の奥さんをなくした時の感情の起伏を知りたい。今日はあまり話題にならないで流してしまったよね。人間平生釟三郎の部分。」

「そうね。佐由美さんの言う通り、あまり感情の変化を話し合わなかった。」

「それなら平生釟三郎がうつ病になった時の事も、もっと掘り下げたいな。うつ病を発症するきっかけや、病気で苦しんでいる姿もまとめてみたい。」

「佐由美さんや工藤の意見は次回の課題だね。」

「皆さん、今日一日でとても大きくなったみたいですね。少し顔が変わって見えますよ。」

良枝が嬉しそうに、ほほ笑みながらみんなを見た。

「私も、阪神大水害の話は小さい頃に母から聞きましたよ。そして谷崎潤一郎の細雪を読んで、水害から逃げる姉妹たちの姿が心に残りましたよ。皆さんもぜひ読んでみてくださいね。」

「おばあちゃん、私も読んでみる。」

「私は、また連絡橋に落ちた壺を思い出した。」

「高浜さんが死んじゃう濁流だね。」

「平生釟三郎の石碑をみんなで見るのは価値がありそうだ。これまで調べた平生釟三郎の最後の足跡だ。次の年に長野に疎開しているから、神戸での最後の記録になるのかな。」

「記念碑。〝常ニ備ヘヨ〟か。」

「明日、石碑の前でどんな気持ちになるのか。」

「平生釟三郎の功績は、まだまだたくさんあると思います。私達もその精神を学もっと学びたいですね。」

前田がまとめるように言った。

「人生三分論ってとても素敵です。自己の教育、社会での基礎の設立、社会奉仕。私たちは最後の社会奉仕を忘れてしまいがち。」

「僕らはまだ若いよ。自己の教育に励まないと。」

「でも年老いた時に社会奉仕に生きられたらいいな。」

「そうですね。一番大事なのは社会奉仕ですね。今学んでいることを人のために生かす。それが生きる事だと思います。」

「おばあちゃんが行っている神戸市シルバーカレッジも、再び学んで他のために、だったね。」

そう言って佐由美は良枝を見た。良枝は嬉しそうにほほ笑んだ。


次の日、六人の学生たちは甲南小学校に建つ石碑の前にあった。

水害当時に流されてきた巨石を並べ、その上に置かれた石には、〝常ニ備ヘヨ〟の言葉が刻まれている。

建立は昭和十八年七月である。

「阪神大水害が起きてから五年後だね。」

「解説文に〝堅牢ナル校舎ヲ再築茲ニ復興記念ノ碑ヲ建テ将来ノ萬全ヲ期スト云ウ〟。」

刻まれた文字をなぞりながら、佐野が声を上げて読んだ。

「潰れた小学校の校舎を復興した時に建立したのね。より強固な建物として立て替えたことを記念している。」

「土石流が発生して、大きな石が住吉川を埋めてしまったのね。それで両岸とも決壊して小学校を洪水が襲ったそうだよ。」

「平生釟三郎が大連から戻ってその光景を目にした時、災害にも負けない建物を建てなければ、子供たちを守れないと考えた。」

「だから常ニ備ヘヨなのか。」

「武庫郡と呼ばれたこの付近で死者・行方不明が四十六人と資料に乗っていた。子供もいたのかなぁ。」

そう言って御蔵は石碑に手を合わせた。それを見てみんなも手を合わせて頭を下げた。

「この言葉は自然災害に対して言ったのだろうか。平生釟三郎の意図は他にもあったのじゃないかな。」

飯村は手を合わせたまま、もう一度石碑を見上げた。

「どういう事？」

「この石碑は阪神大水害を記録する碑ではないよね。兵庫区の楠谷にある流石の碑や住吉村が建立した禍福無門の碑、水害記念の碑も水害の翌年に建てられている。」

「碑文の作成に時間がかかるだろうけど、次の年には復興の願いを込めて建てられただろうね。」

「ところが、建立されたのが小学校の再建された時だよ。」

「再建を記念したのじゃないの。」

「それなら未来に希望を感じさせる碑文じゃないかな。新たな第一歩とか、未来に羽ばたく学び舎なんか。常ニ備ヘヨは再建を祝したものではないよ。」

「それじゃ何なの？私は素直にそのままの意味で受け取ったけど。」

佐由美はいぶかしんで飯村を見つめた。

「僕はこの頃の社会情勢が関係していないかと思った。軍司令部から派遣されて大連に行き、阪神大水害が起きている。その二年前には寺内寿一の経済顧問になって日中戦争を経験した。阪神大水害の二年後には太平洋戦争に遭遇する。激動の時代の内情に接していたと思うよ。」

「私も佐由美さんが言ったように、自然災害に日ごろから備えなければいけないという教訓にとったよ。」

築山と佐由美は顔を見合わせてうなずき合った。

「そうか。六甲山がはげ山になったのは、燃料として伐採されたからか。軍事産業の造船所などで。」

ふと気づいたように工藤が言った。

「当時、この阪神大水害はあまり報道されなかった。それは政治的圧力、いや軍部の統制下にあったと思う。軍部としては、諸外国に被災を知られて弱体と思われたくなかった。阪神大水害を大連にいた平生釟三郎はいち早く知ることが出来たのも不思議だけど。」

「あの〝常ニ備ヘヨ〟は、山の木々を伐採したことの警鐘なの。」

「いつ災害が起きるか分からないから、気を付けなさいと言っていると思ったのだけど。」

「それなら碑文は〝災害に油断するな〟でいい。平生釟三郎は思慮深い人だったと思う。あの碑文にはもっと深い意味が込められていると思う。」

「〝常ニ備ヘヨ〟か。若者よ身体を鍛えておけ、なんてことはないね。」

御蔵のその言葉にみんなは顔を見合わせた。

「いやだ、冗談ですよ。」

みんなはしばらく黙り込んだ。

石碑の裏側では二羽の山鳩が木の芽をついばんでいる。時折学生たちに目をやり、ククックククッと鳴いて羽音を響かせている。

「今、いろんな所で群発地震が起きている。南海地震もあるとテレビで言っていた。現在の〃常ニ備ヘヨ〃って何かな。」

「自治体レベルのハザードマップはかなり細かく作られている。避難先も明確だね。」

「あとは個人の備えか。」

「備蓄。」

「三日分の食事や日常品の予備の保管。」

「それが〃常ニ備ヘヨ〃かなぁ。」

「建物の補強や、水害に備えた土嚢作り。」

飯村はみんなの意見をしばらく聞いていた。そして石碑を触りながら話し始めた。

「災害の備えというのは、どれだけ準備しても完璧なんてありえないよ。やっぱり平生釟三郎の言う〃常ニ備ヘヨ〃は、心づもりの事を言っていると思うよ。そうすると、どんな心づもりを求めていたのか考えてしまう。」

石碑から手を放し、みんなの顔を見た。

「御蔵の言った、身体を鍛えておくというのは一番当たっているのかもしれない。」

「何のために？」

「脆弱な体では震災に立ち向かえないから。どんな苦境に立っても、それを跳ね返す体力を備えないと。」

みんなの声は少し小さくなっていた。

「終戦の一年前。食べ物に事欠く時代だ。」

「日本中が戦争に疲弊している。」

みんなは避けていた心の中を見つめ始めた。


その時、いつから立っていたのか一人の紳士が声を掛けてきた。

ステッキを手にしているが、背筋はピンと伸びてセンス良くスーツを着こなしていた。白髪に丸い眼鏡をかけてニコニコと笑いかけてくる。

「皆さんは甲南大学の学生さんですか。この碑文からいろいろ考えられましたね。大変いいことだと思います。この碑文に込められた思いをくみ取ろうとするから、石碑を残した意味が生まれます。」

「貴方はどなたですか？」

「もう八十歳の通りすがりのおじいさんですよ。」

「八十歳には見えません。お若いです。」

「ははは、ありがとう。」

そう言って老人は石碑に目をやった。

「この碑文は様々な意味を含んでいますよ。六甲山の麓に多くの植林が始められて、緑豊かな山になったことも、河川の護岸や砂防ダムの整備も。あの水害から学んだことはたくさんありました。災害に備えるための工夫が至る所で実施されたのです。」

「本格的に植林が計画されましたね。土砂崩壊防備保安林と土砂流失防備保安林。二一一〇ヘクタールの範囲です。この前資料を見ました。」

「六甲山の地質は花崗岩が多く崩れやすい。その為に崩れた花崗岩が河川に流れ込んで、洪水が起きる。」

「皆さんよく勉強されていますね。六甲山の地質についてはあの阪神大水害より以前から分かっていました。それなのになかなか進まなかった、治水工事に対して警鐘を鳴らしたのが、あの碑文の一つの意味です。」

老人は笑いながら、学生たちの顔を一人一人眺めていた。みんなの顔はそれから？というように老人を見つめている。

「そして阪神大水害が発生した時、人々の逃げ惑う姿がこの碑文の二つ目の意味です。常に何かが起きた時にどうすればいいか？どこに避難するべきか？そして数日生き延びるための備えはどうするべきか？みなさんの会話から、その事は読み取られたことを感じました。」

「はい。私たちも碑文から想像しました。でも、私たちは平生釟三郎という人を研究しているのですが、この碑文にはもっと深いものを感じたのです。もっと深い考えを持っていたのではないかと話し合っていました。」

「そうですか。平生さんの本心を知りたいのですね。何を考えてこの碑文を選んだのか。」

「そうです。いろんな資料の書き写しではなく、何を考えていたのか。特に政治家となった平生釟三郎と教育者の姿が、僕にはうまく結びつきません。軍部との繋がりには違和感を覚えるのです。」

「なるほど。でも、平生さんの考え方は一貫しています。その事を頭において考えてください。学生時代を終えて仁川に赴く時から、世界に誇れる日本人であってほしい、その為には日本人の倫理観が大切だと言う事です。」

「確かに関税事務所では、相手が日本人であっても不正は許さなかった。それに英語学校では韓国の子供も受け入れて、平等の態度を崩していないですね。」

「ただ西欧諸国と比べると、体力差は歴然としている。それが相手の威圧感に押されて、弱腰になってしまった。対等な貿易をするためには、国力を高め相手国が認める国を作らなければいけない。国が強ければ相手の言いなりになって、不平等な条約や契約を結ぶこともなくなる。」

老人は鋭い目でみんなを見つめた。

「彼は、植民地化や、相手国を属国にすることは望んでいません。共存共栄が大前提で、お互いの国が貿易によって潤う事を願っていたのです。欧米諸国は相手国を力で抑え込み、利益を搾取する政策が主流の時代にです。」

「ブラジルとうまく協定を結べたのも、平生釟三郎がお互いの国の利益を共有するために動いていたね。武力ではなく、相手の国を尊敬して認めた上で交渉している。当時の欧米諸国なら軍隊を派遣していたかもしれないと思う。」

「平生さんは、対等な立場を大切にしたかったのです。それは幼いころから持っていた卑怯なふるまいを嫌う思いからです。力ずくで弱い者をねじ伏せるのは武士のすることではない。」

「平生釟三郎が幼い頃に、村で侍が刀を抜いて威張っていた時、父の時言がいさめる話があったね。」

「弱い町民に刀で脅して威張る侍を、同等の力のある時言がたしなめる。丁度大国が武力を以って、弱小国を植民地にする姿に似ている。それを防げるのは、同等の力を持った国だけだ。」

「そうすると、その国は本当の正義や信念を持っていないとだめですね。不正を行わない国。」

「その通りです。彼はその正義を日本が行えると考えていたのですよ。」

「えっ!?」

みんなはお互いの顔を見合わせた。

「戦争はすべて悪です。相手を潰すために突き進むのは、絶対に間違っています。相手の力を認め、自国の力を卑下しないで交渉する。それが大切だったでしょう。」

「でも戦争になりました。」

「軍事政権下にあっても、優秀な指導者はいました。戦争を回避するためにいろいろ努力していた人もたくさんいたのです。その人たちが力を発揮していたら、あの戦争は避けられたと考えています。でもあの時代にとって、軍隊は必要不可欠な組織だったのです。軍隊のない国は欧米列強国の支配下に下り、植民地への道を歩むことになるのです。今の時代の人から見ると、考えられない話でしょうね。」

「平生釟三郎も、戦争突入の時まで軍事政権を信じていたように思います。軍隊を経済活動に利用したかったのですか。」

飯村は身を乗り出すように老人に質問した。

「そうです。でも、武器商人として利潤を得ようとしたのではないです。言いかえれば、国力によって不平等な貿易をなくしたかった。お互いが相手の国力を正当に認め合えば、不平等な取引はしない。」

その老人はきっぱりと言い切った。

「国家間の貿易に力の後ろ盾は不可欠な時代です。当時の欧米列強の中に、軍隊を持たない国は一つもありません。弱い国を見つけて飲み込もうとしていたのです。どの国にも正義はありません。すべての国が国民を搾取して、軍国主義の国を作り上げていたといえます。日本だけが軍国主義に走ったわけではない。」

老人は一息入れて学生たちを見廻した。今の若者たちが、国力による不安定な世界の事を理解したかを確かめていた。

「軍隊の力がにらみを利かせて、不平等な貿易を阻止する。弱い国に対しては保護政策を実施する。その中で自由貿易を広めていくのです。」

「そう言う時代なのか。」

「これまでは、日本の軍国主義が戦争を起こした、日本が戦争を引き起こした悪人だと教えられた気がする。でも、欧米列強は軍事力で領土を広げ拡大していた。今もイギリス領という名の付いた国がたくさんある。もし、当時の日本が力のない国だったら、どこかの国の統治下になっていたかもしれない。」

そう言って飯村は石碑を見た。

「堅牢な軍隊を作ることを頭において、〝常ニ備ヘヨ〟という言葉を残したのですか？」

「少し違っています。」

老人は微笑みながら飯村を見た。

「この言葉から、体を鍛えると読み解いてくれたことは、とてもうれしいです。でも軍事教練を思い浮かべたのではありませんよ。人間として欧米人に引けを取らない体を作ってほしいと同時に、その頭で物事の善悪を判断する能力を養ってほしいと考えたのですよ。押し付けられた知識に翻弄されないで。」

「平生釟三郎はロンドン支局にいる時、イギリス人は自分たちの事を対等に扱っていないと感じたのでしょうね。それはまだ欧米列強から見ると、東洋の片隅にある小国として扱われ、力のない国と思われていたと、感じていたのですよね。対等に扱われるための力が必要だと。」

「見下された状態で、対等な契約を結ぶのは困難だ。」

老人は学生たちの会話を聞きながら、嬉しそうに頷いた。

「その為に知恵と力を養わなければ。あの碑文を心に刻んで。」

「そうだね。今を生きる者として。」

「でも、あの石碑を建立した時は、戦争の真っ只中ですね。」

「そうです。だから思いを込めたのです。当時は大水害がいつ起きてもいいように備えなさいと認識されました。当然です。でも、平生さんはいつの日かこの碑文の意味を理解してもらえると考えていたのです。」

「思いを込めた碑文なのか。」

「平生さんは甲南高等学校の出陣学徒壮行会を目の当たりにして、教育者としての平生と経済人の平生は大きく揺れました。何のために戦わせるのか？国のためか？国の自由のためか？それが学生たちを犠牲にしてもいい事なのか？反戦を口にすることがどれだけ楽だったか。」

「おばあちゃんの時代はフォークソングの反戦歌がはやっていたよ。日本でもアメリカでも。あれはベトナム戦争に対してだけど。」

「日露戦争の時もありました。与謝野晶子の君死にたもうことなかれは私も読みました。でも反戦を唱えるのと、戦争回避に動くのは違うのです。当時の軍人の中にも、戦争回避のために奔走した人はたくさんいます。アメリカ人の中にもいました。平生さんもそんな人たちの意を汲んでアジア諸国を走り回っていたのです。」

みんなは何度もうなずいた。

佐由美がノートを取り出して、ページをめくりながら言った。

「私たちは政治家になってからの平生釟三郎について、深く調べることができませんでした。表面だけまとめて、終わったつもりになっていたと思います。ありがとうございました。」

「皆さんの調査は良くできていると思います。平生さんも喜んでいると思いますよ。」

「えっ？どうして？」

老人は嬉しそうに笑った。

遠くで授業の終わりを告げるチャイムが鳴りだした。その音に驚いた山鳩が、石碑の裏から飛び出していく。

「それではみなさん、私は失礼します。これからもしっかり学んでください。飯村君と言いましたね。物事を突き詰める時、書かれている資料や聞いた話を鵜のみにしないで、裏を見ることはとても大切です。すべてを疑って真実に近づくことができる。平生さんの事を研究するなら、おかしいと思う事を、もっともっと見つけてください。そうすれば平生さんを今以上に理解してもらえると思います。君たちはいい学生だ。」

そう言って老人は離れて行った。

「平生先生、ありがとうございました。」

離れて行く老人の姿に向かって飯村は大声で挨拶をし、深々と頭を下げた。

老人は小さく右手を上げて歩いて行った。

「えっ、飯村君どうしたの？」

「あの人は平生釟三郎さんだよ。資料の写真を見てごらん。」

「本当だ。よく似ている。」

「八十歳だと言っていた。平生釟三郎が亡くなった時の年齢だ。」

「じゃ、あの人は平生釟三郎の幽霊なの？」

「いや、時空を超えて僕らの前に現れてくれたのだよ。やはり偉大な人だった。」

飯村は少し涙ぐみながら、後姿を見つめた。そして気になっていた事を問いかけてみた。

「先生はどうして亡くなられたのですか？ご病気ですか？」

その言葉に老人は足を止めて振り返った。そしてまた手を振って遠ざかって行った。

みんなは遠ざかって行く釟三郎の姿をいつまでも見つめていた

この物語はすべてフィクションです。

実在する人物・団体等をモデルとして構成していますが、作者の意図により行動や会話を表現しています。

したがっては実際と異なる内容もあることをご了承ください。

【あとがき】

描き上げた油絵を、校内の掲示板に展示している時、学生時代の友人である前田康三がやって来た。

神戸市シルバーカレッジのふれあいホールには、美術工芸コースの二十三期生による油絵が、展示パネルに張り出されていた。ヨーロッパの原風景を描いたもの、岩場に打ち付ける波を切り取った絵。独特の色彩で女性を表現した物。様々な絵には、それぞれ個性がにじみ出ていた。

そのホールに前田の声が響き、私を呼び止めた。この笑い顔はまた何かを押し付けようとしている。私は手を休めずに前田の顔を見た。彼は手招きをして、近くテーブルを指さしている。

近くの自販機でコーヒーを買い求め、テーブルに置いた。

前田が取り出したのは平生釟三郎と書いた本と、紙袋に入れられた資料だった。

開口一番、前田は平生釟三郎って知っているか。と切り出してきた。私にはなじみのない名前だ。

甲南学園の創始者で、川崎造船所を救った人だよ。凄いだろう。釟三郎の業績を次から次に並べる前田は、何か自慢しているようだった。聞いていても私には他人の自慢話にしか聞こえず、何を伝えに来たのが理解できないでいた時、前田は唐突に小説を書いてくれと、机に置いた資料を押し付けてきた。意味も分からず私はその資料を押し返した。

こんなすごい人をもっと世に知らせたいのだ。本は自費出版ですべての費用は僕が出すつもりだ。あとは文章を作ってくれる人間が必要なのだ。自分の一大事業にしたい。

私はいくつかの執筆を前田に見せたことを思い出した。彼がその文章を覚えているとは思えない。内容なんてすでに忘れているだろう。ただ、書いていたと言う事に頼ってきたのだと感じた。後日、文中にも登場させたうつ病を患った若者を描いた小説を見せたが、あまり興味を持たなかったようだ。私の描き方を理解したうえで依頼してほしいと考えたからだ。

それから数日後、前田は元町のレストランで打合せをするよう迫った。

私は前田から渡された平生釟三郎の資料に目を通した。

幼少期、学生時代の苦労、教育者としての信念を持った活動、実業家としての手腕。そして政治家としての生活。読むほどにその人生に惹かれていった。壮大な長編小説の構想が浮かんでくる。しかし、平生釟三郎を全て善と受け取るのが良いのか分からなくなった。そこで現代の若者に、その行動の意味や問題を話し合ってもらう方法を取った。

前田から受け取った資料では、なかなか詳細がつかめない。その都度必要な情報はないかと問い、前田からは毎月打ち合わせる元町のレストランで新しい資料を渡された。

何度目かの打合せの時から、前田の届ける資料の内容が変わってきた。

当初は平生釟三郎の関係する資料であった。平生釟三郎に関係する人物は誰がいるのか。平生釟三郎が親しく話せる人物との間柄はどんな関係なのか。ところが資料の中に住吉村の大富豪を紹介するものが多くなり、住吉村は凄いだろうと、話すようになってきた。阪急電車が住吉村を通る際、大富豪が反対して路線を変更させたという話を語り、住吉村の風景や石器時代から中世の話江戸時代の物語を話して聞かせてくる。あまり平生釟三郎とは関わり合いがない話である。

私は平生釟三郎に関係しない話には耳を貸さないことにした。世間話として聞き流し、平生釟三郎に繋がると感じたものだけを記憶に残す事とした。それでも平生釟三郎に関する情報は、いつしか自宅の机の上を占領していた。インターネットの情報は想像以上に価値のあるものだった。その人の経歴を読むと。東京高等商業の後輩であったりする。人と人との繋がりを読み解くのに大変役に立った。いつしか前田に押し切られるように、文章を追加していくこととなった。

書き始めはそれぞれのエピソードに対して小説としての要素を加え、平生釟三郎の感情の起伏や内面を描くつもりが、紙面の都合から出来事を追う伝記としての文章になってしまった。うつ病に悩まされる苦しみや佳子との死別については、もう少し表現したかったと思う。戦争前の平生釟三郎の精神的な葛藤はもっと表現したかった。読まれた方には少し物足りなさを感じさせてしまったと思う。悔いを残した作品になってしまった。機会があればもっと掘り下げた作品にしたいものである。

なお、この本を企画制作した前田康三は、私とは小学校時代から因縁がある。彼は住吉の師範学校付属、私は明石にある女子師範学校の附属である。我々が入学する頃は神戸大学教育学部付属のそれぞれの小学校、中学であった。そして、あろうことか二人そろって同じ大阪の高校、大学に行くことになる。腐れ縁である。

しかしその縁が平生釟三郎という人物を知るきっかけとなったことは、感謝する他ない。興味もなかった神戸の実業家が身近な存在となり、様々な歴史を知ることができた。

前田は自費出版でこの本を印刷し、地元にのみ配布するそうである。できることならより多くの人に平生釟三郎の生涯を知ってもらいたかったものだ。

ここに前田康三に対しても感謝の気持ちを伝えたいと思う。

中森敏博

私は住吉歴史資料館のボランティアとして約十年間所属して、住吉村についての調査及び資料収集を行っておりました。

今回、平生釟三郎の本を自主出版したのが、この住吉村での社会貢献された活動を紹介と平生釟三郎の考え方に賛同した住民及び住吉村執行部の活動を書いた本です。

又、人間・平生釟三郎の生涯を記録した小説で神戸にて行った業績を皆様に紹介して、神戸でこの様な偉大な方が活躍したことを、この小説を読んで頂きたいと思います。

前田康三

参考文献

現代日本と平生釟三郎‥安西敏三　晃洋書房
マンガ平生釟三郎　正しく強く朗らかに‥平生漫画プロジェクト幻冬舎
海鳴りやまず　神戸近代史の主役たち3‥神戸新聞社
特集阪神淡路大震災　神戸新聞
住吉村誌
住吉村振興論
わたしたちの住吉　住吉歴史資料館
松方コレクション展　松方幸次郎　夢の軌跡　神戸市立博物館
私は斯、思う　平生釟三郎
ブラジル移民と平生釟三郎
灘生協四十年　灘生活協同組合編
甲南病院の五十年　甲南病院
関桂三記念誌　東洋紡績
平生釟三郎追憶記　石川一郎　拾芳会
旧住吉村の住宅地開発とその特徴　山本ゆかり他
民営鉄道の歴史がある景観1‥佐藤博之・浅香勝輔　古今書院
平生釟三郎自伝‥安西敏三
平生釟三郎追憶記‥津島順平
世界に通用する紳士たれ平生釟三郎伝‥小川守正・上村多恵子
大地を求めて　ブラジル移民と平生釟三郎の軌跡‥小川守正・上村多恵子
ブラジル移民の百年

東灘スイーツめぐり　住吉歴史資料館
東灘の歴史（通史編その３）道谷　卓
東灘の歴史（通史編その６）道谷　卓
東灘の歴史（通史編その７）道谷　卓
甲南山河①〜⑤
住吉歴史資料館だより　第七、十一〜十三号
甲南学園ホームページ
甲南小学校ホームページ
神戸っ子アーカイブ
神戸市文書館
　　神戸歴史年表
　　近代神戸略年表
成城学園ホームページ
東京海上日動ホームページ

【著　者】　中　森　敏　博
昭和二十六年九月生まれ　神戸市垂水区在住
大阪電気通信大学卒業
大阪道路エンジニア株式会社（現西日本高速道路エンジニアリング関西㈱）在籍
現在　神戸市シルバーカレッジ在籍

【企画制作者】　前　田　康　三
昭和二十七年二月生まれ　神戸市東灘区在住
大阪電気通信大学卒業　近畿コカ・コーラボトリング株式会社在籍
現在　住吉学園住吉歴史資料館所属

【表紙絵作者】　野　田　勝　彦
昭和十四年十二月生まれ　神戸市西区在住
愛媛県立祖父江高等学校卒業　日本旅行会在籍
現在　絵画の会二十三期所属
兵庫ふれあい美術展入選

潮風のむこうには　平生釟三郎と住吉村の人々

発行日　二〇二一年一月三十一日

著者　中森敏博

企画制作　前田康三

発行者　前田康三

住吉歴史資料館

神戸市東灘区住吉宮町七丁目一―二（〒六五八―〇〇五三）

発行所　みるめ書房　印刷　田中印刷出版株式会社

一般財団法人住吉学園

住吉歴史資料館

〒六五八-〇〇五三　兵庫県神戸市東灘区住吉宮町七丁目一-二

近隣の名士たちが集った観音林倶楽部（明治45年頃）　現在の住吉学園の位置にあった